在纸上的

诗意游走

ZAIZHISHANGDE
SHIYIYOUZOU

高军 著

中国出版集团

现代出版社

图书在版编目（CIP）数据

在纸上的诗意游走 / 高军著. -- 北京 ： 现代出版社，2016.6
ISBN 978-7-5143-5007-4

Ⅰ．①在… Ⅱ．①高… Ⅲ．①文学研究－文集 Ⅳ．①I0-53

中国版本图书馆CIP数据核字（2016）第121572号

在纸上的诗意游走

作　　者	高　军	
责任编辑	李　鹏　　陈世忠	
出版发行	现代出版社	
地　　址	北京市安定门外安华里504号	
邮政编码	100011	
电　　话	010-64267325　　010-64245264（兼传真）	
网　　址	www.1980xd.com	
电子邮箱	xiandai@vip.sina.com	
印　　刷	北京一鑫印务有限责任公司	
开　　本	880×1230　　1/32	
印　　张	8	
版　　次	2016年6月第1版　　2022年7月第2次印刷	
书　　号	ISBN 978-7-5143-5007-4	
定　　价	39.80元	

坐拥书城

郭　敏

　　很早以前就知道高军的大名，但真正认识也就是不到二十年的事。那时候他还在乡镇工作，听说他最早的时候是教师，后来调到乡镇从秘书干到副书记，除了把自己的本职工作做得非常出色外，业余时间还一直笔耕不辍。后来，他调到县直单位，离开了工作繁忙的乡镇，文学作品更是写得炉火纯青，尤其是他的小说和文学评论，已经达到了一个很高的境界，在全国也很有影响。

　　多年来，我们虽平时偶有相聚，但从没到过他家。常听说他这个人爱书如痴，无论走到哪里，到什么地方，第一个要去的地点必定是书店，每次从外地归来，别人买的永远都是那些名优特产，而他肩扛手提的必定是大包小包的书。

　　有次正好有事找他，电话打过去问他在哪里？他说在家。于是，我一路直奔他家而去。

　　到了他说的那个地方上楼见屋门虚掩，轻扣几声但听一声请进蔓延而来，踮起脚尖轻轻地走进他的家门，一时之间觉得整个屋子里有些暗淡，心想不是说他家住的是近百平方米的房子吗？怎么会这么小而且又挤又暗？再仔细一看，好家伙！我都不敢肯定这到底是居家还是书店，只见满屋子里密密匝匝的到处都是书，客厅正中间就是一大排书橱，地上摆的，沙发上放的，屋子里除了一个电视和茶几外，基本上都是书了。

　　天哪，到底哪个才是你的书房？我站在屋子中间，左右旋转，看看基本没有插脚的地方，更不用说是坐的地方了。

算了，还是不要坐了，趁着这个机会，先参观参观他的藏书之处吧。

"就是这边！"他用手轻轻推开一个房间门的一半。我走上前伸出手，想把又虚掩上的门尽量打开一点，可是手一收回门又恢复到原来的样子。没办法，我只能尽量把身子往里面探了探，别说是想进到门里面去看一看，你就是想进也进不去。那满满一屋子里，除了书还是书，地上堆的，墙上靠的，还有一摞摞的触到屋顶的。中间夹缝里一个陈旧的小写字台，上面除了书还是书，只有中间一台旧电脑，周围剩下的也都是拥挤不堪的书了。

我不禁想起他平时一副老学究的样子，干事认真负责，说一不二。说起话来，引经据典，学识渊博。有时候与他在一起，从他的畅谈中学到不少的知识，但也难免觉得他有时候认真得有些迂腐，却没有想到是他整日坐拥书城、耳濡目染的结果。

古人说，行万里路，读万卷书。我想，即使你有生之年能够行走万里，但如若你不读这万卷的书，那也只是一场走马观花的旅行而已。一个人，你可以生得丑陋，但你不可以长得粗俗；你可以没有理想和目标，但你不可以孤陋寡闻不读一书。人生一世，没有文化是很可怕的事情。人们常说，为人一生，只有时间和读书不可辜负。读书可以使人变得清新可人行为儒雅，也可以让人变得言语睿智头脑聪明。不读书的人，即使你再能干、再聪明，那也只是一种表面现象，再怎么装饰和附庸风雅也会让人一眼看出，那绝不是一种从骨子里透出来的文质彬彬、儒雅清蕴。

男人读书多了，会给人一种儒雅清明、温润如玉的感觉；而女人读书，更会给人一种矜持高贵、文雅清新的悦目之感。书香可以让人摒弃粗俗鄙陋，化身为温文尔雅，书香更能够熏染出一个人高贵的素质和品格。容貌再好，也经不起时光岁月的侵袭，只有在书香濡染下的清雅，任何时候都不会变淡退化。

对于喜爱读书的人来说，能够坐拥书城，一边是古典巨著、唐诗宋词，一边是风花雪月、都市言情；抑或是名著传说、苍凉游记；也或者是枯燥无味的深奥文字，也或者是轻松愉快的故事小品……但无论是什么样的文章，只要一书在手，再有一壶上好的清香名茶，左手书本，右手茶香，沉浸于文山书海，同今人畅谈，与古人对话，上知天文，下晓地理，这才是人世间最美好的一种享受呀！

高军已出版过四本文学评论集，九本小说集，一本散文集。他的文学评论，被《人民日报》《诗刊》《名作欣赏》《中国人民大学复印报刊资料》《中国当代文学年鉴》等很多重要大刊发表、转载。他的一些小说、散文被收入《中国新文学大系》等近三百个重要选本，其中《紫桑葚》还进入了语文出版社出版的全国通用小学课本《语文》（五年级上册），在很多个省市使用。

现在他的第五本文学评论集《在纸上的诗意游走》就要出版了，这是他出版的第十五本书了。对他这本文学评论集的出版，我特此祝贺，并愿意以之为序。

目 录

CONTENTS

中心化·边缘化·多元化

——所谓"文学的边缘化"涉及的三个关键词

我一直觉得，所谓"文学的边缘化"是一个伪命题，这个伪命题主要是由以下两种腔调制造的无序喧哗：一是近些年来一些喜欢炒作的人和媒体妖魔化文学来制造轰动效应的嘈杂的虚假话语；一是一些不能安心文学的人就像怨妇一样絮叨出来的缺少自信的自怨自艾的自恋话语。所以，我认为讨论这个话题，其实并没有多少实际意义。

文学创作本来就是非常个人化的精神劳动，这种精神产品生产出来以后，消费者有自由选择的权利是再正常不过的事情。在目前这个多元化的社会里，有的消费者选择阅读文学，有的消费者选择观看电视，有的消费者选择看段子，有的消费者选择刷微信……这恰恰是文化自由、社会进步的表现，是个人自由意志已不再受压抑的表现。

难道现在还有人愿意回到"十七年时期"，所有识字的人都去读"三红一创"？愿意回到"文革"时期，人人捧读《金光大道》《大刀记》？愿意回到20世纪80年代初期，一篇《班主任》成就一个作家，一篇《乔厂长上任记》成为企业改革的教科书？那种一哄而上的创作和阅读，本身就是文学消费市场贫乏、个人没有自由选择权利的不正常文学生态环境造成的，并不是真正意义上的文学繁荣。

在相当长的一个阶段，我们的文学是社会政治斗争的焦点，是政治工具。那时文学作品的价值被极度夸大，文学的地位被极不正常地抬高。我想，用一个词来概括的话，那个时期应该是文学被"中心化"了。文学成了公众话语的焦点，才出现了"中心化"制造的"轰动效应"，这只能是特殊时期的特殊产物了。很多人误认为那是文学的红火，其实那只是文学为政治服务的人为红火，是文学被"中心化"后的虚假红火，不是文学本身的真正红火。设想一下，如果在那些时期，就能像今天一样文化产品极度多元、传播工具丰富多样，文学的那种红火局面是不会出现的！

把文学回归到文学本身说成是边缘化，这其实是一种误解。如果换一个角度，也可以说在社会正常情况下，文学应该从来就是边缘化的。那么，文学的边缘化也就是应该值得肯定和提倡的。文学要正常发展，必须摆脱被"中心化"的局面，回归到正常的状态。从20世纪80年代中后期，经济建设为中心的地位日益突出，文学已不再是政治及阶级斗争的传声筒，文学那种特有的社会政治地位逐渐丧失，文学不应该承担的过多的政治功能逐渐得到淡化，文学回归到了审美、愉悦、消闲等多种功能并存的局面。这种局面是自然而然形成的，是有着文学自身发展及文学环境变化的深刻原因的。人们阅读文学作品，不再是单纯接受政治理念、受到深刻的思想教育等，而是愉悦身心、陶冶性情、满足精神需求。这种局面的出现，只能说文学从外化走向了自身，有了更为自由的发展空间罢了。作家也由主流意识的书写者，变成了自由自主的写作者，所以才造就了许多具有不同创作风格的作家，出现了流派纷呈、丰富多彩的作品。目前，书店新版的文学类书籍令人眼花缭乱。据统计，每年问世的文学新作是二十世纪五六十年代的几百倍、上千倍，甚至更多。我们高兴地看到出现了兼容并蓄的主旋律和多样化、高雅和通俗、精英和大众并存的发展态势。各类文学作品，各自发挥着独特的作用和影响，形成了多元化的文学局面。

说到这里，我们也必须再次申明，文学作品作为一种阅读文本同样是一种商品。既然我们要构建市场经济社会，那么一切商品都会在自由竞争中纳入优胜劣汰的轨道，文学产品同样也必然受到市场的选择。而文学市场目前的取向不管我们承认与否都是商业价值大于精神价值的。为了迎合一部分读者喜欢通俗甚至低俗文学的问题，必然会出现一些不尽如人意的作品。但这类产品，就是一种快餐文化，看过之后一般不会有人再看第二遍，不会被反复阅读，所以不会被珍藏。这类写作者，最终会被文学史淘汰。但也会有相当多的读者选择拒绝各种庸俗的功利表达，选择在艺术本体上不断展现作家独特的审美追求，对人物和生活描述深刻、丰富、真实并富有同情心，使得每一个有感情、有文化的中国人都能在作品中找到认同感的优秀作品。接受市场的挑战这也是文学回归自身的题中应有之义，这种文学作品并不惧怕市场的选择。如《白鹿原》《平凡的世界》等长销书的存在，就是文学效益和经济效益完美结合的典型例子。

我认为，所谓文学的边缘化，深入思考一下其实就是文学的多元化。这对文学的发展是有着重大意义的，能极大地丰富文学内容和形式，文学创作队伍也能获得一定程度的净化。写作者目前应该做的是，在既有文学空间、文学环境的自由，又有作家表达方式、主体选择自由的文学创作中，克服浮躁心态，树立远大文学抱负，咬定青山不放松，在自然而然地淘汰功利性作家写作行为的现实面前，在健康发展的文学空间里，远离那些急功近利的浮躁表达，自觉站立在因内心的需求而写作的人群中来，有效地保障写作的纯粹性。

文学并没有出现真正意义上的边缘化，只是有些水平还不高的写作者缺少一种恒定的文学信念罢了。只要作家们坚守恒定性和终极性的文学信念，有着超越于世俗利益的审美追求，并始终以此统摄自己的文学创作，抵达一定精神高度的具有里程碑意义的作品就会出现。可以说，任何时候、任何人都不能真正把文学边缘化，文学本身也永远不会被边缘化。

（2015.4.7）

浅论周大新《安魂》的对话性

　　周大新在长、中、短篇小说创作中都有不俗的表现，最近他又推出了一部风格独特的长篇小说《安魂》，作品营造多种对话情境，打破单一的声音，打通生者与死者、古人与今人之间天人暌隔的藩篱，站在时间和空间的制高点上，从并列和共时的角度来观察和描绘世界，浓笔诠释人间大爱，深度审视探索生命的意义，是当前长篇小说创作的重要收获。

　　苏联著名学者巴赫金指出："任何的长篇小说都无不充满对话的泛音……言语的对话意向，当然是任何言语都具有的现象，这是一切活语言的一种自然目标。"他同时指出，单个话语无法存在，"只有在'我与他人'相生互动的存在中，世界及其价值才会从'我'或'他人'的唯一视角中展现出来，孤零零的'我'无法判断世界的好坏、价值的大小，甚至连对世界的意识也无法产生"。对话性不仅有借以表达思想的本体论意义，对于小说的艺术表现更有着重要的方法论意义。所以，对话性应该是长篇小说的重要特性之一。

　　《安魂》这部小说最大的特点是很好地体现了对话性的构成。对话首先是人物之间的对话，作品由结构层面的大型对话构成，建构了人物与人物之间的对话关系。整部小说以"爸爸"和"儿子"对话的方式展开和构成，仿佛是父子俩在长夜里的一次促膝长谈。前半部分以"爸爸"为主、"儿子"为辅，"爸爸"絮絮叨叨地从儿子出生、养育、小学、中学、大学、工作及恋爱等展开回忆，通过回忆探寻反思儿子得病的原因，表达自己的爱意，详细记述了儿子得病后所承受的痛苦磨难和痛失爱子垂泪泣血的苦难历程。特别是歉疚、追悔中体现出的真挚感情让人深深感动，如当得知儿子这种病可能是由于小时候脑部受过外伤引起的时，痛苦地说："宁儿……你出生时便遇到了难处，医生用产钳夹住你的头拉出，这一拉，让你的头部受了伤？为后来的疾病埋下了最早的祸根？我何不早早请假回家，要求医生剖腹产，那样，就不会对你使用产钳呀！我好后悔！"当儿子早醒哭泣时，"我们那时不懂，不知道给你加点奶粉，致使你在最需要营养的时候受了亏，这也是你以后得病的根源之一？"搬到北京，儿子出现青春期的叛逆心理，"爸爸"对儿子关心不够，还不断地呵斥，追悔说："我只知道用强力、用压服。""为什么把你当成什么都不懂的孩子，不知道尊重你？！""我为何要折腾自己的儿子？""是我让你受苦了。是不是这一段日子让你的身体再一次受到了损害？"通过点点滴滴的回忆，字字句句的倾诉，以勇敢无私的社会担当和责任，进行了一场自我人性弱点的深刻剖析与自责。同时也给天下为人父母者很多有益的启发和思考。当他背儿子上楼累得险些倒下时，他首先想到"我倒下了，你和你妈怎么办？"当在儿子监护室外熬夜、劳累得腿已无力挪步瘫软在医院门口的水泥地板上时，"足足坐了二十分钟，觉得一些力气又回到了身上，我才又站起""我不能倒下"这种顽强毅力，来自于对儿子、妻子的爱和责任。读到这些的文字，谁的眼眶能不湿润起来！小说前半部分采取了写实的方法，收到了以真感人、以情感人、催人泪下的艺术效果！小说的后半部分和前半部分又构成了另外一种对话关系，这一部分"儿子"为主、"爸爸"为辅，通过儿子向爸爸讲述他在天国的见闻和对精英们的访谈，作品娓娓叙说着天国平等安宁、和乐优美的情景，并借天国里的庄子、王阳明、魏源、李叔同、达尔文、爱因斯坦等名人之口，向读者表达着对"社会、人生、死亡"等问题理性而深刻的理解，小说的虚幻性达到了极致。这一部分，站在时空的制高点重新审视探索生存意义，把生与死放到一个更大的空间里来审视思考，在震撼读者心灵的同时，让人反思现实、获得启悟、领受教益。生命无论长短，不做对不起天地良心的事，无愧于做人，就不虚此行。否则，恶欲膨胀，道德败坏，人格沦丧，就是长命百岁，也形同行尸走肉，遭人唾弃。通过描写，小说从对话的角度审视和引发读者深入地思索人间、社会、人生，达到了为英年早逝的儿子安魂，为自己伤痛的灵魂安魂，为千千万万罹难者安魂的目的！在对话性的碰撞交流中，人间天国相互映照，鞭挞社会现实，表达理想愿景，实现了小说存在的意义。同时，小说还独具心裁地采撷我国用来纪年的干支次序表中的次序来编排小说的章节顺序，全书分为三十章。以干支次序表的第五十六位"己未"开篇，逐渐循环到第二十五位的"戊子"结束，占据了六十甲子的一半。这种结构安排，暗示着儿子周宁是己未年（1979 年）出生、戊子年（2008 年）去世的，时间结构中寄寓着拳拳爱子之情。这也构成了在时间上的对话关系，通过不同时间、不同角度互相补充，使得整个故事情节更加完整，是对传统小说模式的超越，体现着追求艺术技巧的探索精神。

就我的阅读来说，感到这部小说也存在一些不足。后半部分理性思考成分加大，鞭挞现实的愿望增强，作家的本意是想在前半部分的基础上加大小说的容量，所以虚构了儿子在天国的生活情境，详细展开了天国的甄域、涤域、净魂门、学域、享域、圣域等情况介绍。如天国之神在天国的入口处设立甄域，就是要对人的灵魂进行必要的甄别，且专门设立了惩域，惩罚那些在人间做过坏事的人。再如让人戴上阿亮给的眼镜看自己在尘世做过的错事、坏事，说明天国之神明察秋毫、公平公道。还有像灵魂们之间平等友好相处，"悠然地听音乐，欢乐地做游戏，还能见到祖爷爷、祖奶奶等先祖、先宗祖，并得到他们的佑护"。小说还通过儿子讲述在天国对精英们的访谈，展开了很多淋漓尽致的痛快的议论。

作者甚至情不自禁地议论说："天国享域就是人间人们梦寐以求的地方。在那里，逝者的灵魂可以重新生活。"叙述中处处体现着天国享域优于人间的和乐情景。这种鞭挞丑恶灵魂，歌颂真、善、美，引发大家理性地思索人间、社会、人生，充满人文关怀和平等精神的写法本意和出发点是好的，但艺术效果却并不理想，在提供了一种新的视角和表述方式的同时，文本显得有些枯燥，艺术感染力和前半部分相比逊色不少。

（2012.7.31）

焦虑中的突破和突破中的焦虑

——评许春樵《屋顶上空的爱情》

20 世纪 60 年代出生的安徽作家许春樵已发表出版长中短篇小说、文学评论、散文、随笔等近 300 万字。其小说创作被《光明日报》《人民日报》《文学报》《文艺报》《小说评论》《当代作家评论》《文艺理论与批评》《文汇读书周报》《文艺争鸣》《南方文坛》等全国数十家报刊评论或介绍。小说集《谜语》曾入选中华文学基金会"二十一世纪文学之星"丛书,随后发表出版的中短篇作品有《季节的景象》《找人》《请调报告》《一网无鱼》《生活不可告人》《不许抢劫》《来宝和他的外乡女人》等。近年来,他把主要精力放在了长篇小说创作上。长篇小说《放下武器》被人民文学出版社作为 2003 年重点图书隆重推出,入围"2003 年中国长篇小说专家排行榜""《当代》长篇小说排行榜"等,人民文学出版社、中国作家协会创研部、鲁迅文学院、安徽省文联还联合主办了"许春樵长篇小说《放下武器》研讨会"。长篇小说《男人立正》作为中国作协重点扶持的作品,由中国青年出版社 2007 年 1 月出版,2008 年 12 月中国作协与中国青年出版社、安徽省文联在北京中国现代文学馆联合召开了"许春樵长篇小说《男人立正》研讨会"。2009 年 4 月人民文学出版社再次推出他的长篇小说《酒楼》,旋即被购买影视版权,改编成电视连续剧。今年新春伊始,《当代》2012 年第 2 期又隆重推出了他的最新长篇小说《屋顶上空的爱情》,人民文学出版社随即出版了单行本。

在长篇小说创作中,许春樵一直努力审视转型期社会生活中的人生痛苦、精神困境与道德危机,在反思与反省的疼痛中寻找人性出路，力图重建社会理想。他意识到长篇小说的难度，正视现代阅读对作家的挤压，坚定地认为读者读小说是为了读故事，努力追求长篇小说整体上的戏剧性结构。他的小说创作突破的努力方向选在了把读者经验的故事和人物提供出非经验的阅读感受和审美体验，警惕过度迷恋和陶醉于故事本身而忽视小说作为语言艺术的叙事品质和文学感觉。为了实现这一目标，许春樵以个人化的精神视角对所写的故事和人物尽量做出独特的发现和判断，作品有着自己的鲜明特色。

《屋顶上空的爱情》主要故事情节曾以中篇小说《知识分子》为题在 2011 年第 2 期《小说月报》（原创版）发表，被 2011 年第 3 期《中篇小说选刊》转载，并收入了贵州人民出版社出版的《中国中篇小说年度佳作2011》（贺绍俊）等书籍。

这次创作的《屋顶上空的爱情》仍具有强烈的时代特点，是他的长篇小说一贯擅长于描绘普通百姓境遇、致力于对社会现实生活质疑的创作走向的又一次鲜明体现。许春樵以作为社会良心的作家身份，紧紧抓住社会热点问题，试图用一个小人物的命运作为历史人质或历史证据，忠实地记录下一个时代的命运史和心灵史，重构社会道德理想。小说从郑凡即将研究生毕业、工作无着、生活无序写起，以他的现实遭遇及人生抉择为叙事核心。他连请同学吃一顿小笼汤包都请不起，而富人们丢失的一条德国犬就能悬赏到一万元。生活如戏，异彩纷呈，小说叙事的整体戏剧性结构一开头就被搭建了起来。然后，小说浓墨重彩地围绕郑凡毕业后面对生存现实和感情世界经历的一系列磨难和挫折展开。因为上海的房子和工作岗位都与他无缘，他在上海找不到安身之所，所以只好到故乡的省会城市庐阳找了份工作。郑凡在网上注册的网名是"流落街头"，韦丽注册的网名是"难民收容所"，二人在庐阳结婚后没有住房，只好租住在逼仄的一间潮湿阴暗小屋里。房子这个困扰当前中国人的最大问题，同样压得郑凡喘不过气来。郑凡为了买房，除了在研究所上班外，还没命地兼职，拼命地挣钱。可是房价却一天比一天高，他攒钱的速度远远落后于房价的增长速度。在经历了一系列的风波后，二人的购房梦仍然落空。小说还以穿插的郑凡研究生同学老豹和小凯、本科同学黄杉和舒怀辛酸的生存故事和情感历程作为副线。黄杉的堕落，老豹的漂泊，舒怀的锒铛入狱，都让人为之叹息。让我们感到欣慰的是，在艰难生活的磨砺沉浮中，尽管郑凡有过逃避，有过妥协，甚至有过跟风，但恶劣的生存环境没有让郑凡放弃内心的坚守，感情（悦悦）、欲望（莉莉）、金钱（郝总）的诱惑也没有让郑凡放弃精神的追求，最后郑凡还是选择了放弃为金钱和房子而活的状态，走向了学术研究之路。表现了在物质时代，在与强权和世俗对抗的过程中，一个正直知识分子应有的情怀、品质和人格，小说闪现出理想主义的光辉。小说在展示生存和情感以外，尽量地呈现了广阔的社会生活面貌，努力以郑凡的视线所及，展现了包括农民（他的父母乡邻）、知识分子（他的导师和所长）、商人（他的临时老板）、城市漂泊者（他的同学朋友）各色人等的各种不同的人生境遇。同时，小说努力探索物质主义时代社会畸形发展的根源，多角度地对当今时代官僚体制、贫富差距、为富不仁、弱者无助等社会问题进行了最真实的描写。

小说张扬着对纯粹而美好爱情的无尽期待和守护。郑凡和韦丽两个人最初是网友，他们的结合带有浓厚的童话色彩和戏谑味道，并没有相爱的坚实基础，但在出租屋恶劣的条件下，这份爱慢慢地发展着、加深着。韦丽那么单纯，那么宁静，那么淡泊，在艰涩困顿中乐观地生活着。因为买房子，因为悦悦对郑凡的追逼，因为家人给予的压力，她也有过痛苦、愤怒和出走，但是在内心里她从未怀疑过自己的感情选择。郑凡作为一个负责任的男人，以自己的担当精神，努力想去为自己的爱人营造一个温馨的家庭住房环境。但他宁愿付出辛勤劳动把老板家的差生儿子辅导进重点中学得点辛苦钱，也坚决不给有重要道德缺陷的老板写传记。他一心攒钱买房钱却总是不够，可老乡住院他还是付了两万块钱。他在追小偷的过程中，看到小偷摔倒在地有生命危险后，立即用老父亲打工给他挣来的买房钱为小偷付了住院费。在时代精神的滑坡中，作家写出了普通人的精神坚守。郑凡和韦丽的爱情尽管是网上赌来的，但有着善良的性格基础和坚实的道德共同点，所以两个人能互相理解、互相包容。在小说结尾，二人在经历了现实的风雨、经历了心灵和精神的淬火后，重新相亲相爱地走在了一起。他们的疼痛、承受、守望和爱，逐渐宽阔、浩大起来，获得了增值的力量，使得小说具有了时代的沉重分量。

在《屋顶上空的爱情》中，许春樵也同样存在着很多作家都存在的为小说如何处理复杂的当下经验而焦虑的问题。这部小说和他以往的小说一脉相承，仍然是从具体问题和事件入笔的，只是这次他选择住房和爱情作为切入点罢了。作者想以非公众化和反流行化的价值立场来面对这个错综复杂的世界，而同时又要兼顾好看、吸引读者，这突出体现着创作主体的焦虑心态。小说围绕购房难这一社会现象做文章，切准了读者的关注点，能吊起读者的阅读胃口。但小说重点放在房子上，并深深陷于表现购房难这一社会现象后，文本就有了为一种时世感叹的趋向，而在对知识界的深度透析、对物质社会的深广批判上就显得有些捉襟见肘了，使小说的社会容量不够阔大，思想穿透力不够强。同时，生活本身自有其发展的走向，为增加阅读趣味而以主观的叙事逻辑构筑生活之流，设置赌来的爱情作为重要叙事基点，在说服读者接受上理由还是不够充分的，让人感觉具有比较浓郁的自我理念色彩。

（2012.3.27）

赎罪岂无门　文学亦有路

——评吕铮的长篇小说《赎罪无门》

已经出版《仨警察》等七部长篇小说的吕铮，参加过鲁迅文学院第十五届高研班学习，系北京作协会员。他在歌曲、广播剧等创作方面均有不俗的表现。最近在 2012 年第 3 期《当代》发表的《赎罪无门》是他的第八部长篇小说。小说选择了追捕与逃亡、原罪与赎罪等有深度、有看点的因素来展开述说，在相当有难度的自觉选择中做出了自己的努力，这种勇气和探索值得充分肯定。

选择以癌症为题材的文学作品已有不少，一些外国作家更是做了深入挖掘。如俄罗斯著名作家索尔仁尼琴的《癌病房》，作为正常生活的提纯与曲解化，把癌症楼寓意为一个符号化的命题，暗喻着整个俄罗斯就是一个癌病房。作品在对生命的深层叩问中，进行了一场对自由与尊严的人道主义救赎。日本著名小说家西村寿行的《癌病船》以一个得了癌症的穷苦人家的女孩夕雨子切入，在一艘专门为身患癌症的病人提供的癌病船上，生动曲折地展开了种种矛盾纠葛，塑造了一系列人物形象，意蕴丰厚，回味悠长。

我们看到，吕铮对小说《赎罪无门》的构思也是下了一番功夫的，小说一开篇就有一股先声夺人的气势。被动退休的老警察马庆自动闯入他曾经的徒弟刘权升迁的庆祝酒宴上撒了一通酒疯，因这次醉酒住院却被意外发现自己已是肝癌晚期了。在心有不甘的复杂情感下，他在办理移交手续中，一个尘封的卷宗重新引起了他对曾经手的因自己失误而造成年轻生命死去的一个搁浅的案件的关注，那本来有可能给他带来辉煌的案件再次成了他的一个沉重纠结。此时，面对死神的迫近，面对生命的即将终结，在已经退休失去警察权的时候，他决定孤军奋战、甚至以自己的违法行为去寻找那个自己曾经怀疑的、可能存在的、逃脱了法网的罪魁的踪影。老马年轻时有过很多缺陷和不足，是警察队伍中一个并不完美的人物。但他在生命濒临尽头的时候，决定为自己浑浑噩噩的一生进行一番最后的自我救赎。碰巧的是，在马庆入院后，竟阴差阳错地与那个真正的潜隐的罪魁张文昊住在了同一间病房里。当老马和他仍在职的同事刘权们费尽心机追寻、甄别一个个线索时，张文昊却早已良心发现，也在为自己那罪恶的第一桶金不动声色地进行着自我反省和自我救赎。读者在阅读中已经清楚了他们彼此的身份。可他们却按照小说的叙事，在互相攻击、互相嘲讽、互相对立中逐渐默契起来，甚至成了病房中相互离不开的至交。张文昊在被抓之前死去让马庆自己预设的自我担当的任务最终没能完成。张文昊的死为自己的赎罪画上了句号，同时也让老马在遗憾和欣慰的错综交织中完成了自我人格的进一步提升，实现了自我拯救，实现了作为警察的自我价值。这是他们的性格使然，更是作家满怀悲悯情怀，按照生活的逻辑精心进行艺术连缀的结果。我们在看到他俩的勇气和对自我救赎所做的努力后，在内心发酸的同时，更会受到深深的感动。

　　吕铮选择的是一个独特的场所癌症病房和一群特殊的身患癌症的人物。但作家能尽量跳出窠臼，用自己的眼睛观照当下的中国社会现实，并以这一特殊场所牵连出社会上形形色色的人物。小说选择一间癌症病房作为人物活动的主要舞台是有着很深的寓意的。人们在面对死亡的狰狞面目时形形色色的表演，折射着各种病态的社会现象。我们看到的病房就因经济因素分出了等级和档次：豪华的VIP病房住进了大款张文昊，四人间的普通病房是老马等普通患者的治疗场所。可张文昊逃离院长经常光顾的"还比不过他公司随意一间接待室或会议间"的豪华病房，让自己的高档病房空着，却挤到了普通病房的一个床位上，与看上去有些猥琐、有些什么也看不惯的老马住在了一起，在老马的不断挖苦、不断讥讽中竟然再也不愿离开了。小说令人信服地把人物组合在一起，整个故事就很容易展开了，小说的深刻寓意也就能得以深度挖掘了。

这部小说选择了人物交错、时空变化的叙述方式讲述故事、组合人物，除了用浓墨重彩集中笔力描写的两个主要人物老马和张文昊外，小说中还穿插了其他几位病人及相关人员的各种故事。老姚及其外孙林楠的纯真感情；名叫小欣的阳光少年的无辜和可爱；姜鸿和风尘女子艾嘉的相逢相爱和面对自己剩余的生命时间决定相依相偎走向大自然的高品位的生活追求；杨晋财及其小蜜张艳红的互相表演和感情浅薄、唯利是图；张文昊的副手李总的落井下石等残忍手段等，混杂交织在一起，这样就组成了一个小小的社会。但这是一个复杂的社会，是一个等待死亡的特殊群体组成的病态社会。在等待最后时刻到来的时候，他们以生命本体蕴含的自我意识的觉醒，回复到自己的本来面目来展示着纯真爱情，也展示着虚情假意；展示着执着，也展示着动摇和背叛；展示着苦难，也展示着罪恶；表演着纯真、忏悔、豁达，也表演着阴暗、扭曲、算计等百色人生。

小说是虚构，是智性和幻觉的文字游戏。通过认真阅读，感到这部小说还有一些不足和遗憾：一是人物性格缺乏发展变化。老马嘴上总是连讽带刺，得理不饶人的样子；张文昊从一开始出场什么样子，到临死几乎还是什么样子；老姚、林楠、小欣、姜鸿等也都好似贴上了某种预先设置的标签一样，杨晋财、张艳红甚至都有些漫画化了。二是作为在生死关头拷问人物心灵的小说，在将笔触伸向人物的内心深处，努力揭示人物心灵中最为幽微隐秘的东西方面还显得有些肤浅，人物清醒地意识到自己面临死亡威胁时候的那种复杂内心世界，那种接近本真的生命状态，都还没有得到充分挖掘和透视，在对生命、对死亡的理解和对人物的穿透力上注入的笔力还有很大欠缺，削弱了小说震撼人心的艺术魅力。三是在故事的藏与露上笔力还不够，伏笔过早暴露，故事的结果早已预知，读者知道了张文昊就是老马要寻找的人以后，那种探幽寻秘的阅读期待就落空了。不是说不可以这样写，若这时小说在写人上多下功夫，这样写倒不是什么问题。可关键是作者对人物的那种悲怆苍凉的生命咏叹调没有唱响，对末日心路历程的探索不够深入。这样写，就显得不够深刻。四是有些地方把握得不太准，说得有些过，显得画蛇添足。如仅仅从道德问题上来理解张文昊的罪孽就失之于肤浅。结尾王局长那定论性的概括，老马对张文昊"是个好人"的论断，也莫不如此。其实，当受害者的生命逝去时，张文昊早已被取消了被原谅的资格。现在的结尾，好似画上了一个圆满句号，却出现了对人物的简单归整，涵盖不了前面的描写，是对小说自身发展逻辑的不尊重，也削弱了文本的智慧含量。小说是不包含道德信息的文字游戏，作者这些不太自然的铺陈漠视了读者的参入热情，婉拒了与读者的互动。

（2012.5.30）

具有重要突破的长篇小说《西藏的战争》

著名作家杨志军在 2011 年第 6 期和 2012 年第 1 期《当代》发表了新创作的长篇小说《西藏的战争》，人民文学出版社随即出版了单行本，目前正在全国公开发行。

《西藏的战争》是第一本以英国十字军入侵西藏为背景的历史小说，讲述了 20 世纪初叶在西藏发生的政治利益与宗教信仰的强烈冲突，以及西藏人民英勇抗击英军的故事。小说以三个方面的特色显得卓尔不群：

首先，叙事结构不同一般，是以空间变化，并融入西藏特有的五彩缤纷的文化来结构故事，使这部小说内容复杂、情节离奇、手法新颖。超高的叙事技巧，它可以跨越时空，任意遨游。以复杂的背景和离奇的情节，展现西藏人民抗击英国十字军入侵的历史。在对真实历史的影射中，有近代西藏社会变迁的缩影和西藏僧俗人民的精神意识，也融入了西藏人民生存的斗争历史和凝聚的经验和精神，同时还提出了对西藏的现代化转型和社会命运发展前途的思索和探讨，对具有民族特性的一系列问题做了深刻的揭示，是整个西藏社会变迁的一面镜子。成为一部具有史诗意义的作品。不管发生的一切有多么离奇古怪和扑朔迷离，都是出自作家对西藏历史现实的观察和感悟。

其次，作品塑造了从达赖喇嘛等高层人士到形形色色基层僧俗的众多人物形象。特别是西甲喇嘛形象颇有新意，是杨志军为当代文学贡献出的一个出彩的人物形象，具有一定的传奇色彩。他出人意料地在各种时刻做出准确的预言，说出一语惊人的哲理，做出超人的决策和敏锐的判断，他成就了许多自以为聪明的人都干不成的事。他的表现比聪明人还要聪明，他创造了西藏近代历史上从未有过的奇迹。他一次又一次地说出惊人之语，预言着一个个最终归入现实的传奇；他把身旁当自己是傻子的人抛在身后，勇敢地充当了历史的先驱者，他带领他信任的信众们，一步步走到了历史的前头。甚至为了完成这一历史重任，他自己也跳入了土司王朝的坟墓中，以结束自己的生命实现土司残留的彻底绝灭。作者对故事主人公的全新构思让故事一下子变得荡气回肠、波澜惊心。让旧的历史被自己带走，着实让笔者对故事的结果充满了惊叹！西藏的战争居然打得如此荒唐，看了又让人对于那个时代充满悲哀。

再次，它的语言结构独特，别有韵致，富有超自然的想象，有独特魅力。特别是在你认为没有一个准确句子去形容一个事物时，杨志军总能很自如地创造一系列的比喻来说出事物的真相，这类语句非但不显嘈杂，反而很有韵致，语言的魅力在此发挥得淋漓尽致。阅读他用想象力熬制成的语言，那种急促的快感总让人喘不了气，不拘一格且潇洒自如的姿态，词与词的错综搭配，能显出勾魂摄魄的美。让读者都会为它的语言惊艳，并且能够总结出诸如诗意美、音乐性等特征。这种语言特色也使得《西藏的战争》成为一本好读的书，随手翻开一页，总能感受到若许的空灵飘逸，读之自有一种语言盛宴的享受。

小说结尾，政治利益与宗教信仰的强烈冲突最终尘埃落定，英军占领了西藏仅仅七个星期后，在西藏人民对故土的挚爱和对侵略者的不懈抗争中，在牢固地生长在西藏人民心中的佛教的信仰面前，企图让上帝与佛祖在西藏共存的梦想在英国人那里彻底落空，他们无法为基督教在这里找到立足之地，只能带着基督教黯然伤神地离去。在入侵方的高调占领与低调离去中，在军事占领的强势胜利与信仰占领的彻底失败中，作品形成一种意味深长的吊诡，小说也进一步衍生出了复杂的况味。

（2012.1.30）

简评《我的昙华林》

作为一部以十年浩劫时期的武汉为背景的长篇小说，《我的昙华林》表现出了对"文革"那段历史进行新的多样化阐释的愿望。小说的故事发生在武昌昙华林，在虚构的一座米家花园里，发生了一段血色浪漫的爱情，那形形色色的人物，那宛如天籁的钢琴声，那一列孤独的绿皮火车，那一个遍地枪声的惊悸之夜……读来回肠荡气，让人难以割舍。

小说的可贵之处是：一、把历史人物还原为真实的人，作家关注人性的平庸、世俗化，人的各种欲望、烦恼和有缺陷的性格，对蒋劲松、米娜、木瓜、汪团长、姨妈、米娜妈妈、表姐、唐秘书等，努力进行了人性还原和文化还原，从普遍人性和文化积淀的角度寻求对历史、对人物的新理解，以此审视人的生存境遇，将人物还原为血肉丰满的人。二、对历史进行了重新想象，整部小说的场景具有很强的虚拟或假想性，我们在小说中看到的历史完全是另外一种景观，有时甚至会质疑，"文革"期间怎会有米家花园那样一个另类的生活空间？人物的很多行为可信吗？作家表现出对历史中的偶然性、不可预料性近乎偏执的热爱，强调偶然性的独立效果和主宰历史的价值，是站在新的思想高度来诠释历史的，历史成了文化的载体，作品彰显着历史无边的丰富性和模糊性。三、在对历史另样理解和阐释中，不忘对历史价值观的建构，痞性人物如蒋劲松、造反起家的如唐秘书，满嘴革命词汇、努力表现自己、貌似豪迈崇高的汪团长，努力向绅士提升的木瓜等，要么爱情坚贞，要么良心发现，要么回归人性，要么忍辱负重、勇于担当等，于吃喝拉撒的日常生活之中提升着人性的高度，避免了历史虚无化倾向。

命运的抗争与妥协

——评王华的长篇小说《花河》

《花河》以女性独特的柔情、敏锐的洞察力和出色的叙事能力，为读者建构了一个发人深思的精彩故事和多个各具特色的人物，昭示了作者不俗的创作实力。

小说以一个出身贫贱的女孩白芍对命运的抗争为主线，展示了20世纪中国社会的风云变幻和浮沉其中的男男女女不同的悲剧性经历，特别是其中一系列女性以卑微柔弱的身躯与现实抗争的身影，以其人性的深度、历史的厚度带给读者强烈的震撼。白芍小小年纪，在父母双亡的情况下，为了在生存意义上改变命运，生活得好一点，想尽一切办法解除了自己和王虫的婚约，带着妹妹红杏走进地主王土家中，并费尽心机嫁给了王土。就在她感到生活幸福起来的时候，解放军打到了这里，镇压了王土。这时，王虫也以残废军人的身份回到了花河。白芍为了摆脱和地主王土的关系，甘愿低三下四，不顾王虫的冷嘲热讽和他重续旧缘，最后终于达到目的。达到目的后，白芍竟能容忍羞辱、容忍丈夫对自己从身体到心灵的背叛。当读到小说最后白芍表白自己信命的时候，谁能不产生复杂的五味杂陈之感！我们知道，男尊女卑的传统由来已久，男人可以在各个领域大显身手，女性只能听天由命、依附男人。王华清醒地对这种社会现实进行了反思，让白芍在强大的角色期待中，只能在依附男人上改善自己的生存环境，使生活变得更好一些。生活得好一点是每一个人的基本愿望和理想，白芍的追求本无可非议。但融进了丰富的社会内容后，我们看到风云激荡的残酷现实时常粉碎她刚刚追求到的生活图景。作者细腻地剖析阐释了白芍的无奈、失望等等。你可以鄙视她，但更会不自觉地生出对她的悲悯和同情，引发对人性、对命运的深度思考。红杏对姐姐的设计一概不听，迎春的所作所为，甚至巫香桂、牡丹等都是在为改变命运而不断地进行着抗争。女性如此，男性也概莫能外，等二品、王虫、王果、张瓦房等，都在为改变命运而奋斗着。

　　小说以"我们"这样虚幻的集体视角来叙事，能跨越时间和空间，不断地发现新奇的人物、场景，时时凸现故事的动态性和现场感。整个过程如行云流水，非常自然，人物、事件等在介于全知和限知之间的叙述过程中被一览无余地展现出来。艺术表现灵活、自由，更好地接近了小说艺术的本质内涵。

（2013.4.4）

常芳长篇小说《第五战区》评论二题

一、情节的混合构成特色

长篇小说《第五战区》主要聚焦鹿家庄园和梅家埠两个具有联姻关系的乡绅家族成员以及周围的乡亲们在临沂阻击战中的种种表现，以此完成了第五战区范围内乡村人士走向抗日前沿的那一系列群像的成功塑造。

小说的主要时间段是临沂阻击战前夕、经过、结束。故事开头是鹿镐其于民国二十一年逃婚这一千多字篇幅的引子，随后马上就进入了大战的前夕，所以小说第一章第二部分就是鹿镐维因日军进攻上海回到了家乡。小说中虽然有大量合乎理性的传统叙述和描写，但常芳是一个有着自己艺术追求的作家，她深深知道世界存在的复杂性，所以同时准备了多种简洁凝练的艺术技巧，最突出的就是努力营构一种打破正常的时空次序，通过情节的前后追溯等混合构成方式，把过去、现在乃至未来扭结在一起，以大跨度的跳跃构成小说情节，把民主共和、抗日救国等社会思潮和社会形势对人物的冲击和影响进行了充分展示。

《第五战区》情节的混合构成特色主要有三种方式：

一是向前追溯。如一开始就写鹿镐其逃婚，但小说马上进入了五年后的情节，直到接近整部小说一半的篇幅时，在梅如是和鹿新茸为河神送灯祈求保佑一家人平安的时候，鹿新茸议论起大哥，笔墨才又回到了鹿镐其的新婚情景，并继续向前追溯了因家败鹿镐其和母亲在梅家做工的情形，以及梅如是的祖父看上鹿镐其，为孙女定下婚事这一系列往事。第十一章第三部分，写"十几年前的那个下午"，鹿邑周和罗灵芝的一次肌肤之亲，丰富了人物形象。作家善于在叙事中切断故事链条，向前追溯，展开家庭、人物、性格命运的演变，深化了主题，同时非常准确地表现了对社会、人生的思索。

一是向后追溯。如第五章的结尾，小姑娘宝石来到鹿家庄园由衷赞叹"你们家可真大"的时候，鹿镐维告诉她说"等你长大一点，就不会觉得这里大了"，小说马上写"在这个小姑娘真的长大一点，到一九四六年土改期间"，宝石对鹿镐维母亲的残忍折磨和沉痛控诉。第九章中尤惠朴和梅识禅在战场上相遇，作家接着写道，三年后已是县游击大队长的尤惠朴，派人逮捕组织部副部长梅识禅，梅识禅半年后被杀，小说一直写到 1986 年对梅识禅的平反。第十一章第二部分中写的田武燕真实身份、巴五的结局等都是快节奏地向后追溯。第十一章第三部分，写到了 1946 年秋天鹿丰年在土改中的经历，1960 年李公时回家和宋宝石离婚的过程等。这种向后的追溯，拉长了小说的叙事链条，增加了小说的社会容量，能引领读者的深入思考。

一是混合追溯。精心插入很多离开此一情节的叙述，让其变得跳跃复杂，通过一系列不连贯的多种情节的混合来延展故事，这种情节段落的交叉拼接，将现实情景、未来结局等交织叠合，多重展示，往往使叙事显得多重混响，人物命运扑朔迷离。读者通过阅读小说，能准确地把握人物多层次的性格特点。如第七章还是追溯鹿镐其被骗回来成婚，然后再追溯此前他和金娜的交往以及产生的爱情，这就构成了追溯中包含追溯的多重结构特色。第八章中李公时请梅子卿担任抗日救亡协会会长时，插入了对李公时父亲有关情况的追溯，既往前追溯，又往后追溯，同样属于混合追溯，短短的文字交代了老人的一生。第五章第一部分，写沂河抗敌自卫团成立后，人们的思想动态，以及练习瞄准打枪等，其中写到鹿镐维瞄准时突然想到了俞成恩，就在这一个不长的自然段里，作家交叉写出"几年之后"俞成恩被人从身后用枪打死，西青怀疑是鹿镐维所为。接着用"那时候，到她被日军围困在山里，因难产而母子双亡，还会有几个月的时间，"接着再写梅如是一次次反驳西青。这样，一个段落里，作家几次采用了时序颠倒的叙述方法，文本以类似蒙太奇的衔接技巧来回流动，人物命运变化的线索细致、准确，迫使读者去思索，以找到答案、理解作品。这种结构使小说的叙事过程天马行空，具有传统小说所不具备的多层次的内涵，丰富了作品的艺术色彩，提高了阅读者的兴趣。同时，在情节的混合构成和人物的复杂展现过程中，人物离我们越来越近，使故事具有人类共通的生活经验，而读者仿佛也透析到了自己内心世界，听到了自己心灵深处的呐喊，唤起源自生命本身的许多反思。

应该说，情节型结构是《第五战区》结构的主体。但作家在情节的大走向中，笔触跳跃挪移，任意挥洒，让各个情节因素之间在关系的疏离分裂中形成新的意义，构成新的有机统一体，通过间断情节，多维描述来为读者提供阅读向导，构建了着力于恢复故事与存在联系的文本。

《第五战区》情节的混合构成，反映了常芳对长篇小说结构艺术的清醒探索，这种努力让作品焕发着自身的艺术魅力，并能让读者荡出情节的束缚，不断地调整心理状态，多次迎接体验，在潜移默化中进入小说的意义世界，多次审视自己的体验，这样也能够真正实现对作品内在意义进一步的多重理解和发现。

二、 平凡而真实的男女形象

在人们的印象中，著名作家常芳的创作重点一直放在对当代、特别是当下社会生活的关注和拓展上。很多关注常芳创作的人，近年来都殷切盼望看到她拓展题材领域的作品。

其实，作为一个有出息的作家，常芳本人也毫不例外地抱有这种创作愿景。所以，从2012年下半年开始，常芳决定创作一部以抗战为背景的长篇小说《第五战区》，并深入到沂蒙山区腹地的沂南县集中调查采访。她跑遍了沂南的山山水水，与一个个经历过战争的老人深入座谈，仔细倾听他们的讲述，收集了大量资料，做了大量笔记。经过一年多的辛勤付出，三十二万字的长篇小说《第五战区》终于问世，并受到了广泛关注。

《第五战区》以鹿镐其为线索，从他新婚之夜的出逃开笔，让他在临沂保卫战中的穆陵关战场再次出场，最后以他受伤后在临沂死亡和归葬家乡收笔，其间把鹿家和他不屑一顾的妻子梅如是娘家梅家这两个家族的纠葛作为背景，真实再现了1938年临沂阻击战的广阔背景和社会全貌，塑造了一系列平凡而真实男女形象，给读者留下了深刻的印象。

小说中，鹿邑周这个人物颇有典型性，他具有属于普通人善的一面，如救了生病的鹿丰年，并帮他安葬了他的父亲和母亲，鹿丰年回到家乡青州不能落脚鹿邑周又收留了他。他讲究公理和正义，但对辛亥革命、民主共和等一直抱有敌意，甚至深恶痛绝。因为所谓的革命让鹿家"败光了他们全部的家产，让他的父亲和哥哥都变成了疯子"。看到儿子鹿镐其落在家里的一本《共产党宣言》，他感到"心惊肉跳"，认为鹿镐其正在重复"他那个不着调的伯父鹿邑德"所走过的路，并认定那是一条败家之路，是一条死路。也正是他，看到日本的侵略给中国人民造成的巨大伤害，"这些日本人，比我想象的要可怕多了"，态度开始了逐渐转变。但出于一些个人的考虑，他拒绝了李公时请他担任抗日救亡协会会长的建议。可是，当日军真的打到家门口时，他认为"螳臂当车也要先挡一挡"，开始购买枪支弹药，组织沂河抗敌自卫团，拉起一支抗日队伍支持抗战，并让自己的儿子鹿镐维带队走上了战场。锦官城遭受日军空袭死了十多个人后，村长和知事唯唯诺诺，毫无主见，是鹿邑周出面主持大局，并出资为这些死者举行了公葬。再如赌鬼兼酒鬼的卢斯金被冻死后，他老婆罗灵芝请求村里两个知事和村长帮忙料理后事，但他们认为罗灵芝生活不检点而找借口置之不理，这个时候又是鹿邑周出面帮忙将卢斯金安葬。这些地方，都体现出鹿邑周仗义疏财和勇于担当的一面。作品的深刻之处在于，鹿邑周的抗日是被动无奈和主动选择的统一体，具有形势逼迫和思想转变的双重性。另一主要人物梅子卿，也是一个普普通通的乡绅形象，作者对他侧重于道德自律，"不管走什么道路，人都不是牲口，不能丧尽廉耻，得有良心和羞耻心"，这是他一切行为的立足点和出发点。对儿子梅识禅参加共产党不理解，并颇有微词。出于对日寇的敌忾情绪，他接受了抗日救亡协会会长一职，并且越来越有正义感，后来毁家纾难，为抗战捐飞机，最终把卖剩下的那些土地也全都交了出去。梅子卿为女儿不幸的婚姻伤心，作家设置了他经常拿着枪四处打猎来宣泄心中烦恼，他叫管家把发电机发动起来点亮电灯让女儿看着心里亮堂这些细节，让人物有血有肉。作为乡绅阶层，在民族生死存亡面前，他们或被动或主动地走上了抗日道路。鹿邑周的另一个儿子鹿镐维带领队伍走上了战场，从穆陵关到莒县城，由于队伍缺乏训练，战斗力当然一般，但这种以民族大义为重的精神可歌可泣，可是他的结局却是那么悲惨。这是历史复杂性的准确表现，是抗战题材创作的深化。小说中还有很多个男性形象，有的着墨多一些，有的用笔少一些，但都可圈可点。

男性形象如此，女性形象也同样出彩。首先是梅如是，作为一个知识女性，新婚之夜被丈夫抛弃，她悲伤，她无奈，但从不抱怨，毫不犹豫地选择了在婆家继续坚守。她当然也是一个有着七情六欲的健康女性，所以当遇到新的爱情机遇时，她也有所心动和行动，但最终还是压抑了自己的感情，几乎把全部身心用在了在课堂上教孩子们读书认字。最后，她迎回了名义上的丈夫鹿镐其的尸体，并走到墓地完成了对鹿镐其最后的送别。常芳说过塑造这个人物的意图是："从人性的角度出发，她应该是集合了沂蒙山区妇女身上所有的闪光点，代表了一个群体形象。她们是女人，但不是小女人，能够发乎情，也能止乎礼。尤其是在面对国破家亡这种时代巨变时，她们会和男人们一样挺立着身板。"从文本来看，作家的意图是实现了的。但我们深入探究一下，又觉得这个人物值得挖掘的人性内涵还应该有很多，苛求一点说，作家好似并没有真正放开手脚，所以这个人物还是单薄了一些。相比来看，倒是小说中的罗灵芝更真实、更深刻一些。这个人物也是农村中常见的一个类型，她并不遵守"妇道"，生活中有很多"不检点"之处，所以锦官城几乎所有的男人和女人都对她"另眼相看"。这种状态让我们看到了更多的人性幽暗之处，女人恨她又暗自妒忌她，男人谈论着她诅咒着她，甚至怕沾染了她身上的"晦气"远离她，表面上拿她取笑，又想得到她。她的丈夫卢斯金赌博冻死在路口，她请求帮忙，甚至都没有人愿意站出来帮助她。这是一个为生活所迫，不断用身体为赌徒丈夫还债的女人，是一个从未泯灭良善和热情的女人。如她用自己的乳汁救回了一个因饥饿在田野里昏死的孩子，她细心地把一个泥哨子放进被炸死的货郎的棺材里，等等。当鹿镐维带领队伍到穆陵关去协助海军陆战队员阻击日军时，是她买来香烛跑到河边为这些慷慨赴死的男人们祈求平安。小说更有意味的是拉长时间链条，延伸到后来的岁月里，"文化大革命"中，她脖子被挂上破鞋、破锅和铁铲子，以"汉奸"的名义，夜以继日地进行批斗。但她却很坚强地活着，直到寿终正寝，让人物有了更多的社会内涵。

（2014.9.29）

捍卫小说中故事的尊严

——魏然森长篇小说漫议

进入 20 世纪以后，小说创作可谓越来越新潮迭起，以没有什么故事情节的碎片化、拼贴化为一种时尚，甚至有些作者让小说由一些零散插曲和似是而非的议论构成，这类文本的大量出现在体现着一种艺术创新的探索精神，并不断受到评论界追捧的同时，也出现了文本不堪卒读，读者大量流失的现实问题。进入新时期后，在我国当代文学中也涌现了一大批先锋作家，他们写出了一批令人耳目一新的探索性作品。但我们也不难发现，后来一些先锋作家纷纷转型，重新回归到坚持小说的故事因素的本质路子上来，通过精心调配、运用各种技巧和手法，构筑能吸引读者、使读者有兴趣阅读的小说艺术世界，给读者带来一种全新的阅读体验，重新赢得并扩大了读者群。

从小说文体确立起，故事就是小说的三要素之一，是小说存在和赢得读者的最基本的条件。多数读者喜欢小说，就是为了看一个有趣的故事，并在扣人心弦的故事情节发展中，欣赏作者所塑造的人物形象等。小说写不好故事是很大缺陷，小说失去读者的一个重要原因是抛弃故事的营构。回归到小说最纯粹的本质——讲故事，是值得作家们思考的一个迫切问题。

多年来，我一直关注着著名作家魏然森的小说创作，发现在小说创作中不懈地追求故事性，捍卫小说中故事的尊严，是他毫不动摇的艺术追求。他曾说："我是坚持一种写作原则。我的所有小说都很有可读性。我一直认为可读性对小说来说很重要。特别是长篇，如果没有可读性在我看来就是失败的。"清醒的故事意识让他的小说作品极具故事性和吸引力。到目前他的最新长篇小说《白雪英雄祭》出版为止，他已经出版了八部长篇小说。不论是早期的《浮沉》《白妖》，还是《越位》《错位》，抑或是最新出版的《白雪英雄祭》，均属于博尔赫斯分析的，在"取消人物，取消情节，一切都变得含糊不清"的混乱情况下，"仍然默默地保持着经典著作的美德""正在一个杂乱无章的时代里拯救秩序"的作品。

魏然森小说的故事叙述策略，有时是用第一人称努力创新叙述角度，如《家族秘史》从"我舅""我小姨"出发展开叙事，《白雪英雄祭》从"我舅姥爷"进入故事等，同时用故事外的"我"来提供叙述声音，对历史展开艺术想象，但小说的叙事落脚点却是"我舅""我小姨""我舅姥爷"等故事内的人物，让他们从亲历者角度来观照历史，叙述声音与叙述眼光不再统一于叙述者，而是形成一种叙事交叉，把叙述者"我"的现实与叙述焦点"我舅""我小姨""我舅姥爷"等的历史并置在一起，建构一种叙事时间与故事时间的相互交错，让现实与历史的对话形成一种复调修辞。里面这个"我"时而是这个故事的叙述者，时而是这个故事的聆听者，这种精心建构的"身临其境"之感仿佛在告诉读者，他所听到、所看到的都是实有其事，这对于调动读者的阅读兴趣是极有帮助的。从真实性的角度来说，这样处理的确是最好的选择。读者看到的是一篇正在进行时的小说——随着叙述者的讲述正在完成，在这个过程中小说又构成了历史对现实和现实对历史的相互观照的关系。选取一个恰当的角度会给故事平添很多趣味和吸引力，进一步放大小说的艺术感染力。叙事角度是叙事美学的一个重要方面，也是20世纪许多重要小说家都极为重视并尝试运用的一种手段，魏然森的这些小说中，可以说在叙述人称上认真做了文章。

魏然森的故事叙述重视清晰地交代时间、地点、人物以及故事的开头、经过和结尾，并注重用新奇的故事情节为读者提供一种新鲜神秘感。魏然森让阅读变得很纯净，面对他的小说文本，读者似乎就成了一个听故事的人。但魏然森知道，自己必须讲出精彩、独特的故事情节，才能让读者有新奇感，自觉地、爱不释手地读下去。记得我最初读《中年李逵的婚姻生活》的时候，从第一句"李逵在婚姻上出问题是从妻子卓敏要买房子开始的"进入后，就再也放不下了，结果只能一气读完。作为当下题材，魏然森在小说中通过一个在婚姻旋涡里和两个女人交往、对峙的中年男人在爱情上的痛苦挣扎，以及一系列困惑、失意等，深刻揭示了物质时代金钱对婚姻、对人性的冲击和侵蚀。整个故事跌宕起伏、引人入胜。在娴熟的写作技巧的驾驭下，一系列个性鲜明的人物形象跃然纸上。把人物及其命运坚定不移地根植于故事当中，是魏然森的拿手好戏。著名评论家邓荫柯曾这样评价魏然森的长篇小说《白妖》："在为数众多的以抗日战争为主要背景的作品中，《白妖》展露出了它的个性色彩和不可重复性品质。"也是重点强调了小说故事的新奇性。再如《越位》中，故事的完整性让每一个要素都得到了充分展现，这种叙事艺术为小说增加了深厚的现实感和故事性。魏然森小说中善于用多个立体、多面的人物来吸引读者，如《白雪英雄祭》中栾思光的丫鬟明妮爱上了英俊的少爷后，为了能天天见到栾思光就参加了抗日队伍，作者写她被俘后能忍受日寇轮奸的痛苦，但却忍受不了烙铁烙的折磨，最终说出了栾思光的藏身地点。又写汉奸成梓元在抗日军司令栾思光被敌人包围后，提供马匹让栾思光逃脱等。《错位》中的主要人物苗雨青是一个年轻漂亮的女大学生，却做了父亲过去同事朴向安的情妇，并为他生下了一个儿子，变为情人的这种"错位"关系的设置本身，就带有很强的戏剧性。再后来经过一番谋划，她又进入都氏集团并成了都家儿媳妇。《白雪英雄祭》栾思光的副官周洪宝为了防止走露消息而毫不犹豫地枪杀两个战友。日寇在密林中的地下工厂秘密用中国人的人皮加工皮包、手套、灯罩等。这些，都是用新鲜的故事情节支撑起来的，增加了读者的阅读兴趣，其中所展示的人性的复杂，读来不能不让人震颤。神秘性和故事性是一对孪生兄弟，沉浸在故事离奇的神秘性之中是读故事的人所能获得的最大的审美愉悦，也是小说的巨大魅力所在。小说阅读的最高境界就是使读者相信确有其事，并神游其间，以至忘掉自己。

著名作家、评论家曹文轩说过："小说无法彻底摆脱故事，小说必须依赖故事。""小说离不开故事，而只要有故事，就一定会有小说。小说是那些杰出的叙事家在对故事有了深刻领悟之后的大胆而奇特的改写。故事随时都可能被一个强有力的叙事家演变成小说。故事与小说的这种关系是无法解除的，是一种生死之恋。……故事总要包含于其中。"

我们高兴地看到，在文学的叙事中，魏然森动用了大量的技巧和各种文学手段，每一种技巧手法，都在他精心调配下，营造了富于个性的文学氛围，构筑成一座座精巧的故事宫殿，以语言为桥传达给阅读者一种力量，带给读者一种富有吸引力的阅读体验。更难能可贵的是，魏然森知道一部好的小说，留给读者的是那些活生生的人，而不是那些事。小说不可以丢失故事，但只有立足于人物的故事，才会使读者不由自主地进入一种情绪的、精神的或美学的状态，从而产生审美愉悦。魏然森用自己经营的艺术世界，为那些不堪卒读的小说创作指出了一条可行甚至会越走越宽的生存之路。

（2014.8.19）

缤纷的商场　独特的女性

——漫谈刘晓峰的长篇小说《菊香》

　　临沂籍作家刘晓峰近年来致力于当地批发市场生活资源的开发，以长篇小说的形式反映专业批发市场在波澜壮阔发展中不断出现的新事物，致力于塑造在商品大潮中涌现出的新一代老区人民形象，取得了不俗的业绩。2008年，他出版了长篇小说《西郊》，从宏观的角度，描写了专业批发市场由小到大的建设和发展历程，不久被改编为电视连续剧，产生了良好的反响。最近，他的第二部反映商贸物流市场内容的长篇小说《菊香》又由中国戏剧出版社出版了。我认真阅读后，很为他的勤奋笔耕而感动，更为他对长篇小说艺术的精心营构而感佩不已。

　　这部小说有着朴实纯净的色彩和基调，显得纯净而又厚重。小说也涉及了一些男女感情的描写，但却给人一种纯洁感、高尚感，没有一丝一毫低俗的描写和展现。仔细回味，应该是很久没有读过如此洁净的长篇小说了。作者在书中融入了自己对于商战的一种独特理解，更融入了对人生的一种深度挖掘，褒扬一种宽容善良和奋斗自强交织在一起的人格力量，这是全书的精神依托与核心所在。《菊香》展现的是专业批发市场发展到一定阶段后，新出现的物流市场由小到大的发展过程，小说以一个由农村进入批发市场打工的姑娘窦菊香为主人公，她因家庭困难高考落榜来到批发市场的满山树家具店打工，她诚实勤奋，备受店主欣赏重用。但因面对店主的性侵坚持女性操守底线而抛弃了轻松的会计工作，徘徊深夜的街头。后来，住进了价格低廉的旅馆，因而发现了物流发展的潜力和商机，从而走上了让在商城提货人搭乘空车返回的货车的配对工作。这种物流业的萌芽，让菊香和形形色色的商人、奔走四方的司机打起了交道。她以收取信息费的形式淘得了第一桶金，进而办起了红红火火的菊香配载信息货运站。后来因能力超群、德才兼备，被聘任为物流市场总经理，又开拓出了一片更加广阔的天地。菊香是作者极其钟爱的人物，更是作者着力刻画的人物。整部小说可以看作是一部关于菊香的商战故事，小说以菊香为名也正道明了这一点。她美丽、聪明、懂事，但她所遭遇的意外人生、坎坷而又丰富的人生阅历与生命经验，让她较早地开始思索关于社会、人生、进取、奋斗等问题，使她比同龄人都要早熟。在货物被骗拐、站牌被涂抹，经历栽赃、武斗等一系列挑战后，特别是在与马飚、黄侠的斗法过程中，她大度善良，沉稳坚韧，站稳了脚跟，并发展壮大起来，成为一个卓然不群的女商人、女物流师。更让人感动的是，在菊香的身上洋溢着一种理想主义的光华，作者用心为我们展示了一位非同寻常的优秀的中国女性。书中其他女性形象也都给人留下了深刻印象，满山树家具店女店主孙翠芝、菊香的同事梅笑、司机之家旅店的女老板白莲、全绿洲建材店店员露露、后来菊香的店员巧妹、宋琦的母亲等，也都写得各有特点。她们与菊香有竞争，有误会，但又拥有和菊香类似的坚韧、善良、包容、关心、扶助等优秀品质。小说的可贵之处还在于通过菊香等一系列代表人物的塑造，凸显了沂蒙老区人民的善良大度和隐忍坚强，让人很自然地联想到菊香应该是承接了沂蒙红嫂、沂蒙母亲、沂蒙六姐妹等体现出的沂蒙精神而在市场经济条件下出现的勇立潮头、大有作为的新一代沂蒙女性形象。在小说中，每一个女性人物的亮相都是这样一种精神的化身，都是这样一种理念的再现。新的沂蒙女性让人们同样感到了其光彩照人、光芒四射、令人温暖、让人感动之处。

作家潜意识里其实都或多或少地有用自己的书去影响别

人的愿望，希望自己对人生、对社会、对人类、对大自然与人类关系的诸种思考，走进读者的心里，对读者产生影响。也就是说，小说能不能写得好看其实很重要。要实现这个目标，首先必须经营好一个故事，写得吸引人，让小说好看而又耐读。要想做到这一点，就必须巧思设伏、悬念不断，情节大起大落、大开大阖，体现出很强的故事性。我们高兴地看到，《菊香》这部小说尽管体现了一种理念，但绝对不干涩，而是水汽浸润、枝叶饱满。作者用商场中的现实碎片编织出一幅浸满奋斗精神、荡漾着农村打工妹浪漫理想的生动画卷，写得很精彩。作者把一个农村打工妹放到城里、放到商场商战前沿，并在与女性交往的同时，让菊香也和形形色色的男性产生着碰撞、交流、相知、相爱等。小说中，同时也交织着孙翠芝的感情危机，露露的由排斥到对菊香的理解、模仿、奋起，梅笑走出阴影赢得爱情等。作者还让爱情和欲望牵扯到一起，人物的感情故事一波三折、阴差阳错、峰回路转，使小说不断呈现出一种跌宕起伏的旋律，读来很是吸引人的眼球。在小说的布局，特别是情节的转换、叙述语言的流畅方面，作者也都是下了功夫的。猛一看，在结构的处理上和叙事的手法上好似并没有过多的经营与布局。其实不然，作者为了快速推进情节，借鉴了电视剧的表现方式，通过不同故事场景的灵活转换，加快了小说的叙述速度。读者读来紧张而又轻松，逐步走进了作者的书里，和作者持续进行着心灵的交流。《菊香》的语言也有自己的追求，没有故弄玄虚耍玩花样。不论是叙述、描写还是对话，作者都写得很接近我们的日常用语，有一种流水叮咚响的流畅韵律。

当然，小说也存在一些遗憾，和露露比作者浓墨重彩塑造的菊香的形象还略嫌单薄了一些；而对露露，尽管着墨不是太多，但随着故事的展开，她的心理不断发展、性格不断丰满起来；在爱情危机中，孙翠芝这个人物应该还能挖掘出更多的内涵，可目前有些地方把握得还有些模糊不是太准确；

黄俅的转变也还缺乏叙事伦理的强力支撑；小说也还存在文字、标点等方面的问题，校对也应该更认真一些。

（2013.3.18）

沧桑往来径　即时横翠微

——高岭及其《半面西施》印象

　　最早知道高岭其人，是从他的女儿高薇那里。前几年，高薇因爱上了写作，平时和我交流多一些。我觉得她在小说创作方面是颇有悟性的，也愿意和她说得深一些。而我说的，特别是一些比较直率的话，她也能认真接受并不断进行着反思。自己说的话，有人爱听且能听得进去，交流起来就没有什么障碍，所以我也是比较愿意和她交流的。同时又加上她很勤奋，是我县出现的一位颇有后劲的女作家。我们的交往中，有时候她也会说起她的父亲，并说自己的父亲早年也写过东西，最近也还在不停地写着。说实话，我对我所熟悉的一些老年人的写作并不怎么看好，因为他们大多不愿意接受新的写作理念，文学观落后，思想僵化。尤其是一些老人对自己那种连文学边缘都没有摸到的写作固执而自信，那种盲目的自恋状态甚至到了无以复加的地步，所以几十年也就是写点所谓的文学作品自娱自乐着、自我欣赏着、自我满足着。因为有这种先入之见，所以对高薇说的她老父亲的写作也就没有当回事。

　　近年，为了撰写《沂南文学史》，我在广泛收集资料的过程中，发现一本 1986 年县文化局编的第 1 期《阳都》杂志上有高岭的一篇散文《故乡散记》，认真读了一下，写的是带孩子回老家过年看到的家乡的巨大变化，文中洋溢着诚挚充沛的感情，尽管带有那个时代的"歌德"色彩，但构思精心、文笔流畅。随后，我把一本这期的《阳都》给了高薇，后来好像听说老人家并不怎么看重这篇作品，所以也就没再关注他。但我一直感到可惜的是，那以后没再见过他的作品，估计是中间停笔了。因为不再爱好了，所以不珍惜自己以前的作品也就理所当然了。后来，在县里组织的一个书画界的评奖活动中，我忝列评委。同是评委的一位前县委副书记、一位前副县长和我谈起沂南的文学创作情况，我在介绍中重点说到了高薇的创作，他们都说注意到了这个作者。当我说到她的老家是淄川时，两位老领导若有所思，并问曾在财政局工作的高岭也是淄川的，他们是否有关，我笑了："那就是高薇的父亲呢。"两位老领导几乎是异口同声地说："原来这样啊！"随后的交谈中，我知道了在高岭右派问题的平反中，他们两位都是亲身经历了的，并且留下了深刻印象，三十多年后尚能记得。他们对高岭曾喜欢写作的事留有印象，并认为他养育了在写作方面取得优异成果的女儿是正常的。后来高薇又几次说起年近八旬的父亲写作的事情，我仍然是一直没怎么当回事，总觉得这么大年纪了恐怕很难写出有新意的作品了。倒是对高岭当年被打成右派，其夫人在屈服于压力和他离婚后不久，又不管不顾、舍弃掉一切地跑到淄川和高岭破镜重圆、几十年受尽磨难的事情感慨佩服，唏嘘不已。

高岭的老家淄川历史文化底蕴非常深厚，高家在当地又是显族大姓，他家祖上高珩（1612—1697）是明崇祯十六年（1643）进士，为官于明、清两朝，擅长诗歌创作，诗歌作品深受元稹、白居易影响，一生留下诗歌万余首，著有《劝善》诸书及《栖云阁集》。赵执信为他编有《栖云阁诗》十六卷，宋弼为其辑录拾遗三卷，因《四库总目》皆予以介绍而并传于世。同时，蒲松龄是高珩侄女的舅父，高家和蒲松龄家族是亲家。蒲松龄科举中屡试不第（七十一岁方为贡生），仕途失意，穷困潦倒。高珩将他引为知己，并热心推荐给毕际友家私塾任教授徒。其间，高、蒲二人诗书往来频繁。而《聊斋志异》的成书也是在毕家学馆内完成的。康熙十八年（1769），《聊斋志异》初步成书的时候，高珩给书写了序，指出当时的社会"江河日下，人鬼颇同"，认同蒲松龄运用鬼魂的形式来写社会。"吾愿读书之士，揽此奇文，须深慧业，眼光如电，墙壁皆通，能知作者之意。"高珩还将《聊斋志异》的初稿带入宫内广为传阅，这对《聊斋志异》的流传起到了重要作用。蒲松龄还曾写过俚曲《琴瑟乐》，高珩也热心为它写了跋。高家历来是诗书传家，在这种浓郁家族文化滋润之下的高岭喜欢写作也就是非常自然的事情了。所以，我一直为高岭正当壮年而放弃写作感到惋惜。

就在不久前，高薇告诉我她的老父亲刚写了一部长篇小说《半面西施》，想让我看一下。我答应看，但因忙于这忙于那的，又加上先入为主之见，所以态度并不积极。但当我坐下来，刚看了一个开头，原先的想法就开始令我汗颜了。这部小说写得很有特色，是正宗且有新意的小说写法，于是我开始认真看了起来，结果一看就放不下了。看小说的过程中，我随时会兴奋地和高薇说一下我的看法，并多次给予了高度赞扬。

用几天几夜看完了这部二十余万字的长篇小说后，我感到根本不像出自一位八旬老人之手，小说写得时尚而又传统，线条明晰又不失厚重。小说一开头就先声夺人，女主人公麻凤莲用一块黑围巾蒙着被日本鬼子炸出大疤、小疤、疤摞疤的右脸，穿着一件几乎全是用补丁做起来的破棉袄，手提一只用薄铁皮做的长喇叭，身姿婀娜、不紧不慢地走向老槐树，爬到老槐树的平台上，喊出了一段生活气息浓郁、性格特点鲜明的话，一下子就把人物写出了特色。《半面西施》这部小说最大的特点就是写出了多个鲜活的人物，如老于、马主任、小秀才、安建、胡二歪、苏金宝、贾四、甲股长等。不论着墨多少，都能写出人物的特点来。小说行文注重变化，如老于在第六、七章讲了一个长故事，表面看离开了主人公麻凤莲，其实是介绍当时的背景，随后文笔立即拉回来，写开会："大家都走了，麻凤莲坐在那里却没有走的意思。"然后回到了对麻凤莲的工作智慧和能力的描写。再如第九、十章写过杀人案破案过程后，麻凤莲再次出场了，在做苏大爷工作时显出她的性格特点。小说中节奏的把握也很注意，如第四章用闲人甲、乙、丙迅速转换，第五章"老槐树下，月光凄凉地照着地上的担架，然后定格在小秀才泪水满面而又稚嫩的脸上"，迅速展开了另外的描写，节奏很快。而第二章简直是一场"智斗"，在慢节奏的场面描写中，却剑拔弩张，气氛紧张异常。整部小说的照应也颇具匠心，有章节内照应，如第一章胡二歪的前后小调、麻凤莲的改正"各位大家"等。章节间，前面出场的人，后面都有交代，如贾四、老邴等，隔了很多章节后也不忘对他们的交代。小说中没有交代的，都是不需要交代的，如公公归有伦和儿媳那些人的结局，全部省略，行文干净利落。方言运用恰当，所用方言读后都能明白是什么意思，且能显得生活气息浓郁，如"见黑夜""能煞了""天擦拉黑""长黑老夜的""吃喝嚼用""饿龇了牙""大高高""坐在当门""老生子闺女""淘澄点"等等。还有一些乡土歌谣的引用，也能和小说构成一个有机整体。作品还巧妙地、真实地反映了历史的细枝末节。如安建说解放了二三年的情形是："老百姓小病不治硬扛着，大病治不起等死，信中医不信西医，挣个钱实在是难哪！"第九章中计老五说："你没听说过吗？老实可靠，上级不要；弄虚作假，上级提拔。"计老五还说："今冬天还能凑合着过，明年春天就要饿肚子了！"小说中这样的地方比比皆是。似无意实为精心做出的艺术安排。作者高岭历尽磨难，所以他能在小说中写出一种沧桑感。再简单举一个例子，第四十四章中，写的是婚礼场面，在一曲"文革"前的老歌过后，有人起哄唱样板戏，"马立谦说：时间不早了，以后再唱吧。"这里就含蓄有味道，包含着很多历史的、心灵的密码，马立谦委婉回绝唱样板戏的深层心理是颇令人回味的。

　　当然，小说中也存有一些瑕疵，如时间表述缺乏变化，

第四章中"说话之间，又到了五天后的一个中午"，第六章中"半个月以后，小秀才领着苏金宝的父亲，走进了马主任的办公室"。这类算计时间的表述太多，就显得单调了。第六、七两章打破顺序，用回溯法讲述了粮食局被抢和破案过程等，小说打破了沉闷，是可以的。但第九、十章又用穿插法讲故事，介绍了安建、安达杀人和破案的过程，前后两次用同一手法就显得重复。

但瑕不掩瑜，《半面西施》是一部下了功夫写出的优秀作品。特别是出自一位八旬老人之手，更加显得难能可贵。

尽管住在同一座小城里，我至今并未见到过高岭老人。之所以如此，是不想打扰一位年迈老人随意而平静的生活。现在，这部小说不久后就要出版了，这是高岭人生中的一件大事，是他文学写作生涯中的一座里程碑，记载着他的人生履历，记载着他对自己经历的历史的凝视和沉思，记载着他对小说艺术的追求和探索。我衷心祝愿老人家健康长寿，祝愿老人家文学创作之树长青。

（2014.3.4）

长篇巨构　家国情怀

——评薄三欣《三世梦》

　　我和薄三欣并不相识，有天他突然让人捎来长篇作品《三世梦》，并想请我看后谈谈看法。这样的事情经常碰到，我一般是不会去浪费时间看的，若都看就根本没法顾及自己的创作了。但因为这次是我尊敬的一位长者联系的，犹豫一段时间后我还是把书接过来了。同时，我也知道了作者是浮来山西侧薄家店子人，在小学教育战线工作了几十年。书接过来归接过来，但五十多万字的作品看一遍需要太多的时间，是让人颇为犯难的，又加上自己有创作计划，所以一直没有翻阅。一段时间过后，说是薄三欣要来听我谈意见。我知道再不看说不过去了，这才拿起这本书来，面对密密麻麻的小字打印稿费力地看了起来。用了接近十天的工夫，在他到来前终于看完了，并形成了一些想法。所以在他来后我谈了一些自己的看法，应该说我们谈得很融洽。他一直希望我能为这本书写点文字，但我一直感到无从下笔。谈完后他回去进行了认真修改，并让人给我把电子稿又发了过来，还是希望我写点看法。我知道不能再推托了，于是从电脑上用了多天时间再次看了一遍他修改后的稿子。在看得头昏脑涨、身疲眼花后，终于理出了一些头绪，才提起笔来。

　　薄三欣老师从事小学教育几十年，工作认真负责，教学成绩优秀。我在阅读中，深深感到他还有那代人的一个突出特点，就是关心政治，努力学习政治理论，并始终自觉地把家和国紧紧联系在一起，把家国情怀作为赖以生存的家园，作为安身立命的寄托，作为精神的根基。其实，家国情怀一直是有良知的作家创作的重要主题，里面既有乱世里对国家前途的殷忧，也有盛世中更上层楼的期盼。它是我们民族的灵魂和传统文化的精髓。在文学创作中经由历史叙事来抒写家国情怀，也一直是多元化写作中最为重要的一脉。薄三欣老师退休后，依然关心政治，情系家国，在六十八岁的时候，开始回顾自己走过的道路并用笔记录下来，经三个寒暑终于写出了这部五十多万字的《三世梦》。《三世梦》用朴素的笔调，记录了七十余年的极具个人化的一段历史。历史是一个国家和民族的记忆，也是一个国家和民族的精神象征。无论怎样沧海桑田、流转变幻，人都在其中鲜活地生存着。《三世梦》的故事发生在浮来山西侧，从20世纪40年代一直写到今天。书中的灵魂人物是薄国，作为20世纪40年代出生的人，他经历了社会动乱和苦难，经历了新中国成立后的风风雨雨，经历了改革开放的新时代。作者以他为切入点，以他的人生经历为线索，记录人的命运辗转和时代变迁，文字中有顽强的生命意志、温暖的人情味，充满了真挚深切的情感。《三世梦》的特点是没有刻意去刻画性格鲜明的人物形象，而是重在叙事，重点写社会发展变化，写基层小人物的坎坷经历、曲折命运和苦尽甘来的社会巨变等。尽管我说《三世梦》不重视人物形象刻画，但书中的很多人物也能给人留下了较为深刻的印象。主人公薄国就不用说了，就是辛寿、张创、谢芳等着墨不多的人物也都写得让人难忘。作品是写这个国家和这个国家的人的命运的，可以说是用传统的方式来记录土地上生长的中国故事的。

　　这本书在处理虚实关系上也值得一说。作品是作者根据其自身经历，以纪实和虚构相结合的手法创作而成的一部长篇作品，书中故事有很多作者的影子，有相当多的自传成分，但又不是传记，所以虚构成分占有很大的比例。这类创作，怎么处理虚实关系就成了一个重要的问题。作者把握住了写小说的虚构能力和写散文的非虚构能力之间的平衡，实现了二者的有机结合，基本上做到了"大事不虚，小事不拘"，既让虚构不至于凌空蹈虚，又让非虚构不至于囿于史实只言片语的束缚，虚构为非虚构插上了翅膀，非虚构又为虚构提供了着陆点，虚实相生，扩大了叙事的张力空间。意境的广大，赋予了文本深厚的历史感，全书浸润着的家国情怀得以充分表达，读来令人心胸激荡、感佩不已。

可以说，作为展示历史的一部作品，叙事是至关重要的。既然《三世梦》是一部侧重叙事的作品，我想重点谈谈这部作品的叙事特色。卢卡契在《历史小说》中说：历史作品，虽然描绘历史是"明确地联系现在"，然而"这种联系在于活生生地表现过去，使过去成为现实的前期历史，使经历了漫长的进化过程而造成我们所知道的今天生活的那些历史、社会和人性的力量得到诗意的体现"。米兰·昆德拉在《小说的艺术》一书中，由德国哲学家胡塞尔《欧洲科学的危机与超验现象学》所说的"存在的遗忘"而引发出小说的基本功能就是"对于被遗忘的存在的探寻"。为了诗意地探寻存在的本质，《三世梦》还在以下几个方面做了努力。首先是能把现在很多年轻人不知道的、经历过的人好了伤疤忘了疼的过去重新展示出来。如挨饿时期，学生去采杨树叶煮熟充饥，看到旁边有一棵刺槐树上开满了一串串白花，去采摘时折断一截树枝，被一妇女讹上。这个妇女写得很鲜活，但我们对她绝对不能简单地以"泼妇"概括，她的撒泼和牺牲尊严中包含着很多社会内容。特别是，我们要是和以下这个情节结合起来，就更有意味了。薄国从学校回家，父亲说荣强家一个月饿死了五口子，薄国说可能是有病死的，老人说："饿厉害了还不得病吗？先是水肿，肿厉害了就死人。"有一次，父亲对儿媳、女儿发火，原因也仅仅是稀饭糊馇煳了锅和"没钱买盐也不知道炒菜少放"。这些过去的故事，读来让人心酸，更引人思考。其次是细节挖掘有特色。如水灾发生后，妻子袁丽不放心，就去迎接薄国，没有迎到，一夜不安，但当薄国安全回来时她却躲到了屋里，妹妹来叫她，她却慢吞吞地说："回来就回来呗，有什么大惊小怪的！"父亲叫她去烧水喝，她才觉着有了理由，出来见面，把那个时代媳妇在家人面前的羞涩之情表现得淋漓尽致。再如妻子坐月子，薄国为了回家看看，星期六下午4点政治学习结束后步行七十里回家，晚上10点多才到家，凌晨两点就马上往回返，到第二天早上8点钟开会点名时，他准时在门外打了"到"，细节写得很有味道，把夫妻爱情、工作热情等做了很好的处理，写得甚是感人。再次，在叙事中作者还加入了当地的一些风土人情和方言等，使作品有了浓郁的地域文化特色。文学创作与地域文化有着血肉般的联系，彰显地域特有的人文景观，充分体现自己独立的话语方式和精神系统，在创作中有着重要的意义。如吃"大脚"的描写就很有地方特色，所谓"大脚"就是用地瓜干面加开水烫半熟，擀成皮子，把蔬菜加上几滴油做馅包成的大包子。再如，书中还穿插了圣母冢、左泉、秃尾巴老李、阳都诸葛亮的传说等。在语言上也注重吸收一些地方特色的语言，如"打嚷聊嘴""燎水""不沾弦""讲咕""上黑影""值不当的""谝一谝""出嫁的女儿半个客""会做媳妇两头瞒，不会做的两头传"等。这些方言运用自然，能增强作品的表现力，具有不可取代的独特地位。为我们营造了一个真实的独具地域特色的民间氛围，可读性进一步增强。《三世梦》这些特色的存在，使作品不仅有了情感的深度，也达到了一个较高的艺术水准和思想高度，有了审美价值。

总之，《三世梦》的作者在创作时是认真的、严谨的，是有道德、有良知、有担当的，作品从大处着眼、小处下笔，用史家的笔法，以一个基层知识分子大半辈子生活与工作经历生动形象地还原了社会的本来面目，作品写得那么真切，那么贴近，那么触手可及，既还原了历史真实的面貌，又具有文学的温度。读此书，年长者将会引发酸甜苦辣的往事回想，年轻人将会思考如何承担家国责任，做一个堂堂正正、奋发有为的中国人。

虽然阅读长篇作品很是累人，尤其是阅读两遍，除了会出现身心疲惫外，还容易产生审美疲劳。但回过头去想想，我感到每读一遍，都有新的感受、新的收获，还是值得的。

祝愿薄三欣老师的著作早日问世，我愿意在阅读打印稿、电子稿的基础上，再次阅读作为正式出版物的这部著作。

（2015.3.17）

关于历史文化的童话想象

——读鲁冰的《凤凰吟》

　　作者鲁冰 20 世纪 70 年代出生，是中国作家协会会员，2000 年开始童话创作，在《儿童文学》《中国儿童报》《少年日报》《童话世界》《童话王国》《中外童话故事》《世界儿童》《大灰狼画报》《幼儿故事大王》《好儿童画报》《东方娃娃》《小学生故事》《小葵花》《红蕾》《快乐童话故事》等刊物上发表童话近百篇。入选中国作协选编的 2008、2009《中国年度童话》、中国作协审定出版的《2006 中国幼儿文学精品》《诵读中国》《21 世纪中国文学大系》等多种选本。2005 年 11 月，《小鸟快飞》荣获中国儿童文学界最高奖项之一——第十六届冰心儿童文学奖新作奖；2008 年 1 月，童话集《最亮的眼睛》获山东省第八届精神文明建设"精品工程"奖；2008 年 12 月，童话集《最亮的眼睛》荣获山东省委、省政府颁发的"泰山文艺奖"（文学创作奖）；2009 年 12 月，长篇小说《小鸟快飞》获山东省第九届精神文明建设"文艺精品工程"奖；2012 年 3 月在人民文学出版社出版五卷本童话集"鲁冰花园系列"收入了作家创作的主要童话作品《月亮生病了》《最亮的眼睛》《小鸟快飞》《金色小提琴》《凤凰吟》等。2012 年 3 月《戴胜鸟日记》入选"十二五"国家重点图书出版规划项目和国家出版基金资助项目，在安徽少年儿童出版社出版。

　　不论是童话集《月亮生病了》《最亮的眼睛》《金色小提琴》，还是长篇童话《小鸟快飞》《戴胜鸟日记》，鲁冰的童话大多是写现实生活的。鲁冰用寻找美与善的眼睛观察着大自然的万物，以纯真的童心映射着一片云、一朵花、一缕风、一滴露水、一只小鸟等等，让它们在自己的童话作品中闪现出爱的光辉，在孩子们的心灵里撒播明净、纯洁的种子，也同时慰藉着成年人在现实社会中疲惫的身心。鲁冰的这类童话，专家和读者们多有评论，这里我就不再多说了。

在写好这类现实题材童话的同时，鲁冰开始了以童话表现历史和文化的探索。在鲁冰的童话集《最亮的眼睛》中就收入了《百里奚》等用童话表现历史文化的作品，他写道："百里奚就像一辆破旧的老纺车：老纺车要是不常常上油，就会'嘎吱嘎吱'地叫唤，而百里奚要是不喝茶，骨头就要'咯吱咯吱'地响呢"；百里奚夫妇"颤巍巍地对望着，像是秋风中的两片黄叶；他们紧紧地拥抱着，泪水像黄叶上的露珠一样慢慢地滴落下来……"用生花妙笔点染出的历史人物，多么的趣味盎然啊！

在这篇文章中，我主要想谈一下对他的《凤凰吟》一书包含的《白鹅的孩子》《凤凰吟》这两篇作品的一些粗浅的看法。

怎样让现在的孩子在课外阅读中轻松地学习历史、了解文化？鲁冰通过一系列历史文化题材的童话创作给出了让孩子喜欢的答案，那就是带孩子走进童话王国，用生动有趣在文笔中去追溯历史、写活人物，让孩子们在轻松愉快的阅读中接受知识、受到感染、受到熏陶。这比一味地板着面孔一本正经地用机械、生硬的教科书来向孩子们传授、灌输历史文化知识效果当然要好得多。鲁冰的《白鹅的孩子》和《凤凰吟》是用童话笔法写作的传记，将书法、唐诗等绚烂的中华文化融入其中，给小读者们奉献出了历史故事的新讲法、历史人物的新写法。王羲之、杜甫都经历了历史的大动荡、大变迁，他们的一生颠沛流离，具有浓厚的历史沧桑感，要交代清楚这些，把握不好就会让孩子们兴味索然，难以卒读。可是鲁冰在这两部作品中将历史与现实、记忆与想象融为一体，展现了一个浸透着人类历史和传统文化，富于童话色彩的趣味世界，引领着孩子们通过轻松愉快的阅读，在"一种暖日清风拂过的感觉"中，到达一个美丽的五彩缤纷的艺术世界里。

少年儿童对本土文化的接受一般说来是不会成为问题的，但是随着现代化进程的不断推进，我国儿童对本土文化的疏离也越来越明显，基本上被国外形形色色的读物所控制，再加上游戏、动漫的加入，长期下去后果堪忧。怎样把孩子们的目光吸引到能建立民族的自我意识和审美方式的中国历史文化中来呢？《白鹅的孩子》和《凤凰吟》就鲜明地体现着对本土儿童文学资源挖掘和传达的努力。我们看一下在两本用童话笔法写作的人物传记中，鲁冰是怎样带领孩子们接近这两个著名历史人物的呢？鲁冰在《白鹅的孩子》设置了二十章，其中第一、第十一、第二十章都在标题中镶嵌着"燕子"，童话选取了一个很好的切入点，开始就是美好的春天里从南方飞回的燕子眼中看到的王羲之家乡的环境，在鸟儿们的对答声中，介绍了王羲之的家庭状况，交代了王羲之的出生，行文中时常用燕子的眼睛来观察着王羲之的人生经历和书法生涯等。在纵向上用燕子贯穿的同时，横向上设置了白鹅这一道具，从王羲之出生时母亲恍惚中看到的白鹅，到生活中母亲买回来的白鹅，再到王羲之生活中随时亲近的白鹅等。体现着历史沧桑变迁韵味的燕子和象征着王羲之身心正直、品格高洁的白鹅交织在一起，把想象力和真实故事有机地组织到一个童话的框架里，真实历史人物与事件巧妙地融汇在了一起，有根有据地拓展开了一个新的历史重述过程。而在《凤凰吟》中，十七阕中每阕的标题都贯入一个"凤"字，通过行文中琴师弹奏中飞来的凤凰、母亲梦中的凤凰、琼枝头上戴的金凤凰、杜甫口中吟咏的凤凰等，让凤凰的形象始终和杜甫紧密地连接在一起，为的是把杜甫比喻为一只诗国凤凰，为的是展开具有童话色彩的趣味故事。文本中同时亦幻亦真、虚实结合地设置了倾国、倾城、琼枝、琼林、若诗、若画等形象，并把她们与杜甫诗歌中的人物形象幻化在一起。如此撮合，准确而形象，让枯燥的历史增添了更多的看点和话题，增添了童话色彩。在严谨中透着的灵动中，一种事关民族精神的更高内核被揭示出来。这种文化底蕴丰厚、富于想象力和趣味性的故事，体现着作者的巧思。作者在对历史文化资源的重新发现与重新书写中从形式上完成了它的文本转型，使之更符合少年儿童的阅读习惯，具有重要的开拓性意义。

鲁冰用儿童天真无邪的眼睛和心灵来观察自然、感受世界、表现历史文化，在这两部童话相对来说故事性并不强的故事中，仍充满着诗情画意。鲁冰的作品之所以为广大小读者广泛接受，与其富于诗情画意的艺术特色有密切的关系。严文井曾说过："我认为好的童话都是一些'无画的画帖'，或者又是一些没有诗的形式的诗篇。"高尔基也有句名言："只有合适的优美的外衣装饰了您的思想的时候，人们才会听您的诗。"对鲁冰的童话创作中表现的浓郁的诗情，金波曾评价说："鲁冰的语言浸润着安徒生的气息，同时还具有冰心语言的清丽典雅。"如《白鹅的孩子》中"十八缸水"是王羲之教育王献之的故事，里面吸纳了很多传说故事，但鲁冰的表现方法都别开生面，具有一种明快、清新、饱含诗味的艺术魅力。写王献之不小心把墨点溅到了纸扇上，小献之灵机一动以这个点为眼睛画出了一只白鹅，王羲之并没把夸赞的话说出来。但王献之下一次又在白纸上溅出墨点后，将墨重的一笔做了"鹅"字的一点时，王羲之一眼看出并当即指出练习书法的正确方法后，王献之的自满之心才收敛了起来。这里没有精彩故事情节的穿插，只淡淡几笔外貌、语言与心理的勾勒，就活画了父子俩的形象。简洁生动，朴实无华，富有直观性。这样的童话，怎能不使小读者在潜移默化中受到感染呢？如《凤凰吟》中，在写杜甫科举失意后到北方游历时，文笔显得非常优美，特别是在泰山脚下，远眺近观，"杜甫的心中，的确升腾起了一首诗，于是他挥动双臂，像一只金色凤凰一样，在泰山壮丽的日出中吟唱"出了"会当凌绝顶，一览众山小"，由写景引出人物，绘景写人相辅而行；景物衬托了人物的心情，人物乐观进取的精神又为景物增添了活力。当情节发展到这里的时候，作品的深情浓意随之跨上了一个新的高度，作品的强大感染力生发出生机勃勃的艺术效果。再如写"安禄山的野心像一只乌黑的巨鸟，越飞越高，它的翅膀遮住了太阳，他的黑影罩住了大唐王朝"，也比喻准确，趣味盎然，这种情景相生的描绘，使杜甫忧国忧民的悲愤之情跃然纸上，能引起读者的强烈共鸣。

　　鲁冰说过："我觉得自己是个永远长不大的孩子。孩子们是相信奇迹的，我也是。与孩子交流，就要付出爱，相信：爱与感动能够创造奇迹！孩子在成长中是不能没有爱的。"爱是童话的重要母题，弥漫在童话的情节、意境、形象和语言之中，对儿童的情操、性情、品格养成产生着重要影响。在谈到《小鸟快飞》时他说，自己在写这本书时，"心中一直想着这样一句话：'当爱的暖流从我们的心灵深处溢出的时候，它也润泽了我们自己的生命。'"《白鹅的孩子》第十章写"八王之乱"发生以后，王羲之的父亲渡江南下前夕，王羲之和妈妈依依不舍，但父亲毅然前行的那种以身许国的大爱在王羲之心中埋下了爱的种子。《凤凰吟》写杜甫从小失去了母爱，缺少安全感和幸福感。但是，二姑母的爱挽救了这个诗性的、敏感的孩子的心灵，使他没有失去对人的关爱和普天下的关怀。这种爱在杜甫的心中不断升华，后来他写下了"安得广厦千万间，大庇天下寒士俱欢颜"的诗句。这些爱的描写，隐含着非常深厚、丰富的现实寓意，具有普世价值。鲁冰用生动的童话故事表达着自己对和谐世界的期盼、对爱的思考。爱会深深镌刻在孩子的内心，伴随孩子成长，成为社会向善的力量。

　　鲁冰的《白鹅的孩子》《凤凰吟》立意独具一格，是用童话重述历史文化的一次成功的尝试，这些优美童话的问世，拓展了他的童话创作领域，表明作家的创作进入了一个新的阶段。

（2012.6.22）

猎猎长风　群像英雄

——评杨文学的报告文学《叩拜沂蒙》

　　沂蒙山是一座红色的山，更是一处文学的富矿。多年来，很多作家如刘知侠、王安友、苗得雨、魏树海、李存葆、王光明、苗长水等都以小说、散文、诗歌、报告文学等方式予以表现，出现了一大批优秀作品。可以说，这是一个已被写过多遍的题材。但是，真正的文学写作是从来不会因畏惧被人写过而停下脚步的。著名作家杨文学通过深入采访，2012 年先在山东文艺出版社出版了长篇报告文学《沂蒙长风》，2013 年又在《时代文学》分三期发表了长篇报告文学《叩拜沂蒙》，在沂蒙山题材的写作中取得了新的重要突破。

　　报告文学这种体裁，可以用文学的手段将现实生活中具有新闻价值的材料报告给读者大众，也可以将视线从热点的现实问题移向茫茫的历史沧海，探究动人心弦的历史课题。也就是说，报告文学既可以是"时代的报告"，又可以是"历史的报告"。《叩拜沂蒙》则是将历史和现实有机结合在一起，以真实的历史、浓郁的悲情和强烈的反思而震动人心的长度和深度兼具的作品。就是追踪历史，其材料仍具新闻价值，很多是限于当时诸种缘故而未能披露的冷藏材料。《叩拜沂蒙》这部作品的开拓性是明显的，是多方面的。

一、场面宏大

　　有雄心的报告文学作家大多有一种"史诗"情结，力图以史家博大深远的眼光对某一重大题材进行全景式和纵深式的把握。杨文学的《叩拜沂蒙》就是在"史诗"情结的激励下，以责任感和使命感，勇于聚焦和剖析历史和现实的一篇优秀之作。杨文学将一部波澜壮阔凝聚着沂蒙山人精神的奉献史，以长篇报告文学的形式记录下来，作为对沂蒙人民丰碑式历史的追寻和写实。作品分别聚焦了沂蒙红嫂群像、沂蒙红哥群像、库区移民群像、当代沂蒙英模群像等。横跨沂蒙山区多个县区的多个地方，纵贯七八十年。作品将数十个事例捆绑在一起，进行集中展示，报告的人物、事件非常之多，是在特定的某种先验意识的规约下以一贯的主题来统摄的对重大题材的主流叙事。但又不是流于各方都要照顾，面面俱到的表层现象描述，而是进行深入的内在剖析，见微知著，纵横捭阖，规模巨大，掩卷之后能给读者留下深刻印象。

　　作品很好地避免了在形态上接近于通讯和特写这一问题，以文学的形式来对勇敢顽强、可敬可佩的沂蒙人民进行礼赞和仰望。作家先后采访了二百多名相关人员，召开了二十多场座谈会，采访足迹遍布沂蒙山山水水，有时甚至"抢救性采访"病榻上的当事人。写作中，《叩拜沂蒙》精心选取了多个场景，以丰富的色彩、细腻的笔墨描绘了一幅幅大气的场面、一个个饱满的人物。可以说，这是迄今为止第一部全景立体式描写和展现沂蒙人的宏大场景的纪实作品。如第一章《红嫂，你在天堂还好吗？》由十二节组成，从多个侧面透视了"红嫂"们的感人事迹，浓墨重彩地勾画了明德英、王换于、祖秀莲、胡玉萍等形象，同时更挖掘出了一些此前不为人知的、从没有被称为红嫂的人物身上的高尚与卑微、伟大又平凡交织在一起的动人个案，在写实描绘中对每个人物的不同神态进行了精致呈现。再如第四章《库区，二次大奉献》运用九节的篇幅，以变焦的广角镜头，写了刚从战争中走出来的沂蒙老区人民在 20 世纪 50 年代后期和 60 年代前期，在毛泽东号召"一定要把淮河修好"的大背景下，在沂河、沭河流域修建水库中艰苦奋斗的场面和移民过程中的酸甜苦辣，那冻伤了的老烂腿和因冻伤永远失去生育能力的女民兵、那牺牲于贫穷和愚昧的烈火中的女民工们、那因移民而由富庶之地迁入贫瘠之地的一个个村庄里连媳妇也找不到的男光棍们，等等，那种悲壮与残酷、那种顽强不屈的精神，都令人唏嘘不已。

二、人物塑造

报告文学要"写人"，要塑造文学形象。塑造真实的、能成为社会榜样的优秀先进人物是报告文学的使命。在行文中，杨文学注重通过现象反映人物的本质特征，塑造符合历史真实的典型人物形象。如，第四章《库区，二次大奉献》"库区精魂"中，在土地被水库淹没后搬到小东山上的山村里，残疾人梁凤席挑起了谁也不愿意来任教的山村教师的担子，妻子承担起了家庭生产生活的重担，后因劳累过度不治身亡。梁凤席二十四年从未因病因事请过一次假、耽误过一次课。当他最后终于从一个民办教师成长为"全国优秀教师"，在时时盼着的转正即将到来的时候，留下一双尚未成年的儿女，倒在了讲台上。通过爱情、家庭、性格与命运，写了一段令人沉痛又沉思的历史，更写出了一个忍辱负重、无私奉献的感人形象。有典型事例，有人物描写，也有作者的眼光和情感投入。再如第五章《深山里的灯塔》写的农村支部书记孙士元，就是用一系列细节支撑起来的一个性格鲜明的人物。孙士元没有文化，也认识不了几个字，但凭着朴素的感情，凭着要改变山村面貌的执着，率领村民整山治水、发展林果。村子出名后，各级领导都来了，他让乔石栽下一棵树，并说来年结了果要去北京给送果子，两年后他真把果子拿到县里让县委书记给捎到北京去，在书记的呵呵笑声里，他一脸真诚地说："人得说话算数啊！"田纪云来到现场并要求各级政府对这个村子给以支持，随后他就跑到地委书记那里要来了三十吨水泥，他高兴地说秋后给送栗子，当他真的背着栗子来到地委门口时，被门卫轰走。他对集体事业很上心，可从来不占集体一点便宜，招待来人吃饭他弄好饭菜总是找个借口躲开。排除哑炮，他让自己的儿子上去，结果儿子被炸伤。在老伴的哭诉声里他说："就算老大万一毁了，咱不还有老二吗？"人物的出身与阅历、教育背景与思想脉络清晰呈现着，独特而充满生活气息的细节支撑起来的人物形象产生了强烈的艺术感染力，从而也使作品具有了融历史性、哲理性、文学性于一体的特质。真实的人物较之虚构的人物总是更具有说服力、更让人感动的力量。报告文学的创作，事关塑造人物形象的问题，总体说来《叩拜沂蒙》塑造了很多位个性鲜明的人物形象，取得了显著的成就。

三、深度思考

报告文学需要有新的叙事策略，其核心是以个人的方式再现多姿多质的对象世界。《叩拜沂蒙》中涉及的很多内容都不是当下的生活、事件和人物，而是从历史的积淀中的再次打捞和挖掘出来的，体现着报告文学的历史化走向。观照历史，又指涉现实，具有总结性、概括性。这一方面表示历史作为一座富矿，可以开采的质料丰富，历史非虚构对于读者别有一种吸引力。另一方面昭示着，报告文学写作在原有的新闻优势基本失去后，作者应该突破新闻性报告，自觉地进行文学的报告。杨文学有意追求让读者通过进入作品参与和作者的对话这种效果，立足于现代观念之上的一种深层思索，把《叩拜沂蒙》写成了一篇现代意识浓厚的作品。注重融入作家的"自我"，对题材有透彻的认识和深刻的分析，史中有今，今中蕴史，材料是历史的，而其思想是现实的，读者可以从中领悟许多道理和感悟。

如关于红嫂、红哥这些内容，占了这部报告文学一半多的篇幅。再次书写已被许多作家书写过的内容，如果没有独到的眼光、深入的思考，是很难出新意的。可我们欣喜地看到，杨文学写出了新的画面，新的人物。《不是红嫂，胜似红嫂》中，展现了多位不在红嫂榜上的女性的感人事迹，材料是全新的，阐发的见解是深刻的。如给省委书记放过哨的小脚老太太高卜氏看到鬼子汉奸和泥制作土坯准备在村子里修建炮楼，就在民兵的配合下，在深夜悄悄带几个妇女用抓钩给一次次抓烂，使鬼子最终放弃了在这里修建碉堡的企图。行文至此，作家分析说很多人觉得高卜氏不是红嫂，可是鬼子如在村头修成碉堡，就会对八路军构成很大威胁，要想把碉堡拔掉又将会造成很大的损失和伤亡，这种分析是很有见地的。从这个角度来看，的确不是红嫂，胜似红嫂。再如《一个农民的壮举》对曾出现在电影、戏剧、连环画等中的英雄农民武善秋通过深入采访，进行了真实的还原，写出了他"半道想逃跑，向鬼子要烟抽，二次跌下悬崖"等细节，更真实更感人了。作者通过分析，用思想洞彻材料，令人信服地说明这些行为丝毫也不妨碍英雄的高大形象。

　　"对许多昙花一现的典型来说，他们缺少的是与时俱进的内涵。"杨文学带着这种深度思考，对老典型九间棚进行了深度剖析，分析了他们出名后走的一些弯路，指出九间棚精神是不断发展和充实着新内容的，既看到了"没有商品的精神超市"，更抓住了"重新洗牌智者赢"的关键，经过"山村涅槃"，九间棚在市场经济大潮中打造了"中国金银花第一园"。将历史的真面目复原出来的同时，对九间棚的发展变化注入了深度思考。使得作品不是单纯的纪实，而是带有很强的历史反思意识。事象叙述与深入思考有机结合，让《叩拜沂蒙》具有了相当的深度，成了一部画面大气、内涵丰富的作品。

（2013.6.23）

在对话性中体现出的深刻性

——弗兰纳里•奥康纳短篇小说简论

弗兰纳里•奥康纳是 20 世纪美国南方现代文学的代表性作家，也是具有世界影响的著名美国作家，她在继承美国南方文学传统基础上，赋予自己的短篇小说以新质，"她的世界就跟有一条铁路贯穿而过的古老森林，是传统与现代奇怪的混合物。她赋予了陈腐主题以新鲜效果……"（詹姆斯•格雷姆语，见吴富春《外国著名文学家评传》第 606 页，济南：山东教育出版社，1990）她短篇小说的新鲜性，除了阴森的背景、神秘的现象、哥特式的描写、邪恶的故事、畸形的人物等早已为读者和评论家所注意的特色以外，还有一个重要特色，那就是存在于她的作品中的对话性，在不和谐、不一致的相互背离中"把一种对社会、对人生的极端痛苦的病态感受带进了文学"（黄梅《怪诞——美国现代南方小说的一个重要特征》外国文学研究集刊（第五辑）第 283 页，北京：中国社会科学出版社，1982），从而形成了自己的独特艺术风格。本文拟着重分析一下弗兰纳里•奥康纳短篇小说的对话性及其由此体现出的作品深刻性。

按照巴赫金的说法："生活就其本质说是对话的。"在对话中，能显示出人之所以为人的本质特性。这种关系除了存在于小说人物之间的语言中之外，更大量存在于独白和文本关系中。"对话性是对话向独白、向非对话形式渗透的现象，它使非对白的形式，具有了对话的'同意或反对关系、肯定和补充关系、问和答的关系'。"巴赫金这一对话理论解释了一个观点多元、价值多元、体验多元的真实而又丰富的世界，指出对话是人类生存的本质，对话关系具有深刻的特殊性。在弗兰纳里·奥康纳创作的三十余个短篇小说中，让对话既各自具有充分的独立的价值，又构成一种特殊的语义或逻辑关系，形成一种完整的表述，让对话中蕴含的新意义不断产生。

弗兰纳里·奥康纳短篇小说的对话性有以下几个层次：

一是文本与读者之间的对话关系能引领思考不断走向深入。弗兰纳里·奥康纳极善于控制叙事节奏，在第三人称全知视角的运用上极其吝啬地一点点地展开自己的叙述，随着作家的叙述过程，故事一层层推进。作家很冷漠，好似下一步的事态向哪里发展自己也不知道。但在文本的推进过程中，一部分一部分的相关信息越来越多地透露出来。透过扑朔迷离的生活表象，谜底被一层层揭开，挖掘越来越深，直抵人物的真实心灵世界。《好人难寻》叙述一家人周末出游的情景，老太太对一只猫充满了爱心，对自己在襁褓中的小孙子更是柔情满怀。但她突然记起少女时代去过的一座庄园，竟然就引诱怂恿孩子们和她故地重游，就是知道自己记错了地方也不回头，最终碰上了"不合时宜的人"那伙强盗，以至全家被杀。故事开始让人感到滑稽轻松，临近结尾却进入了一场凶杀。在作家崭新的叙述中，叙事线索不断被重组，新要素不断被加入。在一个充满阅读诱惑力的虚实迷宫中，小说的叙事与意义有机地结合在一起，人物的生存境况一步步走向极致状态。在表面的喜剧气氛中，在作家轻松滑稽的叙事笔调中，不时地侧面描写几声枪响提醒读者透过轻松的表面看到血腥的残杀。这种对话关系，构成了文本的叙事悬念和阅读空白，让读者在对故事的不断猜测和想象中，最终走向真相大白。《识时务者为俊杰》描写了白人与黑人的交往，在朱利安陪母亲去减轻体重班锻炼的过程中，小说用他母亲与黑人妇女的帽子几乎一模一样把朱利安母子和黑人母子的冲突结构在一起。母亲虽然狭隘，但对黑人充满了善意，她想给那个黑人孩子一个小钱的尝试也是一种向他表示亲近友好的表现。可黑人妇女对自己的孩子很严厉，面对朱利安母亲的施舍，黑人妇女的反应是打了对方一拳。小说通过认定所有种族共有的普遍人性——不完善的天性，体现出惊人的对话捕捉能力，让文本和读者之间构成一种怵目惊心的对话性，体现出对人性阴暗面的敏锐体察。菲利普·汤姆森说："滑稽和恐怖妙不可言地结合在一起，各种根本不相关的因素交织在一起，从而产生了一种奇异的、常常令人不快和不安的情绪波动。"人与人的搏击，人与社会的搏击，得到充分展现；社会的弊端，人性的幽暗得到深入揭示。通过以上分析，我们看到，弗兰纳里·奥康纳的小说的意义，必须是由文本和读者在对话中完成，文本只是表面的部分，还有更多的内容在文本之外。特别是在结尾后，更能让读者进入心灵的体验，一个普通的事件在她的小说中具有了深刻的意义。在小说结果公布后，读者的思考并不能停止，文本和读者的对话关系永远存在了下去。弗兰纳里·奥康纳的作品超越了特定的时空，从而获得了永恒的文学性。

二是小说中人物之间构成的对话关系展示着人与人之间在疏离中的丰富内涵。"人作为一个完整的声音进入对话。他不仅以自己的思想，而且以自己的命运、自己全部个性参与对话。"（巴赫金《诗学与访谈》第387页，石家庄：河北教育出版社，1998）弗兰纳里·奥康纳的小说中，不论是家庭成员之间，还是社会群体中人与人之间，总是构成一种紧张的对抗关系，并在行为的对抗中体现着心灵和精神的深层对抗。在《瘸子应该先进去》中，谢帕德为了挽救犯罪儿童鲁福斯不遗余力，但鲁福斯无动于衷并且处处与他对立；谢帕德和儿子诺顿的关系也非常紧张，诺顿时常为得不到家庭温暖而苦恼；两个孩子之间也存在矛盾冲突。三个人物组成了三组对话关系，貌似悖理，实则构成了合乎事理逻辑的叙事伦理。最后，谢帕德受到了残酷的惩罚，在挽救鲁福斯·约翰逊彻底失败的同时，他的儿子诺顿也悬梁自尽了。奥康纳善于运用出乎意料的结尾来创造悲剧。从表面上看，这是个好心得不到好报的故事，但实则包含着深刻的人性和社会内涵。悲惨的结尾使读者震惊，更使读者沉思。《善良的乡下人》也是弗兰纳里·奥康纳的著名短篇小说之一，赫尔珈在十岁时就失去一条腿，从那时就形成了对一切事物的冷漠态度。她虽获得了博士学位，有一肚子学问，但看不起周围的人，尤其是男人。她居心不良，凭着自身的优势，想引诱没受过多少学校教育、对圣经"虔诚"的乡下推销员。而那个卖《圣经》的年轻人凭着他那副"善良的乡下人"的伪装，耍弄了具有博士学位、有着智力上的优越感的赫尔珈，并抢走了她的假腿和眼镜——她的"灵魂"和智力的象征。在小说中，作者用抽丝剥茧的手段暴露着那个假装基督徒的恶棍的丑恶真面目。小说丰富的内涵正是通过二人之间构成的精彩对话关系所产生的文体效果凸现的。《眺望林景》写七十九岁的福琼和他的九岁外孙女之间的对话关系也让人震惊，外孙女不喜欢他卖掉土地去盖一座钓鱼俱乐部。二人都自私、傲气、卑劣、执拗，结果是二人之间发生了一场惨烈的打斗，福琼掐死了外孙女还用石头撞击她的脑袋，自己也在激动和疲惫中引发致命的心脏病。作品将善与恶、高尚与卑劣交集展示，撕裂开一个触目惊心的社会伦理断裂口，充斥着矛盾和无奈，揭示出现代物质主义世界中的罪行现实。在人物与人物的对话性中，极其丰富的所在被尖锐地呈现出来，成为展现人性的最好窗口，阐释着世俗世界"人性的堕落"。弗兰纳里·奥康纳的短篇小说，具有透彻的洞察力，让人阅读后激动得近于恐怖，给人以巨大的艺术震撼。

　　三是叙事视角构成对话关系也加大着小说的艺术张力。小说离不开故事，弗兰纳里·奥康纳在创作中总是会首先选择一个故事来展开自己的文本。但她在对故事的叙事中，总是在构筑一个生活表层的故事的同时，在里面再包蕴着一个隐形的故事。《好人难寻》叙述一家人外出旅游的过程中，另一个"不合时宜的人"的故事也慢慢浮出水面，"他不幸碰巧没有出生在一个什么都不缺的体面家庭"，在环境的扭曲下渐渐变成为人所不齿的"穷鬼、流浪汉"，他说："我记得自己从来也不是一个坏孩子，可不知道在哪儿做错了点事，就被送进了教养院，活活给埋没了。"于是慢慢地他丧失了信仰，成了社会的破坏者和报复者。一家人外出旅游和"不合时宜的人"的成长故事构成的主、客体对话关系，在小说结尾处纠结在一起，揭示出社会的和人性的真相。如果没有这种精心安排，小说就仅仅是一个凶杀案的复述。而增加了这个隐形故事，沉甸甸的生活元素开始渗入，人性恶和社会罪像毒蛇一样吐着信子耀目地得以凸显，小说在这种对话关系中艺术张力得到极大增强。《人造黑人》讲述的是纳尔逊和外公海德先生乘火车进城的故事。故事的主体是海德先生想通过这次进城把外孙培育成一个种族主义者。黑人由于像海德先生这样的白人所表现出的偏见和种族主义而饱受了苦难。但小说里面还包含着他的外孙纳尔逊的故事。两个故事一明一暗地叙述构成对话关系。在火车上，纳尔逊因遇到的黑人皮肤是"棕褐色"而非"黑色"感到迷惑，爷孙俩在亚特兰大的黑人居住区迷路时纳尔逊与黑人女性的首次相遇唤醒了他的性意识："突然，他想要她伸出手，把他抱起来，把他搂得紧紧的，接着他想要在她把他越抱越紧时盯着她的眼睛看。他以前从未有过这样的感觉。"纳尔逊在无意中察觉到了他与那位黑人妇女之间的共同人性，希望与这位妇女建立一种默契。最后，"人造黑人"塑像这一象征物在不知不觉中影响了海德先生和纳尔逊，"无法说出这个人造黑人原先是打算塑成年轻人还是老人；他看起来太糟糕，因此两者都不像。原来打算把它塑成神情快活的样子，因为他的嘴向上绷紧着，但那只有缺口的眼睛和倾斜的角度却使他显得非常痛苦"。这个塑像，成了人类各个种族受难的普遍象征，促成了海德先生与外孙的和解，但又超越了具体的个性描绘，通过罪恶认识到普遍人性，从表象进入本质，人生的困境和伤痛逐渐显形。小说在对话性中展示了人类灵魂由堕落到救赎的过程，从而使作品中的种族关系主题经过宗教的着色而负载起深远的启示意义。

以上我们从三个层面分析了弗兰纳里·奥康纳的短篇小说的对话性，但特别需要指出的是，这种划分只是为了论述的方便，其实奥康纳的短篇小说中的对话关系都是纠缠错结、多声部合唱的。"不同的声音结合在一起，但不是汇成一个声音，而是汇成一种众声合唱；每个声音的个性，每个人真正的个性，在这里都能得到完全的保留。"（巴赫金《文本·对话与人文》第356页，石家庄：河北教育出版社，1998）在弗兰纳里·奥康纳的短篇小说中，其对话性是文本能够独具魅力并打动千万读者的重要因素之一。

奥康纳作为美国南方世界的文学先知，20世纪最有学术才华、最富有创造性的作家之一，本着"对于耳背的人，你要大声疾呼；对于视力不清的人，你不得不画出大而惊人的人物"（浦江《精神荒漠中的希望之光——〈智血〉代序》，南京：译林出版社，2001）的创作原则，自觉地运用对话理论，对对话性构成精心设置，让对话的双方你中有我、我中有你、相互作用，让叙事锐利、细密，让文本简洁有力，深度破译生活真相，有效抵达人的心灵深处，使读者体会到美国南方社会所存在的种种扭曲及堕落。奥康纳作品有着鲜明的特色，代表了美国文学的主流，使她永载世界文学史册。

浅论海明威笔下的男孩

　　海明威在美国文坛上的杰出地位和他对美国文学的发展所做出的卓越贡献早有定评。然而，人们最热衷的是津津乐道他笔下的硬汉形象。近年来有些文章开始比较深入地分析他所塑造的女性形象，而对他在一些篇章中所刻画的男孩形象分析得较少，也比较肤浅、笼统。本文拟从文本入手，分析海明威主要作品中的男孩形象，期望对其男孩角色有一个比较客观、公允的认识，并以此求教于专家学者。

　　海明威是以塑造男性角色而著称的，在他的笔下，战争、斗牛、拳击、打猎、捕鱼等这些极富刺激的冒险活动是他最爱描写的，可以说是他的小说作品一贯的主题，他的男性人物都是具有在"重压之下的优雅风度"的"硬汉"，其他人物似乎仅仅作为陪衬而存在。但是，海明威自己曾在谈论《老人与海》时把里面的小男孩和老人相提并论："运气是我有了一个好老头和一个好孩子，而近来作家们已经忘记还有这些事情。"从中透露出了明显的艺术自觉，那就是小男孩也是海明威的艺术匠心所在之一，小男孩的形象意义值得读者关注，更值得研究者认真探索。

　　海明威有一首叫《时代的要求》的短诗："时代要求我们唱歌，然后割掉我们的舌头。时代要求我们流血，然后捶打我们的伤口。时代要求我们跳舞，然后缚住我们的双手。时代终于亮出了伪装，这就是时代的要求。"其实，这首诗，也暗暗体现并契合了海明威小说的主题。海明威生活的年代，美国的社会把人们推向绝望的深谷。两次世界大战，美国虽然获利不少，但也出现了经济危机。19世纪出现的浪漫主义、乐观主义已悄然逃遁，社会的异化、存在的荒诞，令人感到绝望和幻灭，可又让人找不到新的出路，找不到认同对象。在这样的社会现实面前，海明威的悲观主义思想贯穿了他的一生。《世界之都》这个短篇中，同样明显地流露出海明威那浓郁的悲观主义情绪。故事从男孩帕科入手，以儿童视角，先是描述几个不走运的斗牛士的潦倒生活，接着在后半部全力以赴地写一个生机勃勃的男孩怎样意外地被死神一下子夺去了生命。帕科和恩里科在打工之余模仿斗牛，恩里科把两把刀子绑在椅子腿上当牛角，把椅子举在头的前面扮演公牛，比他小三岁的男孩帕科扮演斗牛士，结果意外地被刺伤，失去了生命。这里所概括的人生舞台的辛酸场面，让我们深深感到时代要求跳的舞蹈是令人毛骨悚然的死亡之舞。小说写得缥缈空灵，更沉重血腥，构成一种反讽的对比。迷惘的触角伸向了年龄更小的男孩，让人陷入更深一层的迷惘之中。表面看来，帕科是自己把自己伤害了，实际上这是在时代的阴影下，个性光斑失掉后的必然结果，人性尊严被时代剥光，是人生的孤独和痛苦的集中反映，其实他是被他所处的时代伤害的。因为每个人都与其所处的时代有着千丝万缕的关系。生与死的关系帕科到死也不能领悟。道理很简单，他被这个时代玩弄了，这就否定了他为之牺牲生命的直接社会意义。海明威生活的后期，美国社会调整政策，社会在发展，经济更发达，但海明威是清醒的，所以出现了对"时代的要求"既肯定又否定的心态，他的笔下出现了许多新亮点，从早期的失落、虚无到达了对人生的肯定。他后期小说中的人物，哪怕被时代欺骗了，自己的伤口也自己去积极地医治。《老人与海》中，男孩子在开头和结尾比老人更让读者感到亲近。他对老人先是关心和同情，因为是老人教会他捕鱼的，他虽然离开老人后走运了，但老人空手而归的情况无法让他为自己的成绩高兴，他要回到老人身边。被拒绝后，接着还是对老人的崇敬和担心。在老人失意的时候，他仍称老人是与众不同的神钓。老人后来也深深感到："要不是孩子，我早完了，这一点不承认可不行。"孩子盼望老人再创辉煌，但又为他的身心状况担心："万一你真的钓到了什么大家伙，我们就来得及过来帮你了。"当老人捕到的大鱼被鲨鱼啃噬得只剩下骨架时，孩子又来了，从内心是对老人肯定的，他为老人心痛，"放声大哭"，"根本不在乎别人看到他泪流满面"，然后下定决心，回到老人身边。小说固然高扬了人类不甘屈服的史诗般的崇高精神，成了人们在精神上重整旗鼓的振奋剂，但也仅仅是一支振奋剂。在这场严酷的生存竞争面前，大自然的报复还是给了时代的要求以令人无比心酸的一击，这悲剧本身就是一个悖论，存在荒诞又残酷的本质，是用毁灭来肯定自我存在的价值。"人并不是为失败而创造的，一个人可以被毁灭却不能被击败。"仅此而已，人类到底应该怎样生存，我们从中找不到答案，仍然是一片迷惘。海明威塑造的男孩形象，体现出美国的时代脉搏和民族精神，更从一个方面以他特有的深度和力度把握了人类文明进程和现实的普遍状况，以敏锐的目光洞悉了人类的心灵，剖析了深层的人性。海明威把"时代的伪装"彻底给撕去了，并暴露出那些为时代而流血的实实在在的伤口，和伤口是怎样受到时代捶打的，这是时代对人的强迫命令，政治的漂亮皮囊被捅破，里面包裹着的污秽让我们看到了冰山的一角。

　　海明威笔下的男孩形象，再一个作用就是表现"重压下的优雅风度"。海明威通过《老人与海》中的男孩离开老人这一细节，逐一展开重压。小说一开头就交代出老人的处境，已经八十四天一无所获了。数字是枯燥的。所以作家用细致的笔墨，通过写小男孩来让老人的处境一步步恶化，压力一层层加重。老人连续四十天一无所获的倒霉情况下，男孩离开了老人。老人自己孤零零地留在了破旧的小船上，老人由失败转入孤独。孩子从五岁就跟老人学习捕鱼，由于老人的妻子已经去世多年，孩子是他的唯一寄托，这么倒霉的时候孩子的离去对老人是一个沉重的打击。孩子离去后，老人又是四十四天空手而回，近乎绝望。可是男孩离开老人以后，头一个星期就钓到三条相当不错的鱼，这又与老人形成一层对比，这对老人无疑又是一层无形的压力。正是这种处境所带来的压力才迫使老人决心要走得远远的去捕鱼，于是才有了后面的遭遇。由于有了这种种压力，才显示出了老人的优雅风度。孩子成了表现老人风度的媒介。老人在孩子离开后仍然泰然自若，对孩子的离去充分理解："你不是因为对我没有信心才走的"，"我知道，这也是人之常情"。自己无收获，对孩子的丰收感到高兴并由衷夸奖："很好。"把孩子当成了自己的同行。老人心态健康，通情达理，可亲可爱，风度优雅。老人的人生态度达观自信，孩子提出要回来时，老人说："你现在正在一条走运的船上，不要放弃。"体现出对孩子的高度负责和充分理解，因为男孩的离去是孩子家长的决定。老人归来后，孩子又提出来，老人看他坚决，最终才答应了。这时他有信心接受孩子的回归，要和孩子共创未来。老人的风度真实生动。小说中，由于安排了一个可爱而又通情达理的男孩，通过有关他的大量细节，使老人的形象更加完整，老人的优雅风度更加真实生动。"完美地表现了海明威所谓的'重压下的优雅风度'"这一命题。小说的成功，小男孩的存在功不可没。

短篇《印第安营地》中，男孩尼克跟当医生的父亲去印第安营地为一个难产的妇女接生，医生在没有麻醉药的情况下，用一把大折刀为她做剖腹产。正当医生为手术成功而高兴时，却发现产妇的丈夫由于忍受不了妻子生孩子的痛苦大叫割破喉管自杀了。这是一个令人悲哀的故事，一个男人因无法承受太多的痛苦而通过自我毁灭来解脱自己。小说为什么设置上尼克这个人物呢？我认为仍然是为了表现重压下的优雅风度。在这么简陋的条件下，在女人的大叫声里，医生镇静自若，从容地成功完成手术，确保了母子平安，医生在重压下保持了自己的优雅风度。特别是以女人丈夫的自杀作对照，以他的自身性格的脆弱和不负责任的逃避来映衬，更显出医生的处惊不乱，在重压的背景下才有真正意义上的优雅风度。通过描写尼克这个男孩，为表现医生的风度提供了重要途径，使行文显得更加丰满。更主要的是，尼克在这件事中受到了一次深刻教育，表现了一个学徒在最初的磨难中的风度。大人都承受不了的心理压力，一个孩子竟沉着地接受了。尼克在这个事件中，所受的教育不仅是世界的迷惘和人生的痛苦，更是面对痛苦和压力时，要像父亲那样沉着应对，更要像身心双重痛苦的承受者印第安女人那样勇敢地去面对、去征服。痛苦的直接承受者都挺了过来，间接承受者却自绝性命。尼克对生命有了更深刻的认识，"他蛮有把握地相信他永远不会死"。可以说没有男孩，作品的艺术感染力会大打折扣的，作品的内蕴也不如现在这样丰盈，重压下的优雅风度不会让我们这么强烈地感觉到。这些儿童形象也为我们揭示了海明威笔下的硬汉形象小时候经历了哪些磨难，是怎么样一步步成长起来的。

在海明威的小说中，凡是出现男孩形象的，这个男孩都还有一个重要作用，那就是对读者的一种海明威式的独特引领启发作用。《老人与海》中通过对男孩的直接正面描写，揭示孩子对老人的单纯又复杂的感情，刻画出孩子的性格特点，既增加了作品的感染力，又丰富了作品的内涵。更主要的是孩子的内心感情一直影响着读者的情感判断和价值判断。通过小说艺术氛围的营造，我们看到，孩子的心目中，别无他物，只有老人，他对老人的态度和感情时刻左右着读者对老人的感受，孩子对老人的感情越来越强烈，最后他泪流满面，放声大哭，使读者的情绪在潜移默化中受到触动。短篇小说《医生夫妇》中，海明威又安置了一个男孩尼克，医生请人来为自己锯木头，木头没锯成却惹来一顿闲气，木工们走后，医生的内心怎么也平静不下来，他不停地擦猎枪、装子弹，几经反复，最终放下猎枪走出门去，这时儿子尼克正倚在树下看书，孩子非常单纯、非常可爱，他知道父亲生了气，很不放心，先是要求"我要跟你一起去"，接着说："我知道黑松鼠在哪儿了，爹。"在孩子的纯洁感情和童稚爱心的感动下，父亲终于走出了心灵的雨季，"'好吧。'他父亲说，'咱们就到哪儿去吧。'"尼克虽然年龄不大，但并不显得孩子气，他自尊自强，懂得生活的艰辛和责任，能理解人，会开导人。小说对尼克虽然着墨不多，但寥寥数语，就塑造出一个可爱的儿童形象。这个形象的作用，同样有对读者的引领作用，这么小的一个孩子，就能从容面对大人间出现的矛盾，面对化解大人心灵的疙瘩这么大的难题，他能从童心的角度如此圆满地解决问题，怎能不让人感到爱怜。他稚嫩的肩膀挑起了这么艰难的担子，竟能举重若轻，使父亲的心理转变最后得以完成并且合乎逻辑和情理，丝毫不显得突兀。尼克把自己的父亲引领出了心灵的阴影，也把读者引领到了轻松的心境，紧张情绪逐渐松弛下来，最后让读者发出会心的微笑。在小说结尾表现出了乐观主义倾向，启发读者进一步探寻作品的含义与倾向，引领读者的感情向健康方向不断提升。

再如《战地钟声》中对十六岁的华金的一段描写，《大战前夕》中的男侍童，《没有被斗败的人》中倒咖啡和牛奶的男孩子等，都有其独特的地位和作用。

总之，作为世界小说艺术大师的海明威对自己笔下的男孩形象总是精心安排的，这些人物绝对不是可有可无的。男孩对揭示时代主题，表现重压下的优雅风度和引领启发读者等方面都有功不可没的作用。孩子留给我们的印象是清晰可辨的，对男孩的描写不论详细也罢，简约也罢，都能强烈地让读者感到小说中一个个大人的存在和他们之间的重要关系。说穿了，这是海明威小说创作中的重要叙述策略之一。

时间已经过去了这么多年，这些男孩早已长大。可是，海明威却永远年轻。我们今天读他的作品，仍然感受到其独特的艺术魅力。

在西寨，用心点种着诗歌的庄稼

——梅林的诗歌印象

　　阅读梅林的诗歌，印象最深刻的就是诗句中不时蹦跳出来的玉米、麦子、大豆、花生、谷穗等庄稼意象，这些庄稼都是她年复一年日常耕耘、亲兹务兹的劳作收获。她从没有忘记自己是一个农民的孩子，不论是上学、工作、失业、务农，始终都是把乡村生活作为自己生活的宿命。更主要的是，从1996年爱上了诗歌创作后，她把诗歌也作为自己生活的宿命和心灵的栖息地。于是，她在生活的磕绊中，在对清贫、质朴的乡居生活的温柔体贴和悲怜观照中，在收获着自己播种在土地上的庄稼的同时，也收获了从自己的心灵中逐步生长、成熟起来的诗歌的庄稼，梅林的西寨的诗歌庄稼的馨香开始飘向全县、全市，越飘越远……

　　梅林的每首诗都扎根在泥土的深处，她说："我常常都会沿着村子走到田间地头，看草籽发芽，看麦子开花，看一冬的土地在春雨的滋润下怎样一点一点地松软，摸一摸坝沿上田野间的杨树，踩一踩这块多年前的土地，它们的痛苦和快乐，它们的劳累和安康，感受一下它们生长的疼痛和呼吸的微弱。"她对生活在西寨这片土地上的乡亲以及他们辛苦而忙碌的生活，有着异常深刻的感知，"在村子里生活，有时候我看见年迈的大爷推着空空的三轮车从集市上走下来，三轮车里的提包也是扁扁的，有时候我看见已患痴呆的老人还在努力地拽着他儿媳妇的车子上的拉绳，这个时候老人是吃力的弯着腰的，春天又经过了这家那家，我还经常地看见三叔的草房上还布有去年车祸丧子的阴云，困难的二哥家再也付不起一再降价的医药费。"这些体会和认知，经过她敏感而悲悯的心灵的过滤，最终都凝结为感人的诗行，呈现出来。

梅林努力表现生活在西塞这片土地上的乡亲以及他们辛苦而忙碌的生活，如《夜里搓绳的父亲》："为了节省／父亲捻了一块棉布条／放在碗上／浇上油／点燃了自制的油灯／／灯下父亲的影子／比身体更深一些大一些／也更厚重／压在了半截桌子和木床上／／我蹲坐着／就着灯光在父亲的腿上／搓起了麻绳／／为了和油灯争抢时间／父亲对着我笑／拿下了撑着我眼皮的草棒／独自在搓一根比夜还长的梦。"这是她看到的真实生活场景，她发现"父亲的影子总是比他自己的身子要大许多"，于是就写出了这首诗。这首诗里有一个重要细节特别感人，就是"父亲对着我笑／拿下了撑着我眼皮的草棒"，完全顺着心灵的真实情貌直观地录写，不矫情，不做作，是其内在性情的语言外化，把对父亲的记忆与思考、理解与挚爱袒露出来，是诗人最本真的心灵样态的毕现。这首诗写得虽然简单明朗，类似白描，但诗里有疼痛的东西。她的体会是刻骨铭心的，写出了别人无法感受到的自己深刻的体会。

梅林敏锐地感受着土地和农民，更感受着自己的酸甜苦辣和在平凡而朴实的农事生活中的心路历程。《麦子开花》透过熟悉的农事景象，将诗情生发的触角伸向了自己独特的体会和认知，然后凝结为感人的诗行呈现出来，"我停在麦芒上舞动／这是过去时／也是现在时／这些绿在心里／绿在额头的危险／从麦芒平缓地滑向／麦尖"，生活给予了她很多的酸甜苦辣，岁月给予了她丰厚经验和阅历财富。如果没有真挚的爱、真纯的情怀，没有对这种真挚爱和真纯情怀的最深体会，诗歌就不会丰满细腻、放射着纯真的艺术光芒。把自己记忆里最深刻的事情写出来，文字就好比饱满的种子埋在黝黑肥沃的土地里。生活中，她又是豁达的，《一片叶子的幸福》写自己多年栖居的有天光云影、有草叶浮动的故土西寨，但自然美好的风光遮掩不了"稗草一样干瘪的村庄"的本质和农人"卑微的命运"，而作者不仅会"扛着田野、黄昏"，更会扛着"一片叶子幸福的荡漾"，诗歌尽情显露泥土的本色，直面当下乡村的现状，是一个对土地谙熟的中国普通劳动者对改变当下的凋敝的渴望和对未来生活充满希冀的抒怀与歌吟，诗歌短小，但有厚度，有思想深度。

梅林每天要在土地上耕耘、劳作，并在劳动之余抽出时间和精力写诗，这些沾满汗水和泥土的文字是深深扎根在大地之上的碧绿庄稼。她在尽力接近乡村生活本质，每个诗句都有她在十几年修炼中流淌出的汗水和渍干的盐花。梅林诗歌已经取得的成就是不容忽视的，是值得我们充满期待的。

但是我想，侍弄庄稼是一门重要的手艺活，玉米需要间苗，讲究株距和行距，麦子、大豆、谷子需要讲究密度，地瓜需要翻秧，花生更需要清墩，果树需要环剥，等等。我觉得，梅林的诗歌庄稼也存在一些问题：一、有些意象和意象之间行距过宽，跳跃性过大，影响了诗意的准确表达，如《如果不能在夜里写下一首完整的诗》最后为什么"在某个早晨被我的虚伪、谦恭 / 耗尽"，"虚伪"的落脚处在哪里？和前边的诗句怎么关联起来？二、田野里的庄稼不管丰美也罢瘦弱也罢，但生长得都非常和谐，我想诗歌也应该这样，但梅林的诗中也有时出现个别不太和谐的单株庄稼苗，如《风从这里吹》的第一节最后三句："风从这里吹过村子 / 并从身体的每一个部位 / 醒来。"和前面的诗句在衔接上有些不自然，有些不太顺畅。三、意象的重复有时让人觉得她的庄稼地里长出了一些几乎一模一样的庄稼，如"分娩月亮""父亲的影子总是比他自己的身子要大许多"等重复出现在几首诗中。四、庄稼过度生长有时反而会影响产量和质量，我想诗歌也是这样，有时需要节制一下，在表达上要学会抑制，需要人为地去剪枝、疏花、疏果、翻秧、环剥、清墩等，梅林的诗歌在表达上有时过了一些、狠了一些，尤其是在情爱的写法上。

好在梅林清醒地把自己也比作了一棵藤蔓状的庄稼，"伸出的丝子正向深处／爬去"（《坝堤上的黄昏》），这是非常令人欣慰的，只要把诗歌创作的根深深扎在大地深处，广泛吸取养分，我们有理由相信，梅林的诗歌庄稼一定会收获沉甸甸的谷穗、红透脸的高粱、金黄的玉米、籽粒饱满的小麦，梅林也会在中国诗人中成长为一棵出类拔萃、具有标杆意义的成熟庄稼。

（2012.3.14）

关于魏菡诗歌创作的几点断想

近些年来，我是一直关注着魏菡的文学足迹的。这当然和她是然森兄的女儿有关，但又不仅仅是因为这一点，更主要的是和她的扎实的文学创作有关，并且这后一点才是我持续关注的真正的和主要的原因。得知魏菡诗集《早尘的口袋》出版座谈会召开的消息后，我又集中浏览了"魏菡的博客"的全部内容，认真阅读了诗集《早尘的口袋》中的所有作品。深切地感到，魏菡在诗歌、小说、散文等多种文体的创作中，都有一种清醒的文体意识，并在这种明确的创作思路下，取得了不俗的成绩。比如我看了她的散文《赤脚享受刺痛》，尽管里面还有一些稚嫩的因素存在，但就固执地认为比多少所谓的散文家写的其实是伪散文的所谓散文高档多了，这是直达了散文的本质的一种散文写作。今天是魏菡新书出版座谈会，所以主要谈对魏菡的诗歌创作的认识，下面把在阅读过程中产生的一些不连贯的断想简单说一下。

意蕴

优秀的诗歌，要在非常有限的篇幅里，构筑出使人耳目一新的意蕴来。魏菡的诗歌，着眼于个体生命的深刻感受，在诗歌意象与想象融为一体中暗藏着一种深度指向。这使得她的作品直抵诗歌创作的根本问题。对很多论者称赞的"超越年龄的思想之成熟"，魏菡是并不认可的。她希望自己不去承担不是这个年龄段应该承担的一些东西，努力保持自己的特色。这是头脑清醒的表现，是难能可贵的一种正确姿态。其实，魏菡的诗歌创作，在主观上的确不是表现一种深刻的、成熟的思想。诗人选择运用的诗歌意象事实上全部成了作者本人心境的映射，淋漓尽致地展示了诗人和抒写对象交互的不尽魅力，在此自然而然地体现出了诗歌的深度和厚度。如她十四五岁时写出的《一只苹果》（《诗刊》2008 年 9 月下）设置了一个被咬了一口的"苹果"意象，人们不面对这个伤口时尚能爱护它，但"把伤口对准你的眼睛／哦！她是一只受了伤的苹果／既然已经受伤／再咬几口又何妨"，最后，"直到，彻底消殒"！诗歌直接面对心灵的某种体验或感觉，以象征的形象暗喻世态炎凉、国民心态、人生哲理，呈现出一种哲学思辨色彩，自有一种中正之气横贯其中。全诗既有丰富生动的艺术感，又蕴含对世界的体验。这首诗虽然雕琢的痕迹重了一些，但阅读过程中会有一种被电流冲击的不可言说的快意。最近的《提灯笼的小丑》（《诗刊》2010 年 5 月下）眼光由物转向了人，对生存中的一种状态进行演绎，体现出一种对残酷现实的洞察，"小丑，提着灯笼／叫卖。剩下了，狮子和皮球／不开灯。不长草的院子里／一片荒凉／小丑没穿枣红袄。没穿过年的衣裳／不敢敲门，带上表示歉意的懊恼／或其他"，但第二天"在新一轮红日开放之前，他，／睡得很沉。似乎想要舒服的死掉／可是天明了，他又听到了／那只大公鸡送给他的／歌谣"。锐利的目光再现了生活的本来面目。节奏明快，感情节制。和她前期的作品相比，少了激愤，多了不动声色，多了蕴涵。远离平淡无奇的公共交流话语，说出个人灵魂的独特体验，一种饱含悲悯的美学意蕴自然流露出来。

想象力

魏菡具备诗歌才情，是一位不断运用想象力来营造和丰富诗歌意境与内涵的写作者。阅读魏菡的诗歌作品，常为她改造经验记忆表象而创造新形象的能力而感叹。这不但是一个诗人必备的条件，更是衡量诗人才情高低的标准。魏菡的诗歌带有灵性的翅膀，能给读者留下广阔的想象空间。小作者想象《用舌头行走》（见《早尘的口袋》第33页），让不可能的事情变得可能，表面上写的是一条沥青路，但作者将诗歌的想象力"收缩"到个体生命本身，"收缩"到味觉敏感的舌头上，通过词语间的跳跃、连接，制造了更加宽阔的联想空间，让这条沥青路变幻成了一条心灵之路、一条生活之路，有酸甜有苦辣，有诱惑有沧桑，波澜起伏，气象万千。诗人从个体主体性出发，以独立的精神姿态和话语方式，去处理我们的生存、历史和个体生命中的问题，作品颇有灵气。《叶子》（《诗刊》2010年5月下）："这一片，白白，青青，涩涩的／叶。让我想起，她有肥皂／可以洗净，天空中那绵延万里的／浮云／叶子只有颜色，还有／脉搏的痕迹／哦！她有蜡笔，爱画／林荫间那一些破碎的眼神／睫毛在枫叶的掩映下，在风筝的游离里／闪动。闪动"。诗人借助想象力在诗中营造了一个"叶子"的意象世界，通过叶子的并置、叠加和离析，有一种别样的风味，产生出一种对叶子的全新诠释，在这个世界的玄妙幽微、广阔深远之处，使诗歌产生一种全新的质感。想象力具有极大的提升力量，它可使诗歌超越时空、超越现实。

语言

诗歌具有很强的直觉性，语言高度概括、凝练，极富意蕴。魏菡的诗歌语言不仅准确，更可贵的是非常新颖。她追求"给文字最真的感情"，"喜欢充满真情实感和具有丰富想象力的文字"。通过语言带动诗意的发展，诗行间常留下许多空白，显示出很强的跳跃性。正是这种跳跃性，才容纳了诗歌更丰富的意象。如《方向感》中的"等到／我逝去了方向感／我的心和我的死／都会结成／那一阵狂乱的风／或者雨"（见《早尘的口袋》第 57 页），使用超越性的想象方式带来的诗歌的特殊语言"肌质"，同样出自于对确切表达个人灵魂的关注。作者有意于在看似无痕中重视语词的调和，这种调和让意象生动而不再生涩，诗中有沉重的忧伤，有生命的思考，有存在的探询，从另一个角度思考生活的意义，诗歌的力道非常强。再如《月儿》（见《早尘的口袋》第 137 页）："只是不知道／我的留言你看见了没有／我把它放在了花朵里／嵌在了芬芳中／／哦，也许花把留言给了蝴蝶／贪玩的蝴蝶／能否把留言转给你／成了一个疑问／以后，让我把所有的倾诉／都写在秋叶上吧／让风带给你／请你在一个最美丽的母亲／站在窗前时／唱给她。"对语言的不安分让魏菡很好地把握了词语间的冲突关系，让笔下的非常平面化的词语尖锐共处，使它们本身制造出一种矛盾，以此对生命现场、青春岁月进行反刍。语言流畅而洒脱，富有爆发力和弹性，并以此制造出了诗歌冲击力。读者能从语言冲突后产生的情绪辐射来体验诗歌的内在意蕴。

不可讳言的是，魏菡的诗歌也存在一些不足之处，如意象组合中出现的不和谐问题，追求语言新奇中出现的不准确问题，一首诗作为一个艺术整体的欠流畅问题等。但对一个这么年轻的诗歌作者，似乎不应太过苛求。指出来，是为了和魏菡交流，希望她在创作道路上越走越远。我相信，在今后的创作中，只要魏菡一如既往地努力下去，这些问题都会解决的。

（2011.9.20）

日常生活的政治审美

——谢志强小小说漫评

　　谢志强的小小说很有特色，早期他创作了大量写实类小小说作品，取得了极大的成功，成为新时期第一代小小说作家队伍的重要代表。从 20 世纪 90 年代后期，他开始进行小小说表现艺术的新探索，写出了一大批写意类的小小说作品。我曾在 1997 年第 4 期《百花园》发表《谢志强小小说近作刍论》，对他当时创作的具有魔幻色彩的小小说"以一种虚拟的、荒诞的生活表现形式代替实际的、真实的生活表现形式，以性格的夸张与变形代替性格的真实与丰富""以一种荒诞的形式重新锻造，来传达出作品的主旨和作家的审美意识"的艺术特色进行了较早的肯定性分析。最近这些年，我感到谢志强又在写实、写意两个维度同时高蹈着，并有意地构筑着系列小小说。他看到德国的格拉斯、美国的福克纳和海明威都使用过每篇可独立但系列起来又是一个整体这种方式创作的小小说，就有意识地进行着几个系列的创作，也取得了不俗的成绩。

　　本文仅就谢志强的近作《欧远芳的誓言（小小说五题）》作一些简单的分析。

　　这五篇小小说是谢志强绿洲记忆系列小小说中的一部分，都是以他在塔克拉玛干沙漠边缘的绿洲生活为原型，具有纪实性质。这五篇整体看来是一个短篇小说，但单篇摘出来又各自独立。读来感到文字肃穆沉敛，用五个片段构筑了一段颇有意味的知青生活，让人感到时代的荒谬、权力的蔓延、心灵的扭曲和可笑的认真、淳朴的人性等交织在一起。在短小精悍的篇幅里，为我们打开了一幅深邃辽远、余韵不绝的军垦农场集体生活画卷，指涉着政治权力对人性的压制。可是，随意抽取其中的任意一篇又都是一个有头有尾、令人回味的小小说。这种写法，其实是相当有难度的。

看待世界的独特视角和表达世界的独特方式，构成了一个作家的独特性，这五篇小小说是作者有意构筑文体的弹性和艺术张力的重要成果。

第一篇《欧远芳的誓言》在一千三百字的篇幅里展现的时间跨度是两年，欧远芳高中毕业前写出要求到最艰苦的地方去的倡议书，并在欢迎大会暨春耕春播誓师动员大会作发言，发誓扎根连队一辈子，不把沙漠改造成绿洲决不结婚。工作中，她察觉了谈恋爱的苗头就不断地不点名地敲警钟。可是现实是残酷的，第二年她自己的肚子却大起来。因为事关场长的儿子，她非但没受到处分和处理，反而调到了场部宣教科当了宣传干事。"后来，我去场部办事，碰见了她。她又留起了长辫子，垂到腰际，一走，像风吹杨柳那样悠柔，辫梢还系了两个蝴蝶结，红的，在她的背后，一起一舞，如同一对翩翩飞舞的蝴蝶。"以沉郁和轻松杂糅的风格，表现出生活的变迁、人性的变异、权力的多能。在赋予生活的沉痛悲欢以温情和诗意的同时，举重若轻地批判了政治权力对人的玩弄和摆布。第二篇《揭被子事件》主角是欧远芳的副手惠丽红，欧远芳独出心裁想以自己的青年排带动全连出早操，结果因劳动的繁重很多人反感出早操，惠丽红去揭了不起床的外号"小常宝"的李常宝的被子，可因李常宝裸睡闹了个大红脸。欧远芳压下了此事，出早操也不了了之。小说风格朴实，对过去生活准确描摹，平静之中有着冲突、对立。一段淳朴真挚的记忆中，昭示着是权力赋予了惠丽红去揭别人的被子，是权力让欧远芳掩盖了这件丑闻。第三篇《沃土》再次回到欧远芳的怀孕事件，她不哭不闹、不寻死觅活，而是使劲挑担子，甚至从沙枣树上往下跳，但小生命就像在沃土中一样顽强地生长着，童连长知道后却不点穿只是要给欧远芳安排个轻松的活，不久场部调走欧远芳。后来，欧远芳产出了一个死胎，并永远不能再怀孕，最后被场长的儿子抛弃。我们看不到愤怒抱怨，更看不到哭哭啼啼。但在平稳的语言背后，有着对人物、对生活的忧戚和思考，不仅揭示了貌似强大的女性自身的弱点和缺陷，更折射出权力对处于下级和弱势的女性的戕害。第四篇《篮球》设置了一个篮球作道具，写欧远芳协助童连长为让大家把力气全部使在大地里阻止大家打篮球的故事。故事还是非常生活化，表面是无可奈何地服从，是集体无意识和集体无语，但内里却直指权力淫威对自由个性甚至业余爱好的随意压制和伤害，更深刻之处在于童连长和欧远芳们的作为是以正义和正当的面貌出现的，在感性的书写中有着深沉的理性反思，篮球上折射着人性的幽暗、权力的强大，沉默中有着震撼人心的力量，这是一种具有丰富内质的发现和书写。第五篇《英雄事迹》写的是惠丽红救了一个小学生，"欧远芳后一步到，一起抱着小孩把他送到家"。惠丽红救人却被精心包装成了欧远芳救人，而经过上级谈话惠丽红也甘愿配合，"欧远芳成了我们二十三连的骄傲，成了我们农场的光荣"。后来"惠丽红接任了排长，她很低调。我和她，仍保守着那个承诺过的'秘密'：不能损害场党委树立起的典型形象"，显示着作家对现实的直面透视，对于人性、政治、权力等问题的深入思考和着力表现。

创作中，谢志强对作品进行了新潮形式的大胆探索试验，在小小说创作理念、写作方式的变革方面做了诸多尝试，对小小说的发展做出了极大的贡献。这五篇小小说尽管热衷于个人人生经验的书写，在表现上偏重于写实，但也能把握好文学与现实之间的距离，尽力突破道德操守的直接书写，关照着政治、权力、人性等，为我们打开了一扇从政治角度对日常生活审美的窗口。我们在作者表面上不偏激、不带政治色彩、保持着一种温和姿态的描写中，可以看到那些纯粹与洁净的文字组合中其实是蕴含着一种坚韧的力量的，完全可以读出"所指"之外的"能指"来，那就是对权力淫威的展示、对逆来顺受的国民性等的批判。

（2012.7.26）

喧嚣都市的叙事图腾

——符浩勇小小说三论

符浩勇在小说、诗歌、散文创作中均有不俗表现，著有小说集《苦猎》《苔杀》《爱到深处》《逝水流年》《踏秋》《稻香》《哑山》《无处安放的花瓶》《今天你微笑了吗》，中篇小说集《断桥》，小说散文集《河韵》，诗歌集《城里没有故乡的月亮》等，尤其是在小小说创作方面更是成绩突出，多次获得河南《百花园》征文奖、山东《当代小说》年度优秀小说奖等，本文拟以他小小说创作中的三篇代表作体现出的三个典型向度作一些简单分析。

人格虚弱人性失衡

符浩勇的小小说《血杀》写的是一个小人物的异化过程。贾德强从乡下来到城里打工，谨小慎微，勤勉卖力。有了积蓄后，把乡下的媳妇也接到城里来住了，可是鲜活水灵的媳妇不久就投入了车间包工头老黄的怀抱之中。胆小怕事的贾德强为了继续有个工作和收入，忍气吞声地容忍了这种屈辱，但也时常会产生杀了老黄的念头。语言的巨人却是行动的矮子，扬言要杀人的他却一次次忍耐了下来。但当老黄被别人杀掉以后，他竟从县城里跑回来，把杀人的责任坚决地往自己身上揽……

这篇小说直面市场经济大潮涌动的历史语境，在农民进军城市的奋斗历程中，选择以情感裂变为切入点，在最基本的社会细胞家庭这个层面，撩起亲情面纱下的人性的矛盾，并精心地展示了这种尖锐矛盾冲突。小说故事内核并不复杂，但却超越了故事表层的时空意义，超越了一般同类小小说的既定格局，具有很强的现实隐喻性，其人性思考的深度让人佩服。

小说在多向度的散射中，突出的是人的异化问题。作者不仅描写了在生活面前人无能为力、节节败退的颓败景象，更高明的是让一个家庭在现实面前发生扭曲，让一个老实本分、胆小怕事的人竟然产生出杀人的恨意。小说避开了社会的、经济的本身的历史内容，避开了描写一般意义上的家庭矛盾，借助于市场经济大潮下的农民工进城这一社会背景，以一种纵向的时间和变迁的人性的纠结，勾勒出一幅家庭伦理无奈地让位于生活的挤压的触目情景。人不是向生活挺进，而是生活在向人发起强有力的进攻。贾德强在指责媳妇让自己戴绿帽子时，媳妇先是不承认，继而指责是他保护不了自己的女人。贾德强为避免自己晚上在县城住下时让老黄钻了空子，只好去找老黄要求不再跑县城。在老黄理直气壮、毫不客气地威胁和利诱下，最终他不但自己干了下去，也让媳妇按照老黄的安排干杂工去了。这时，他败退到了要求媳妇和老黄在一起时避开别人给自己留个面子就行了的地步。小说写到这里，让人进一步看到了人性萎缩的残酷景象。小说结尾更是精彩迭起，为非作歹的老黄真的被人杀害了，但明明不在现场的贾德强却一口咬定自己就是杀人凶手。贾德强的貌似强大，昭示着贾德强这个人物心路历程的分解和深化，揭示的是"合目的性行为的非理性悖谬"。小说不是痛斥生活的残忍，而是充分表现贾德强的可怜。在充分展示人性的失衡和扭曲中，小说产生出了一种痛彻心扉的强烈的艺术冲击力。

同时，我们看到小说的结构也干净而清爽，体现着作者对叙述的用心建构。小说用第三人称展开叙述，这个"他"（或"贾德强"）是作为小说的一个符号来设置的，不仅是文本内容和思想意蕴的符码，而且同时也是构成文本寓言叙事的标志。小说出发点和落脚点，不是放在对日常生活的描写而是侧重放在现实生活对人物心灵的毒化上，以此上演了一出一定时期的人性悲剧，进而让读者由感知生活上升到对现实人性的深度思考。小说以一种纵向的时间变迁折射人性的逐渐萎缩和心灵的可怕异化，使整个小说形成了一个隐喻性的框架，从而使文本指向了一个超越道德化的深刻主题。这篇小说在语言上也有自己的追求，"贾德强突然产生一个可怕的想法：我要杀人！"简洁而明快，突兀而凌厉。接下来语言风格变得平缓起来，沉稳地叙述着生活的一步步挤压。最后，贾德强的吼叫再次让叙述凌厉起来。语言风格的变化，始终服从和服务于情节的呈现和主旨的表达。

热闹纠结中的悲凉现实

符浩勇多年来一直将自己的笔触伸向小人物，在对小人物悲欢离合命运的展示中，在踏实、虔诚又令人信服的叙述中，体现着对写作的敬畏和用心，展现着对文学的诚挚情怀。

在《夜凉如水》这篇优秀作品中，作者对小小说写作的极度用心被表现得淋漓尽致，小小说叙事的基本策略得到了充分体现。

小说写柳静临下班时收到自己顶头上司赵总的夜总会跳舞邀请，赶忙去找自己的好友秋珊出主意，女友帮她瞒着丈夫去赴了约。赵总在跳舞中告诉她自己明天就要走了，并送她一个蝴蝶结作留念。表面上看，这仅仅是一个简单的故事，其实作家的用心根本不在这里，而是在对小说暗线的扎实经营上。好似信笔写来的秋珊正在焗油的头发中散发出来的那浓郁香气，秋珊手中拿着的那熠熠生辉、精巧别致的玫瑰夜光发卡，最终都在柳静回到家中时得到一一照应。她在自己的卧室内再次闻到，在自己的枕头下再次看到。小说就是这样，在表层文本与深层文本之间建立起来了丰富的联系，并在这种相对中留下了更多的阐释空间，使小说显得意蕴丰厚了许多。作家举重若轻，小说表面的故事写得平平淡淡，内里却蕴含着热热闹闹的深广悲凉。

社会生活缤纷缭乱，当下人的内在心理在社会的巨大变化中纷繁、漂浮着，膨胀的欲望纠结、缠拧到了令人震惊和骇异的状态。作家让自己笔下人物的意识、思想、渴望、欲望不仅停留在心理阶段，而且去重点表现人物的实际行动。在现实的教唆下，人物的力量越来越大，不断涨破着小说叙事的固有空间。四个人物，各自带着自己的理性和非理性的冲突，从容不迫地粉墨登场，呈现出复杂的人性图景。柳静的骚动不安源自生命本身的内在压抑和精神渴求。秋珊和成林沉稳地从容不迫地瞒着柳静以自己的身体对现实发起冲击。生命欲望和现代消费社会的相互纠结，让小说带上了生存现实的沉重，蕴含了人性深处的悲凉况味。作家在表现生命的惆怅、失败、挫败感的过程中，自觉地发掘主体的能动性和荒谬性，文本充满了发疯的快感和黑色幽默的效果，令人感慨不已。

小小说经过这么多年的发展，已经成为一种严谨的形式。但作家更应该是一个叙述的冒险者，不断去突破谨小慎微的圆滑雕琢。在多年的潜心创作中，符浩勇对于小小说艺术做了一些有效的探索。这篇小说的写作就充满一定的难度，暗线的营构怎么安排才能让人信服？符浩勇的着力点也正是用在了这里，从秋珊和成林是同事，从秋珊是柳静和成林的介绍人，从秋珊经常来串门等的暗示中，从一个熠熠生辉、精巧别致的玫瑰夜光发卡道具的精心设置中，在一步步扎实的设计和精心的打磨下，小说令人信服的叙事逻辑建立了起来，小说文本也变得精巧别致、熠熠生辉起来了。

凿通日常生活的审美路径

《收旧货》是符浩勇小小说作品中写得非常平实的一篇。

故事也很简单：进城收旧货的詹承宜为多增加点收入，推迟回家过年的时间以等待好运的到来。因小区加强了保安措施，保安班长在晚上 10 点后才偷偷放他进去。詹承宜去找托他寻找旧日记的主人，由于不知住处只好在车库门口挨饿挨冻等了一夜。日记主人是管理保安的老总，在感激他的同时也知道了班长接受贿赂而放松管理的事，保安班长因而失去了工作，詹承宜因而意外地让自己的儿子得到了年后来干保安的差事。

符浩勇多年来的小小说创作始终在城乡之间高蹈着。作为一篇描写日常生活的小说，《收旧货》并没有着力去表现城里人和乡下人之间的心理距离，更没有表现城乡之间的尖锐对立。而是坚持在小说中运用时间来把握日常生活，让时间成为认识生活和表现生活的起点，所以小说中对于春节这个时间节点的过分在意也就在情理之中了。作者抓住对时间感知的吉光片羽做文章，把一个貌似平凡的故事构建在春节的时段里，让一个淳朴、厚道的老人在做一件好事的同时，对一种无孔不入的腐败现象无意中进行了揭露，在打破别人饭碗的同时为自己的儿子找到了饭碗。这样精心写来，才使日常生活不但没有漂浮起来，反而在种种错位中，在生活的悲喜剧中，厚重、神秘而又无可奈何起来。可以说，对于时间的过分在意成就了他的这篇作品。

在这篇小说中，作者以一个旁观者的眼光审视着现实生活和人物。在书写中采取平和的、宽容的话语方式，以对话的姿态解释生活，以理解代替对生活的评判。这样更准确、更到位地与现实生活相契合，更有利于获得现实的穿透力。表面看来，小说好似是原生态的，但值得充分肯定的是，作者又在精心掌控的自由不拘、变动不一中挖掘到真正的生活，延展了情节的发展，增加了小说的容量。小说雅致、深沉，在一个封闭的空间里组成了一个严密的整体。几种情感、几多思想在有限的空间里生长、缠绕，一些细小的触角都能展现生活的丰富性。人物在某种交际、某种对抗中，内在的意义就自然而然地被呈现出来。这样一来，使这篇貌似普通的小说成了一篇功力扎实、力道准确的优秀作品。我们看到，人的存在、人与人的关系在小说中被重新理解。作者不但不代替人物发言，更不同情、不评判，只是在表达着关注、理解。情感的铺陈水到渠成、顺理成章，没有一点艰涩造作之感。小说情节线索的推进像河水的流淌一样平平缓缓，体现出对现实生活的深刻了解与真切把握。读后令人唏嘘，不断感慨世事的艰辛。

由于用艺术凿通了生活，小说在平淡中呈现出了富有普遍象征性的意蕴，体现出一种值得充分肯定的美学追求。

符浩勇的小小说创作体现着多种创作向度，本文的分析只是撷取了几个典型的侧面，以偏概全的偏颇之处肯定很多，不当之处请符浩勇海涵，请各位方家海涵。

汝荣兴印象

　　很早就知道浙江嘉兴有个王泾江镇中学，对我来说并不是这个学校多大名气，而是那里有个名气很大的写小小说和小小说评论的汝荣兴。不论在哪种报刊上，只要见了汝荣兴的小小说，我总是先读的。我还时刻密切关注着他的行踪，不久就发现他被调到了嘉兴市教科所工作，我暗自为他工作和创作上的双丰收而感到高兴。从那时到现在十六七年过去了，他一直在努力工作着，同时也在努力写作着，发表了近千篇小小说和几百篇小小说评论，评论家刘海涛对他创作和评论"两把刷子一齐上"的势头曾给予过高度评价。他的作品被《小说选刊》《小说月报》等多次选载，并已出版了八本小小说作品集，还出版了《中国当代微型小说名篇赏析》等，汝荣兴已成为中国当代有重要影响的小小说作家。

　　最早的时候，我知道他曾出版了第一本小小说集《爱广告小姐》，在很多城市的多家新华书店找寻后都未得到，于是就写了一封信，并寄点邮票，想从他那里购买此书。不久，邮票被退回来了，还有一封字写得儒雅、措辞也儒雅的信，汝荣兴告诉我他那里也无此书了。

　　1997年秋天，全国第二届小小说作家作品讨论会在郑州大学举办，于是我们在9月的中州古城郑州见面了。一见面，我就感到，现实中的汝荣兴与我猜想中的汝荣兴基本一模一样，真的是非常儒雅，像一座南方小城，充满了文化气息。在那次参加讨论会的人中，汝荣兴是资历最老的几个小小说作家之一，并且还是《小小说月报》的特邀编辑。按说在讨论会上他是有资格大讲特讲一番的，可他一直非常谦虚，文静地坐在会场上，静静地听大家发言。直到讨论会快要结束的时候，他才简短地发言，主要谈了繁荣小小说创作和繁荣小小说评论的问题，见解深刻，并表示要为改变评论滞后于创作的现状做点自己的贡献，"为写小小说的兄弟们经常呐喊几声"，语调平稳儒雅，一如他的为人。我、王海椿与汝荣兴是坐同一列火车离开郑州的。夜晚，在徐州下了火车，我和海椿又跑到他的车窗口，与他依依惜别。不知不觉，火车又开动了，他向我们挥手，我们也向他不断地挥手。直到列车消失在远处的夜色里，我们才去购买转车的车票。

后来，我们有十多年没有见面，但心中一直都是记着对方的，出了书会互相寄赠一本，偶尔也会打个电话互相问候一声。

2010年1月21日，在北京大学博雅国际会议中心，由天津出版传媒集团、方正番薯网、中大文景文化传播、北京有望传媒、微型小说月报联合举办的"中国微型小说数字航母启动仪式"上，不经意间一只手向我伸了过来，我一愣神并抬起头来的工夫，话语已经过来了："高军，汝荣兴啊！"于是我们的手又一次紧紧地握在了一起。他迅速签字送给了我一本他撰写点评的《中国当代微型小说名篇赏析》。活动在时间上组织得很紧张，我们没有多少机会深入交流，但都有一种心是连在一起的感觉。

过后不久，我产生了一个出版一套有小小说作品收入中小学语文课本的作家的个人作品集的创意。一个文化公司对此很感兴趣，我先是和公司尽量多地为作家争取一些权利，最终达成了在他们固定规则外多给作者六十本样书的协议。公司委托我义务（没有报酬）为其组稿，于是我把符合条件的作家列出来后，开始联系沟通，有很多不符合条件的作者多次希望能进入，也有个别作家对我进行了指责，而汝荣兴是大力支持这项工作的，不久就按要求把稿子发了过来。

读汝荣兴的小小说作品，经常能让人有一种陌生感。这一点是非常难能可贵的。俄国形式主义理论家什克洛夫斯基曾说过："艺术手法是使事物奇特化（即陌生化）的手法。"即创作的作品必须让人们在阅读时获得特殊的、令人感到陌生的审美感受。汝荣兴说："每一位小小说作家（作者），都有充分重视、努力创造各自的小小说作品的个性的必要和责任。""一位小小说作家的小小说作品，就得有这位小小说作家的小小说作品的性情——也只有有属于自己的性情，才能显示出这篇小小说及这位小小说作家的小小说作品的特色与成熟来。"清醒的小小说文体意识使他确定了自己的旗帜鲜明的小小说风格追求，努力向生活深处掘进，把陌生化作为小小说创作的艺术程序，创作了大量深刻表现现实生活的作品。

从踏上文学创作之路开始，他就认准了小小说这个艺术门类，他曾自称是"小小说的铁杆哥儿们兼痴心情人"。他非常熟悉生活，对现实中人物的心理、思维方式把握得很准确。写作小小说的过程中，立足于写人物。他认识到："小小说是不可以也不允许'背叛'小说的。"他把写人物作为小小说创作的着眼点和落脚点，写得生动到位，对人物的刻画入木三分。如：《明天开会》写某中学的梅弟卫老师从来没有参加过一个真正的会，县政府召开中青年教师座谈会时让他去，他认为可以吃顿真正的会议餐了，头天下午的晚饭就留有余地，第二天的早餐索性没吃，但会议却没有安排就餐，他感到那是一个真正的会。把一个没见过大世面的普通老师的心态描写得生动形象、丰富细腻，把一个世俗人物形象塑造得栩栩如生。《好汉李四》写李四一天下班的路上见一歹徒持刀抢一妇女的项链，他勇敢上前，将其扭送到派出所，成了英雄好汉，这为他带来了住房和美妻。后来一次，又遇见一小孩落水，想想房子和妻子竟不救而去。人物被塑造得是多么逼真丰满。《感觉》中的老周卖了家中的几种旧货，一高兴请小周吃饭，小周却说他卖少了钱，他去一看，果真如此，抱怨了一圈，最后连小周也不理睬了。这些人物都给人以陌生感，但又生活气息浓郁，真实可信，生动形象，令人回味无穷，给人以深刻的启迪。

汝荣兴的小小说写得深刻。首先，善于透过人格批判，深入文化批判。他的小小说写的都是日常生活中的普通人物、平常故事，他的高超之处在于平中见奇，又于奇中发掘普遍性的东西，在日常性中揭示存在的真相。他说："窃认为，对题材的忽视（或者说重视不够）和立意上的缺乏大气磅礴，是致使小小说的总体质量不能够尽如人意的一个重要原因。"他追求"把小小说尽可能写得'大'一些：大容量，大气魄等等"。如《怪菊》写魏老是个画家，年老以后，画不好了，可索画者却日多，有一次，他画废的一张画被一年轻人拿走，后竟被炒到五万美金，魏老一气之下，花高价买回，一把火烧了，从此不再画。作品对一些社会现象进行了深入批判，对亵渎艺术的行为进行了一针见血的讽刺，更写出了魏老的自知精神、清醒意识和价值观念。《记者》是作家发表于1984年的早期作品，写的是一小孩落水，记者飞奔出事地点，站在岸边一面冷静地等人，一面认真地构思救人的稿子。后来是一个游技不好的姑娘救了孩子。不久，记者的稿子发表了。这天，记者感到热，就跳到编辑部门前的江里。看到他自如地钻上跃下的姿态，一同事说："你这家伙可以去参加奥运会游泳大赛呢。"一种客观冷峻的写法，于中蕴含着作家的悲怆与悲悯的情感。其次，透过异常的感情，展示生活的当代性。如《下雪的黄昏》写"我"在一个下雪的黄昏，去见一个经朋友介绍的叫玫的女孩，"我"在白桦林中的八角亭里白等了一个小时，却未见到玫，第二天，"我"写了一封绝交信交给朋友时，见到了玫写的纸条，对"我"面对下雪这种变故都不会灵活处理很失望，只好未露面。小小说意境古典，情调浪漫，氛围温馨，但写的是一段不成功的爱情，写出了一种现代爱情观念，传统的爱情理念受到现代生活的颠覆，作品一下变得深刻了，具有了厚重的意义。《洋鬼子》《心灵感应》等都属于此类作品。再次，通过象征和寓言，展示深刻的生活。如：《房子》中张三要造房子，设计了两次，都像别人的火柴盒样式；第三次新了，可一醒来还是老样子；第四次又新了，可一眨眼又变成了老样子。最终建成的房子还是与别人的一样。《走在路上》中，人们问："小林去上班呀？"路上人多车挤，红灯时时亮起，他想着家务事，到了单位，人们问："老林，来上班啦。"他的头发已白了。《猫与鼠》写12生肖排列时，缺最后一个名额了，猫和鼠竞争，猫木讷落选，鼠因伶牙俐齿入选。通过象征和寓言的形式，让作品的思想性得到充分的艺术发挥，让读者能体会到一些深层的东西。

他特别注重揭示人物的心理，《感觉》中老周的行为猛一看简直让人感到莫名其妙，那是一种典型的狭隘而又偏执的心理的反映，见不得被人说穿，这种国民的劣根性很普遍。再如《拾遗》《故事》《刘老师》《你这个傻瓜》等对人物的心理刻画都非常深透、逼真。汝荣兴特别善于透过人的心理状态窥视人的生存常态背后的复杂意蕴，从而逼近存在的本相。

我们感到，他的小小说确实在艺术上下了功夫，大都写得简洁精练，意蕴丰富，对各种题材都能找到一个很好的视点切入，统领全篇，充分展示人物的心理与性格，如《摇篮》《野心家的诞生》《青春涅槃》等切入的角度都是非常巧妙的。他的小小说的精练与他对小说结局的精心安排有很大的关系，他的小小说结局常在一个突变和逆转后，深入一步，更进一层，戛然而止，看似出人意料，实际上是充分展开的前文合乎逻辑的发展，如《诗人之死》《领地》的结尾都是令人回味再三的。

汝荣兴的小小说创作，在当代小小说作家群中，已有了自己的比较鲜明的特点，特别是以上分析的这类努力向生活深处掘进的作品，显示了其独特的艺术风格和艺术魅力。

点评修祥明《黑发》《天上有一只鹰》

《黑发》

这篇微型小说是一个母爱和感恩交织在一起的故事，若平庸的作者来写，会写得不得要领，修祥明颇具大家风范，他用简洁的文字给人物设置了一个道德困境，把人物放在大饥饿的时代，孩子即将饿死的情况下，娘的行为就被架在爱子之情和社会公德矛盾的两难境地，在对灵魂的拷问中确立性格和人格，揭示出深刻的意蕴。他知道小小说受篇幅所限，不能追求故事情节的曲折离奇、跌宕起伏，而是精心选择作品的聚焦点，以娘的黑发来支撑整篇作品，开篇重点写娘的黑发来渲染母亲的美丽，然后散淡写来，好似和黑发的距离越来越远，当小说最后娘把头上的发髻解开的时候，读者体会到了小说其实笔笔紧贴着黑发写的，我想此时尽管随着岁月的流逝未必还有当年那么黑，可娘的美好心灵却放射出了熠熠光彩。

《天上有一只鹰》

这篇微型小说是修祥明的代表作之一。没有系统的情节构架，没有完整曲折的叙事，而是以人物、语言和寓意来获胜。小说最突出的特点是构思上不是依靠故事来吸引人，而是对诗性的引进。用诗歌般富有艺术张力的叙述语言和人物语言，将情节简化到极致，在短短的篇幅里，对人物语言、动作、神态的工笔细描，写出了两个性格鲜明的人物形象。同时，小说通过两个老汉对天上一只风筝到底是鹰是雕的无聊争论中，让小说有了深远的多重意境，极具遐想空间。以小搏大，以简寓繁，照顾到了此种文体篇幅短小、情节简约的特点。诗与小说的结合是对某些叙事惯性的艺术颠覆，表达出一种新的审美经验，让作品独辟蹊径，打开了微型小说创作的一扇妙门。小说具有强劲而持续的文学叙事活力，在一种灵巧、飘逸中，厚重、深邃自然而然地流淌出来。

点评陈永林五篇小小说

《鸟蛋》

爱鸟的童心是无辜的，爱母亲的孝心是无辜的。父爱如山，爱儿子的心更是无辜的。小说设置了一个典型的两难境地，让人物来作选择。父亲尽管深深爱着雪英，但为了呵护儿子纯净的心灵，为了儿子的愉快成长，还是选择了放弃。小说抓住"无辜"做文章，显得尤其意蕴悠长。

《小草的遗言》

小说篇幅短小，但作家通过精心构思，容纳了尽量多的生活内涵。写出了小草父母之间的背叛和离异，写出了春梅与木根爱情的波折和犹豫等当下生活的光怪陆离，更可贵的是写出了婶婶收养抚育小草的无私爱心和小草、小胖间的真挚感情和友谊。最后，小草母亲的到来，春梅决定接纳木根的爱同时接纳木根的女儿，苦难的氛围中升腾的温暖越来越浓郁起来。

《胆小鬼》

成长是痛苦的，也是欢快的。小说真实地写出了童年的兄弟之间的打打闹闹和在打闹中自然地结下的深厚感情。胆小的弟弟在哥哥因捉萤火虫掉进池塘去世后，变得胆大起来。睡在坟前、在坟根捡油菜籽这两个细节让人感动。

《我也想去天堂》

内涵拓展尽量宽广，情节跳跃尽量机动，这篇小说以碎片化的形式进行拼接，表现了成人之间的生离死别、真挚关爱，更在无忌的童言、稚嫩的行为描写中，把一个孩童对父亲的感情表达得淋漓尽致。

《竹子开花》

小说笔致圆熟练达，拿捏准确，叙述活力强劲而持续，真实地写出了三个孩子对继母的排斥和为难，和作为继母的兰珍那种宽厚、理解、耐心、包容，最后，在孩子们明白了自己母亲的离去真相后，在兰珍大爱的感召中，孩子们终于接纳兰珍，生活像一条淙淙的小河继续向前流淌而去……

（2012.6.6）

积极干预生活与匠心营造艺术

——刘公小小说创作简论

刘公在陕西咸阳，挥舞着多才多艺的笔，书写着多个方面的精彩。书法创作颇有成就，长篇、中短篇小说写作时常出彩，但他更重要的是始终对小小说一往情深，创作出了一批作品，出版了《新潮小小说》《灵魂撕裂的那一刻》《傻子一样的葡萄》等。他还编辑出版精短小说集，推介了一大批作者。更是把《幽默讽刺·精短小说》办得风生水起，团结了一大批小小说作者，并在线培养了一批小小说的编辑人才。多年来，我始终关注着他的创作，特别是关注着他的小小说创作。最近，抽时间集中阅读了他的小小说，感到他的小小说作品形成了自己的一些特色。

刘公始终坚信，文学作品不是凭空创造，也不完全是个人行为，而是一定社会历史条件下的产物，社会生活的各个领域是影响、制约乃至控制文学发生、发展的决定性因素。作为社会的良心，作家要把文学活动和社会政治关涉在一起，勇敢地批评社会现实中的丑恶现象，通过艺术形象告诉读者什么是好的、值得赞美的，什么是恶的、应该摒弃的，以影响读者的思想道德和世界观。所以他的创作就走了一条扎实的生活之路。对生活中发生的事情，热心观照，随时用小小说的形式予以反映。如，《红色弧线的跌落》写当前光怪陆离的社会对一个女大学生的戕害，小说运用悬疑的手法，展示邪恶势力如何运用电话等精心设置骗局，把一个美丽的"校花"大学生逼向了一条死路。文本疑云重重、惊心动魄，读后让人对邪恶的社会现象痛恨不已，奋起疗救的壮心。《今天我把死因告诉你》是个老题材，但作家努力寻找一个新角度，针对医生见钱眼开、见死不救，秉笔进行了疾声痛斥。作家也不忘展现实习医生的美好心灵，真实地反映了社会的现实，也能给人些许希望。《明年秋天再来》把一个"神医"揭露得淋漓尽致，昭示着作家的良心。《废墟下的忏悔》直击建筑业的招标投标、行贿受贿等，行贿的宫总和受贿的李校长被埋在废墟下面了，还在互相防范、互相算计，在濒临死亡的时刻二人才有了少许忏悔之意。小说角度选取巧妙，对生活的传达带有作家强烈的爱憎色彩。

刘公在小小说创作中，高度敏感地关注着生活的同时，注重挖掘人心深处蕴含的深度内涵，体现着追求深刻的艺术向度。《张站长的当官梦》写一个被老婆讥讽为"站长"的义务交管员，不要报酬，冒着严寒酷暑，指挥交通，被树立为典型。但在酒后他吐露的真言是：自己一生窝囊，干了这个差事后，想怎么指挥就怎么指挥，还能惩罚欺人太甚的科长的儿子，感到心里滋润，感到具有很大的成就感，感到做人的尊严大幅度提升。小说把主人公的内心世界揭示得深刻，把人性的多个层面充分展示出来。读完后让读者感到心中沉甸甸的，能引发读者的深度思考。《心病》写乐呵呵、从不相信迷信的工会主席老王，竟然在被算命的李半仙忽悠着"高寿到了"的情况下，彻底垮掉。在当兵的小儿子回来，要和李半仙算账时，李半仙改口说老王摔了一跤摔得好，把大难摔过去了。"一周后，老王精神抖擞地出了院。"这种向深处挖掘的努力，使刘公的小小说写得丰厚蕴藉。

刘公还非常注重小说艺术的营构。《傻子一样的葡萄》角度非常好，用一架葡萄折射着时代的变迁，折射着世情、人性等丰富的内容。《我失踪了七天》想象力丰富，具有很多原创性因素。《一个并不风流的女孩》开始的两段描写，第一段充满诗情画意，第二段写女孩以泪洗面，憔悴不堪，以乐景写哀情，别具匠心。《他就是想坐牢》写生活困难时期孙二山故意实施犯罪进入监狱，为的是填饱肚子。但生活好了以后他还是故意去犯罪，目的仍然是为了到牢狱里去，原因是没人说话、没人做饭，担心死了、臭了都无人知道。小说在令人信服的对比中，触目惊心地反映了当下农村的某些尖锐问题，别具艺术匠心。这种小说艺术因素的弥漫，增强了小小说的吸引力、感染力，能抓住读者，让人欲罢不能地阅读下去。

　　刘公的小小说也存在一些缺憾，总是短平快地反映生活，缺少积淀发酵的过程，有时未免显得潦草和粗疏一些。这样，就给了庸俗社会学的某些观念可乘之机，实用主义的因素渗透出来，会对小说艺术产生负面的影响。《不倒翁》斥责的是一种官场怪现象，挖掘深了会写出优秀作品，可目前的文本显得直白、肤浅。《卖冰棍的女孩》把深刻严肃的社会问题归结为长相美丑造成的，判断简单，作品单薄。有些作品结尾太突兀，前面和结尾反差太大，《情人公司》《棋圣》《三次挨打之谜》都显得不太自然，容易让读者怀疑其可信度。

（2012.12.17）

世态红尘　影像众生

——评刘克升《为什么我们依然纠结》

　　最近，刘克升在西苑出版社出版了一本新书《为什么我们依然纠结》，封面说这是"打破常规"的闪小说。最近几年，"闪小说"这一词语在很多媒体频繁出现，一些出版社出版了一些"闪小说"作家的个人作品集或多人合集。我个人在接受新事物上不是很先锋，所以一直觉得就是一些小的笔记体文章的新叫法而已。拿到刘克升这本书后，才开始思考"闪小说"到底是一种什么样子的小说。通过查阅有关资料，弄清楚了"闪小说"的来源是英文"flash fiction"，最早将"flash fiction"译成汉语"闪小说"的是一位叫云弓的先生。研究"闪小说"的人把其历史渊源追溯到了伊索寓言，并总结出了"微型、新颖、巧妙、精粹"等特点。但我觉得，这四个特点更是我国源远流长的笔记小说所具有的，甚至比伊索寓言体现得更加鲜明，从《搜神记》《世说新语》一直到纪晓岚的《阅微草堂笔记》和蒲松龄的《聊斋志异》等，我国具备"微型、新颖、巧妙、精粹"特点的精短笔记故事一以贯之、比比皆是。何况现在很多报刊在发表这类几百字的作品时大多都是冠以"城市笔记"或"××笔记"的。所以我想，尽管从孔子、管子那时候就提倡"正名"，但叫什么并不是一件多么重要的事情，目前"闪小说"还在讨论中，所以我觉得还不到非"正名"不可的时候，顺其自然、不断完善才显得更加重要。更主要的是，精心创作，不断提升文学水平，尽量多地承载文化的功能才是当前最首要的问题。

　　目前，在媒体，尤其是生活类报纸等新型媒介上出现的

"闪小说""城市笔记"等,与我国古代的笔记体小说和20世纪80年代兴起的新笔记体小说的以人物趣闻逸事、民间故事传说为题材大异其趣,"闪小说""城市笔记"等栏目内的作品大多都是紧贴现实对当下生活的即时反映。其实,很多有识之士早就注意到了这一点,多次提倡笔记体要关注当下生活。姜亮夫在其编选的《笔记选》中,就提倡过要能够显露一点"事实的真"。苗壮《笔记小说史》提出了基于耳闻目睹的现实性等目标。正因为"闪小说""城市笔记"具备了贴近现实、篇幅短小、符合现代生活的快节奏和百姓写、写百姓、让大众共享、大众爱读等特色,所以能够迅速生产着,畅通无阻地多渠道传播着。刘克升的《为什么我们依然纠结》中的一百零一个故事,体现着"闪小说""城市笔记"的鲜明特色,全部都是鲜活有趣的生活故事,代表着这类写作的主流发展方向。

作者善于从广阔生活中捕捉闪光点,迅捷传达出一种意蕴。刘克升生活、职场经历比较丰富,他一旦有了对生活的独特感受,就会迅速形之于笔下、发表于纸上。《老板的策略》写假招聘,公司只有六辆车,老板却大张旗鼓地要招聘二十名司机,但却对应聘者百般刁难,最终竟以没出过车祸为由拒绝了B、C两证齐全的表弟。为了达到宣传、炒作自己公司的目的,不讲诚信,欺骗大众,面貌何其丑陋!通过沉稳的叙述,作者杯水兴波,引领读者由轻松的阅读进入到沉郁的艺术思考中。《诱饵》写公园里冷清无人,园长把高墙改为矮墙,让自己人一次次翻越进来引诱其他人跟进,通过罚款来增加收入的故事,反映了当下生活的光怪陆离。院长固然可恶,被罚款之人人格也同样低下,更将笔触直指爱赚小便宜、随大流等国民劣根性,体现着作者对情节生动性的用心。刘克升总是追求在生动的神来之笔中,写出一种十足的韵味,让读者感受到一种有特色的艺术功力。

刘克升追求对情节的精心构造,善于多转个弯,达到一波三折的艺术效果，使作品给读者带来一种独特的艺术魅力。《活学妙用》中王经理出发点是考试如何作弊，我们正对他产生厌恶之情的时候，作者笔锋一转让他迅速摆脱考试失败的境地，进入思考如何去购买手机干扰器加强对自己员工的管理中来。在故事的波折中，让人产生一种拍案之情，体现出用一种叙事智慧来承载一种艺术审美的情趣。《小金库》写在检查中没有被发现私设小金库，在上级逐人谈话时领导安排故意被查出一个，检查组满意地打道回府，全部职工都发了奖金，被没收少量资金原来是为了转移视线，掩护更大的小金库。刘克升在大多作品中，总是通过几次转换来制造悬念，掩盖事情间的微妙关系，在对读者反复误导中，再来个全盘托出，因超出读者的想象而产生一种峰回路转的效果，使读者获得一种生动的艺术享受。

刘克升还注意到了尽量透过一个或几个侧面写出人物的性格特色。这种文体由于篇幅所限，在写人上往往会显得粗疏。但叫"闪小说"也好，叫"城市笔记"也罢，只有写好人物，才能体现出这种文体的特点，体现出这种文体的文学品位来。我们发现，刘克升作品中的人物既有定型化的人物，也有转变型的人物。《阅览费》写误读了色情书，怕下车卖水的太太发现，赶紧交钱了事，写的就是一个人片断的思想和行为。这个"我"是定型化的人物，但作者不铺叙，尽可能省略一些事实的现象和过程的交代，只是精心将最能刻画人物心态的、最典型的言行摄入自己的文本，笔墨干净利落，人物形象栩栩如生。《合理化建议》写刚由乡下调来的"我"发现单位领导在开会时故意不带杯子，拿捏着架子非让工作人员再跑一趟腿不可，"我"就在单位征求合理化建议时提出让领导自己带杯子而遭到不客气的批评。"我"的变化、领导的转变都在一刹那间完成，体现了人物复杂的情感和微妙的心理变化，把一个初涉官场的年轻人、官僚领导都写得惟妙惟肖，让人对官僚主义有一种触目惊心的感觉，读后印象深刻。

刘克升《为什么我们依然纠结》一书共收入了一百零一篇作品，并在每篇作品后面附带着简短的"闪评"。读者在简短、轻松的阅读后，再对照文后点评认真思考一下，会受到更多的启发。如："别说钱眼小，人心有时候大不过钱眼"，"距离产生美。近距离产生关系。零距离产生疲劳"，"不讲诚信的后果，犹如石子激起涟漪，伤口不只在原处，还会一圈一圈地向外扩散，波及所有人"等等，让读者在读到感同身受的对生活忠实记录的故事的基础上，再读到一系列类似的时常让人会心一笑、拍手称快、灵光一闪、昂首长叹的警策之言，怎能不大呼淋漓尽致、身心痛快呢？对很多让我们纠结的事情能得到进一步认识，心灵压力能得到进一步释放。在认识到纠结的人生才是完满的同时，心理能得到自助，人格能得到提升。

　　刘克升的《为什么我们依然纠结》是一本读来让人非常轻松的书，同时他在写作中在提升其文学性上也做了很大努力。但毋庸置疑的是，有些作品显得过于直白，有些篇章侧重于简单说明一个小道理等，都是需要引起足够警惕的。在"闪小说""城市笔记"的写作中，只有突破个别事件的限制，突破职业化写作的藩篱，在虚构和想象中进一步开拓艺术的表现空间，创造出新的真正具有平民本色能吸引读者的生动的艺术情节，塑造出有广度、深度的人物形象，这类作品才能提升到更高一个层次。我觉得，这不仅是需要引起刘克升注意的问题，也是所有这类文体写作者共同应该注意的问题。

（2012.6.20）

努力在朴素中表达丰富和深刻

——金光小小说五题漫评

金光从事文学创作近三十年，先后发表作品近二百万字，出版过多部作品和作品集，特别是他的小小说创作成就突出，作品多次被《读者》《小小说选刊》等选载，并被收入多个权威选本。本文拟对他近期创作的五篇小小说谈点自己的看法，以就教于广大读者。

我们知道，一个人的写作面貌，是由天性、生活经历、世界观和价值观所决定的。金光生活、工作的豫西三门峡市，我曾有幸多次从那片大地上经过，那里的大山、丘陵、旷野，看似平凡、平淡，但在朴素的外表下，总能给人以强有力的视觉的和心灵的冲击。那里自古以来名人辈出，文化底蕴丰厚沉重。作为一个主业是党报负责人的当代作家，金光业余时间的小小说创作，总是深受地域文化的影响，密切关注着现实生活的细微变化，在艺术走向上始终走的是一条最朴素的写作之路，但他会在朴素中努力挖掘出一些丰富的、深刻的内涵来。

小说发展到了现代，很多作家经过了现代艺术的严格训练，对朴素、单纯等因素会显得不屑一顾，往往会在结构上经营得相当复杂，把作品写得晦涩、玄奥一些，以此来呈现世界图景的模糊性和丰富性，同时充分显示现代小说艺术可能达到的难度和高度。这种形势下，在许多人的眼中，那些面貌朴素的小说，会被视为落后于时代而嗤之以鼻。其实这是一个很大的误解，小说写得朴素并不等于简单和单薄，它照样可以表达出复杂的东西，给读者以有力的艺术感染。

这样说，并不是指证金光的小小说创作已经达到了艺术的巅峰状态。但他在多年的默默耕耘中，在他那些质量相对稳定的大量小小说作品中，体现出来的努力在朴素中表达丰富和深刻的艺术取向是值得充分肯定的。

我们看到，出于对朴素、简洁的热爱，金光对世界图景的感知是清晰、明朗的。如《证据》，就是在记叙作为检察官的公诉人黄加年和对方律师杨昆林在庭审现场斗智斗勇的过程。一个法庭辩论程序要想写出丰富而深刻的内容是很不容易的，初读感到有过于简单之嫌，叙述也好似有些笨拙。但金光的落脚点是对案件中最关键的一块三十多公斤的石头证据的聚焦：黄加年不惜病体在身，将"30多公斤的石头扛了10公里"，带到了庭审现场，帮受害人讨回了公道。至此，小说的叙述变得灵活起来，文本在艺术层面得到了很大的提升。《飘失的白纱巾》截取的是袁鹏暗暗等一个叫小童的女孩送百合花的生活横断面。故事在流水似的平静中往前流淌着，自然地穿插进袁鹏因救一个女孩被歹徒刺得双目失明，但被救女孩在强大的舆论氛围里一直没有出现。小说用袁鹏失明前最后看到的女孩的白纱巾与这次小童送他的一条白纱巾勾连故事节点，显得很有匠心。依托这条白纱巾小童终于主动承认了自己就是被救者："袁大哥，你救了我，我并不知道后来发生了什么，在报上和电视里看到了大家的讨论，我才知道，可我觉得晚了，不敢出来见你。我在一家私营企业里打工，天天良心受谴责，只好辞了那家的工作，在福州路离你近的地方重新找了一家企业。这样，可以在每周六来看你了。"小说最后，两个人的心灵都升华到了一个新的境界。朴素并不等于简单，小说直抵人物复杂的内心世界，在不长的篇幅里容纳着道德、心灵、人性等更多的内容。

人物是小说的主体，金光是一个能让自己小说中的人物生辉的作家。《谁打了我一耳光》让一个小混混作为小说的主人公，在那里自说自话，张扬显摆着自己的斑斑劣迹。当他在对已经中风病倒的三爷毫无同情心地嗤笑时，惹起众怒，不知被谁打了一耳光，既虚幻又真实。在那么客观的描写中，成功地传达出人物貌似强大实则虚弱的本质。文本表达上显得毫不犹豫、充满信心。《寻娘》写的是一个得了糊涂症的母亲进城后常常走错房间，常常做错事，和儿子一家生活在一起发生了种种冲突。短短的篇幅里三个人物各有特色，即使对婆婆恶声恶气的儿媳，当老人真的走失后，也积极奔走寻找老人。最后的结局是，老人一路讨着饭走了七八天回到了老家，糊涂的老人对家的方向却是清醒的。精神冲突的复杂性，让读者为之沉思。在这五篇小说中，我感到写得最好的是《爱情傻瓜》，小说以进城务工的"我"的真实体验展开，在本分的"我"和调皮活泼的琳琳的交往中，"我"傻中的真诚、傻中的正义、傻中的勇敢次第展现。并在徒弟们的不解面前，在琳琳由嘲笑到以身相许的过程中，一步步得到升华。小说在活泼轻松的叙事中，将复杂性贯彻在小说的结构与精神冲突上，体现着叙事与文本之间的融洽关系，在轻轻松松中毫不犹豫地到达了事物的核心，使作品获得一种难以言喻的形式感和深刻感，小说容纳着更多的内容，丰富了容量。

金光的小说总体风格平实朴素，不去追求语言的装饰性、缥缈性，而是敏锐地捕捉着生活中触动了自己心灵的一些闪光点，侧重在实实在在的叙事中尽力抵达丰富和深刻的境地，慢慢去感染读者。

我们在肯定朴素风格所蕴含的光辉的同时，还需要指出的是，金光的创作也应竭力吸收更多的现代艺术叙述成果，使自己的小说得到进一步提升，赋予其更强的生命力。

（2012.8.28）

黄爱国小小说漫评

　　最近,我认真拜读了来自于公安队伍的作家黄爱国的《潜》《巡》《伏》《捕》《堵》等五篇小小说,从作品中可以看出,警营的火热生活为他的创作提供了尽情驰骋的天地,他对小小说文体进行了有效的尝试。在短短的创作历程中,他以质朴的文笔和不懈的努力,用自己的汗水和心血为读者催开了一片灿若云霞的花朵。他的作品给我们打开了公安文学的另一扇窗口,掀开了另一道风景,这就是基层公安民警艰苦卓绝的斗争生活。五篇小说都是对警察生活、对警察人物形象塑造有一定思考和追求的作品,为我们真切地认识和了解当下警察职业和警察生活提供了借鉴。

　　他的小小说,一个突出的特点就是能勇于面对生活,积极反映生活的矛盾和斗争,反映公安战士的生活、思想、感情、愿望。这些作品熔铸了作家强烈的主观体验,渗透了作家自己的主体精神。我们经常看到,能博得几声喝彩的大都以自恋和怀旧为主题,真正关照当下社会的作品,要么被边缘化,要么就荒诞不经得过分神经质。作家一旦要写市场经济背景下生活的快速变奏,往往就落入俗套,显得力不从心。黄爱国首先是一位公安干警,然后才是作家,他和战友们的心是相通的,拥有同样的喜怒哀乐。读者不应当把作家笔下的人物与作家自己等同起来,但黄爱国是把自己的一些经历和心理体验熔铸到了他所塑造的主人公身上,并综合进同时代、同类型的公安干警的经历和心理。所以他的这五篇小小说,具有强烈的社会责任感,是用自己的笔描述亲身参与其中的公安战线平凡而壮丽的斗争生活的作品。他的作品中，警察不再单纯只是公安队伍里的人，更是社会的一个个鲜活的个体。《捕》这篇小说以"该死的'秃头'！还不出来！还不出来！"开头，将作为母亲的柳叶在监控屏幕前想迫切抓获惯盗秃头的责任意识写了出来，同时也将她希望抓住秃头好赶紧去接上学的女儿回家的母亲情怀也真切地描述了出来。然后小说切换到一个月前柳叶与201密切合作，但还是让秃头意外逃掉的情况补足。接下去，柳叶接孩子的路上发现秃头后，她一边打电话给战友，一边放下女儿立即追上去。当与201携手抓获罪犯后，她才迫不及待地去找女儿。最后，"柳叶拨通了201的电话，朵朵对着话筒哭喊道："爸爸，妈妈不要朵朵了，把朵朵扔到路边，朵朵要爸爸也回家……'"小说表现了公安干警的深明大义和善良的人性之美。作品注意了对人物内心的展现，描写细致，语言生动，文学性也随即加强。《伏》以第一人称展开文本，写"我"与战友老彭审讯刚抓获的人贩子时，审出以前的小芝麻一案，为解救这个孩子，老彭不顾心梗又犯了的现实，坚决参战，在现场第一个扑过去抱回小芝麻，最后一边为小芝麻讲着故事一边倒了下去，冲锋在前、以生命捍卫荣誉和履行职责的警察，在文本中站立起来。作家自身经历和体验的融入，无疑增强了小说的真实感和亲切感。以自身的激情去拥抱生活、投入生活，将自己化入所写的生活，与自己笔下的人物同呼吸共命运，这正是他作品的动人之处。

同时，阅读他的小小说，另一个突出的特点就是他的小小说注重清醒的艺术追求。《潜》这篇小说一直沉稳地叙述着，黑娃子投奔露天煤矿被斥责被打，他卑微地诉说自己犯事、逃跑、被查、翻窗逃出，要求留下混口饭吃。然后写他见警察就跑，夜里哭着想家，到为"眯眼睛"搓背，最后才一下子抖出来他是个潜伏的警察，就是为了来抓犯罪分子"眯眼睛"的。小说并不到此结束，而是再深入一层，写他给妻子打电话，要从电话里听刚出生的孩子的哭声："黑娃子闭上眼，幸福地享受着……睁开眼时，泪流满面的黑娃子看到满车厢人都泪流满面。"写出警察的自律、忠诚、奉献、大局意识之外，更写到警察的灵魂深处，刻画出他们复杂的内心世界。更真实、细腻地为读者展示干警丰富多彩的生活和心理世界，使读者对干警的形象有了更加完整的认识和理解。小说构思精心，先抑后扬，一波三折，有诱人的新奇与神秘感，具备波澜起伏的情节性，有很强的可读性，在艺术上具有真实性、感染力。黄爱国在艺术表现上善于变化，《巡》的节奏快，以"肖乐接到第九个警情时"开头，贯穿到"第十八个警情指令传来时"等构思小说，在短短的篇幅里用多个案情支撑小说的主架，但不是单纯进行案件叙事，而是穿插干警的吃饭、父亲的发病等，快节奏的交叉进行中多视角地反映公安领域的真实生活。《堵》同样是快节奏，但集中笔墨写一件事，就是接案、审案，然后在当事人放弃追究的情况下，继续去抓捕犯罪嫌疑人。这种艺术氛围的营造，很好地体现出改革带来的利益调整和思想观念的变化，更体现着公安干警紧张的生活节奏。《伏》则是慢节奏的，小说围绕着解救小芝麻，一步步精细雕琢，通过一件事展开一系列细节，歌颂了公安干警的机智勇敢和兄弟般的真挚感情，具有强烈的感染力。剪辑与组合的处理上体现着艺术的眼光。《捕》和《伏》作家通过各自独特的剪辑与结构，异中有同，除了上述分析的不同之外，还都用追叙法来拓展小小说的叙事空间，在必要的地方作增补，来增加作品的生活容量，使其形成了完整的艺术整体。

　　小说是公安题材小小说创作的可喜收获，它们有序地放到一起，形成了一个系列，互为补充，相互映照，真实、细腻地为读者展示了干警丰富多彩的生活和心理世界，凸显了当代干警的阳刚之美，使读者对公安干警的形象有了更加完整的认识和理解，在彰显警察职业的价值和意义方面都具有明显的进步。

当然，这些小说在艺术技巧上也还有粗疏之处，还存在一些不尽如人意的地方。相信随着作者创作阅历的不断丰富，这些问题会尽快得到解决的。

（2012.7.13）

贴近生活　追求超越

——何开纯小小说漫评

　　知人然后再论作品，这几乎成了我写评论文章的习惯。拿到一个作家的作品，我总是首先要了解一下这个作家的一些基本情况。感到只有这样，才能更好地理解文本，才能有的放矢地展开自己的评论话题。所以拿到何开纯的小小说作品后，我也是先到处寻找有关作者的情况，尤其是看到了作者长期在基层计划生育战线工作，感到和他的距离一下子拉近了。因为我也曾经在乡镇分管过多年人口与计划生育工作，也喜欢业余时间写点东西，所以感到理解起他的作品来相对更容易一些。多年来，何开纯致力于人口与计划生育工作的宣传，用自己的一支笔努力去描绘基层农村的生活画卷，塑造了一系列具有浓郁生活气息的生动人物形象。中国人口文化促进会副会长兼秘书长余燕曾高度评价说，何开纯"是一位贵州省农村人口文化的乡土作家。他植根于人口文化沃土，努力挖掘，默默奉献"。我们看到，何开纯为政为文皆有成绩，他 2003 年荣获中国计划生育协会先进志愿者，2010 年 5 月被评为赤水市最佳人口和计划生育义务宣传带头人；他的作品 2010 年荣获过"第十四届中国人口文化奖（优秀奖）"，先后多次获得赤水市文艺奖等。

　　"文章合为时而著"，虽然有许多人说文学的处境已被边缘化了，然而文学的价值永远也不会被边缘化，文学对社会的干预、文学对群众关心的问题的披露和关注，永远是文学的题中应有之义。作家应当贴近生活，回到自己所了解的生活中去，深入到社会的下层和最底层之中，与时代、与社会保持一种密切的"零距离"接触。

何开纯有一颗火热的心，有着强烈的社会责任感。他是怀着对工作、对生活的满怀热望来写作的。集中阅读他的小小说作品，发现都是自觉立言和说话的作品。他总是自觉地接近生活、干预生活，或是展示了一个感人故事，或是反映了一种共同心声，或是传达了一个宣传理念。何开纯的笔触首先伸向的是人性的美好。《连心苑》中的卞三是一个新型企业家的新颖形象，致富不忘乡亲，在父亲从不理解到逐渐理解的过程中，显示出对故乡人民、对自己的职工浸透着的深深爱意。《特殊的镜头》先抑后扬，写出了一个退休后不计报酬、默默奉献余热的老干部的感人事迹。生活是复杂的，既有美好的一面，也有残缺丑陋的一面。《董大爷的丧事》写的是农村留守老人的故事，孩子外出打工了，老人孤独地生活着，有病后只有二儿子董是回来了，不几天后在媳妇的扯拽下也准备回城。董大爷怕儿子走了后自己若死去没人送葬，于是自杀身亡。在葬礼上，董大爷的好朋友张幺爷"伏在董大爷的棺木上，大声哭道：'大哥，还是你的主意好，有儿子给你送终，我如果有这样的福分就好啦！'"触目惊心，让人唏嘘不已。在给人以强有力的震撼的同时，也使作品增加了生活的广度与思想的深度。再如《费用》，钟幺娘病倒后，三个打工的儿子迟迟未归，热心的邻居刘二娘跑前跑后地帮忙伺候，最后还是死在了县医院。钟氏三兄弟回来后，因医疗费、安葬费大闹。原来"三兄弟打工前，已对母亲的疾病有一个承包口头约定，钟大负责头部，钟二负责身子，钟三负责双手和双脚，其中哪个部位有病就由哪个承包人承担医疗费；因哪个部位死亡，就由哪个部位的承包人负责安葬"。一场闹剧中有讽刺，有斥责，蕴含着传统伦理道德在金钱面前的彻底溃退，闪烁着作家的强烈社会责任感。在对社会问题的关注方面，何开纯还敏锐地刻画着当下经济强势冲击下某些新阶层成员的丑陋面目，直指社会的弊端。《老总的烦恼》描写房地产开发公司总经理胡莱的"胡来"行为，但小说从旅馆遇袭切入，随后通过胡莱手机上的三条信息看出他的丑恶嘴脸，最后交代这个过程就是胡莱打过其媳妇主意的贴身司机导演的。光怪陆离的生活扑朔迷离，次第呈现，小说构思巧妙，可读性强，吸引力大。《离婚》《哥妹情深》都是写的当下年轻人情感错位、道德滑坡等现实问题，这两篇小说的优长是在批判中把侧重点放在对人性的挖掘上。

在小说的艺术传达上，何开纯非常注重人物形象的塑造。表现了他在创作过程中对小说这种文体创作规律的尊重，对人物的尊重。《犟牛侯高》中，侯高在泥石流发生、妻子不幸丧命后，不愿意搬离原来的地方，这种倔强中怀着的对妻子的一片深情，令人难忘。《火辣辣的小女孩》中火生因妻子生了女孩而时常发火，作为女儿的蕾蕾，自立自强，摆事实讲道理，说得父亲哑口无言，给读者留下深刻的印象。《丹霞药娃》里面的药娃在打工潮泛滥中，坚守故土，坚守清贫，坚持孝道，性格温和，淳朴厚道。卫生局长方云，为政清廉，性格有发展、有变化，可亲可敬。《保孩子还是保母亲》中，当丈夫在两难中作抉择时，在妻子耳语时，在人间大爱的诠释中，一个母亲的形象高高地站立起来。同时，他自觉注重小说情节上的艺术构思，注重在结尾处抖出一个出奇的包袱。如《董大爷的丧事》《王麻子偷羊》《竞选村长》等的结尾，都能集中发力，尽力开拓出一片新天地，给读者造成新的震撼。

何开纯的小说也还存在一些有待提升的空间：有些情节组合出现惯性思维，以"摔下悬崖"、以"哄"作为核心情节构筑故事等，都用得多了一些；在叙述上有时出现不顺畅、不自然等问题；有些故事显得陈旧、不新鲜；有些小说可信度上也有些问题；对社会生活的理解有时太简单，仅仅传达出一种主观理念；语言还需努力剔除那些冗赘的地方等。

（2012.8.8）

女性生活情景的艺术表现

——飞鸿小小说五题漫评

　　关注女性命运，以小小说的形式写出女性的生命体验和生命价值，表现女性独特的心理渴求和向往，反映严峻的社会问题，是近年来小小说创作中的一道亮丽风景线。同样的，飞鸿这五篇小小说，侧重点都在表现女性生活。即使《疙瘩叶》写的是夫妻生活，着眼处仍然是女性人物。文学是"人学"，从事"人学"精神劳动者，应当是一个人格完善、同生活保持直接而紧密的血肉联系的人。法国学者欧盖尼·弗尔龙的《美学》说得很明白："艺术作品的价值……最终要通过它的表现力量来衡量……它所表现的感情对其价值起着决定性作用……一件作品之所以是美的，是因为作者的个性特征在它身上留下了深刻的印痕。"欧盖尼·弗尔龙认为，作品的价值归根结底是决定于作家的自身价值。飞鸿在创作中，密切关注当下的现实生活，围绕底层女性的生存空间、衣食住行、爱情婚姻等方面展开，通过呈现女性的生存境遇，对复杂的人性做了较有深度的表现。

　　这五篇中，写得最好的是《马小路》，以"我"拉着不情愿的马小路练习瑜伽开始切入对婚姻爱情的表达。马小路喜欢跳舞，其原因其实是为了自己喜欢上的程英雄。马小路生活滋润，老公有身份有地位，可她却苦苦追求并不喜欢自己的程英雄，并为他离了婚。马小路离婚后，程英雄请长期病假去了外地，她就再也不去跳舞了。小说避开正面描写，主要笔墨放在瑜伽场地上。小说几次重复抱着自己的脑袋，使劲压向自己的胸膛，却怎么也接触不到自己的心脏部位这个细节。小说突破了欲望叙事的藩篱，不仅止于颠覆人类基本伦理操守，更有着来自灵魂深处的广袤和悲悯，传达着人物的本然状态，体现着主人公的复杂情感态度，凸显着马小路的精神尊严。《莫小米的幸福生活》则着笔于红尘甚嚣尘上的经济现实中一个年轻女性自觉地慢慢走进一种富足而又空虚的生活的过程。莫小米人长得漂亮，很多人感到可远观但不可近距离接触，但作为董事长的高仓却主动把她招进了自己的公司，让莫小米如愿过上了自己喜欢的优裕生活，在欣喜不已中投入了高仓的怀抱，继而成为董事长夫人，尽情享受着幸福的滋味。可是，莫小米却不时地让为自己做美容的女孩去勾引自己的丈夫。读者从莫小米眼角滚滚而下的几颗泪珠中能窥探到"满意的笑容"背后蕴含的女性的生活现状、生存困境与挣扎的过程等复杂内涵。

飞鸿的写作向度，除了表现女性人物对男性新的情感上或物质上的依赖，并不断向女性内心深处掘进以外，还在表现女性人物与自身、与男性、与社会的抗争。《疙瘩叶》写得非常有趣，疙瘩和叶从结婚开始一直到老年，都是在战争与和平交替的家庭生活中度过的。结婚三天后回门，叶就开始了对男性的反抗，但以失败告终。但两个人争执过后，随即就会和好。"第二天，叶出门，红光满面，朱唇含笑"了。在大街上吃饭，也因疙瘩抢夺叶的筷子争执起来，"疙瘩叶各自攒了劲儿，一会儿工夫就在粪堆上扭打翻滚起来。叶瞅个机会把手里的筷子扔出去丈把远，疙瘩丢下叶跑过去捡起来，在衣袖上蹭蹭两下，丢进碗里，夹起一疙瘩馍放进嘴里"。这些生动的细节，在文本中意趣盎然。丰富了形象，让人感受到了人性的温馨、家庭的温暖。《哑巴娘》以"我"的成长作为纬线，透视了哑巴娘由游手好闲到因生活变迁而忙个不休的过程。哑巴娘的名字在我们村每个人嘴里的进进出出中，开始被人轻视，但在自身的抗争和自强不息中，最后"每个人对这个名字多多少少都有了份敬重"。《同学啊同学》

写十八年不见的两位女同学，一联系上后就热情有加，甚至急着见面，但背后的真相竟然都是为了让对方帮忙推销产品，是生活的挤压扭曲了纯真的同学情谊，是商品经济至上的社会打垮了做人的尊严。

飞鸿的小小说有着自己的追求，但就这五篇作品来看，也还是有一些缺憾的，如在叙述上还显得有些稚拙、有些生硬，人物的行为时常让读者会感到有突兀之感；在材料的取和舍上，也还值得认真思考，如《莫小米的幸福生活》《哑巴娘》若能好好打磨，会更加优秀；立意上也可以更上一个层次，如《疙瘩叶》《同学啊同学》都显得肤浅和意念化了一些。

（2012.10.7）

孙杰小小说漫谈

　　读到孙杰的《别子老梁》这篇作品时，我突然联想到了赫塔·米勒曾经做过的努力，她把借鉴儿童游戏拼贴诗来作为摆脱小说困境的一种全新尝试，她不断"在拼贴的世界里自由翱翔"，最终的事实让她自信地说："我突围了。"美国作家唐纳德·巴塞尔姆也曾说过："拼贴原则是 20 世纪所有传播媒介中所有艺术的中心原则""拼贴……在最佳状态下，创造出一个新现实"。引用两位世界级小说大师的话的目的，并不是说我要把孙杰的小小说和他们强拉硬拽地往一起拉扯，而只是想说明孙杰的小小说作品在拼贴碎片上是做了一些努力的。

　　《别子老梁》最突出的特点是细节的选择和运用颇为用心，根据碎片拼贴原则选取了老梁在生活中显得有"别"的特色的一些片段组合而成。老梁年轻时对"车间里谁忘了东西让工友捡到，必须买上一斤糖果请客，也有些工友故意拿走别人的东西索糖吃"的现状，就是不信这个邪，非"别"一下不可。他在自己的自行车钥匙被别人偷藏了逼他买糖时，宁愿坐公共汽车，宁愿拿锤把锁头砸开，也不买那一斤糖果换回钥匙，并在车间黑板上写诗进行讽喻。随后，作者继续选取具有浓郁生活气息有助于表现老梁性格的碎片式段落，把一位直言直语，有时让人下不来台，但又确实是无私奉献，时常为他人着想，始终坚持自己的为人处事方式的一个极普通又有棱有角的人物形象成功地塑造了出来。

　　其实，碎片的组合方式有多种多样，需要灵活把握和运用。

作为同样是以男性为主角的《遇鬼》，在碎片的运用上就显出另一种风貌，是抓住一个核心碎片进行放大的。这篇小说写老钱从城里回家，因车坏了，步行往回走的路上到破庙歇歇脚时，遇见从棺材里爬出一个女鬼的故事，表现的是一个相信算命的人的不顺遭遇，最后用包袱抖出所谓的"鬼"其实是一个女神经病患者，落脚点落在了"算卦是个球，回回不准成"上。

我发现，孙杰在小小说中，更善于描写生活中的已婚女子。他仍然是用碎片组合的各种方式，为我们展现着当下光怪陆离社会中一个个婚后女性形象。《情人》的构思比较别致，从春情人节这天10点准时接电话切入，在一个很短的时间段里，以回溯的笔法写出体现春和强关系的几个碎片。小说的明线是主人公春对老同学强执着的爱情的婉拒，暗线是强对她的苦苦寻觅、不懈追寻，坚守和执着同样令人感动。《文怡》这篇小说开篇就直接而锐利地进入这种方式值得称赞。中间偷菜、结尾催下订单等都是精心选择的碎片，写得有声有色。《山竹》生活气息极浓，以山竹在河里洗澡开篇，小说的几个碎片就像小河的流水一样，该顺当时就顺顺当当，有阻碍时就回环往曲，自自然然地把一个与大自然融为一体、有性格特色的女人的一生呈现出来。这些女性人物，都极富当下生活气息，能给人留下深刻印象。

我觉得，在孙杰的这组小说中，内蕴还需要更加丰厚一些，情节碎片在组合衔接上还需要更加自然一些，语言也还应更加准确、更有特色一些。

（2012.6.8）

平易帮人的大学者

——杨伯峻编著的《春秋左传注》收藏过程

　　我所拥有的四大本《春秋左传注》的每本扉页上，都有这样一段文字："1984年9月22日购于杨伯峻，10月11日邮来。"现在看来，我当时写下的这段文字记录下了我保存的这套书的来历，并能让人感到著名学者杨伯峻先生平易且热心助人的一面。

　　我是1979年高中毕业的，本应该参加当年的高考，可是我们这里那年的高中毕业生要么选择高考，要么选择参加高中中专考试，二者只能选择其一，学校领导和老师以"你们能混上个粮本就很好了"的理念，强制我们放弃高考并替我们报上了考中专的志愿。考上后，我们大多数同学都感到壮志未酬，经常怨气冲天，还总是不安于中专课程的学习，想尽量多学点高深的知识。我们那一级的很多同学毕业参加工作后仍不言放弃，立志于学。我也是学外语、学写作等，并系统地自学了大学中文本科的大多数教材。正因为喜欢学习，所以我和我的一些同学打下了点底子，奠定了后来也能有一些小小成就的基础。

　　1983年秋天，我由一个联中的初中语文老师调到了一所高中担任语文老师、班主任。不久，曲阜师范学院（后来在我们学习期间改名为曲阜师范大学）开始招收1984级专科起点的三年制汉语言文学专业本科函授生。一位"文革"中山师中文系毕业的我的学校领导、两位恢复高考制度后临沂师专毕业的同事都准备报考，这位热心的学校领导鼓动我也报考，但我担心不符合报考条件一直有些犹豫，好在学校迅速为我写出了已具备专科水平的证明材料，于是我们四人一块参加了这次本科函授招生考试。过了不久，录取通知书来了，那批函授我们全县只考上了十五个人，我们学校一起报考的四人中也只有我一人被录取。当时在单位引起了不小的轰动，也有了一种说法："大专生还赶不上一个中专生的水平。"这话搞得我很尴尬，也让几个同事颇不舒服。那年暑假，我到沂水师范参加了第一次面授学习，在谷辅林、魏绍馨、李永庄、张元勋、李新宇等老师的精心培育下，经过三年的刻苦学习后顺利毕业。

由于喜欢读书，就想多买书。特别是参加了汉语言文学专业的学习后，进一步开阔了眼界，更知道并愿意购买好书了。现在我已经记不清购买《春秋左传注》的详细过程了，忘记了是怎么知道的杨伯峻在中华书局工作，也忘记了是怎么知道的中华书局出版了杨伯峻的《春秋左传注》。但不论怎么说，反正是得知了以上这些简单的信息后，就不管《春秋左传注》是何时出的此时还有没有存书，也不管到底在中华书局能否找到杨伯峻等，只模糊记得我当时或是用信封装着钱并写了一封信去，或是用汇款单并在附言栏内留言汇款过去并清楚表达了想购买《春秋左传注》的意思。当时并不清楚这套书的价格，记得好像大约寄过去了十元左右的样子。那时候我的月工资不足四十元，尽管拿出了接近月收入的三分之一，但当时我是连眼也没有眨一下的。过了不长时间，我在所任教的学校收到了一大包书，打开一看就是我梦寐以求的杨伯峻编著的四大本《春秋左传注》。书的封面右侧是竖排的古代器皿的装饰条纹，右下方自上而下署着"杨伯峻编著"，左侧是非常像著名作家茅盾字体的"春秋左传注"五个秀丽中透出强劲的漂亮毛笔字，阅读前言后就果真证实了我的猜测，杨伯峻在前言中特意说明了是"沈雁冰先生为本书题签"。

由于《春秋左传注》的缘分，我就一直关注着杨伯峻先生的信息，后来我逐渐知道了他原名叫杨德崇，是湖南长沙人，出生于 1909 年，从小由祖父亲自授读古书，并跟随叔父、著名学者和文学家杨树达学习，不久又拜在了黄侃门下。他 1932 年从北京大学中文系毕业后，当过中学教员、冯玉祥将军研究室成员、任过广东中山大学讲师、湖南《民主报》社社长、湖南省政协秘书处处长、湖南省统战部办公室主任、北京大学中文系副教授、兰州大学中文系副教授、中华书局编辑、中国语言学会理事等。作为语言学家、著名学者，杨伯峻对古汉语语法和虚词的研究，对古籍的整理、注释和译注等都成就卓著，他的主要著作有《中国文法语文通解》(1936 年)、《文言语法》(1956 年)、《文言文法》(1963 年)、《文言虚词》(1965 年)、《古汉语虚词》(1980 年)、《春秋左传词典》(合作，1985 年)、《列子集解》(1958 年)、《论语译注》(1958 年)、《孟子译注》(1960 年)、《春秋左传注》(1981 年)等。杨伯峻先生于 1992 年去世，终年八十三岁。

有了这套书以后，我会时常拿出来，先欣赏一下古朴的装帧，然后沉下心来读上几页，在和古人对话中能增长很多见识，并得到传统文化的深度熏陶。每当此时，我总是能又一次体会到大学者杨伯峻平易待人和热心助人的情怀。我也永远记住了当时书中夹着的一张字条中的话："以后买书可直接与中华书局联系。"杨伯峻先生平时肯定很忙，我对于自己当时初生牛犊不怕虎的行为很是过意不去，所以此后只是永远感念并认真阅读先生的书而再也没有麻烦过杨先生任何一件事。后来，很多地方都能买到杨先生的书了，我就很容易地买到了他的《孟子译注》等著作，并都珍藏到了现在。

（2014.4.6）

收藏钱穆《中国历代政治得失》"东大"初版本

　　我对旧书摊情有独钟，一是在那里时常会有意外之喜，不经意间能见到一些好书，有时候甚至能购买一些比较罕见的书籍；二是书的价格便宜，在书价不断上涨的情况下，能在这些地方花钱不多就买到自己喜欢的书，何乐而不为？所以旧书摊就成了我经常去转转的地方了。

　　我所居住的小城里近几年也兴起了旧书热，一些人到收废品的地方用高于收购价的价格买出来，然后再加上点价拿出来摆摊出售，很受欢迎。一些喜欢书的人甚至提前到摆书摊的地方等着书摊主人的到来，如果去晚了有时候好书就可能被别人淘去了。一旦主人到来，等着的人会赶紧上去帮着卸车，帮着往外拿书，以便顺手把自己看中的书抓到手中。这一度成为一个很奇特的景观，让摆摊卖其他东西的人始而奇怪，继而嫉妒，最终羡慕不已。

　　我到那里翻书一般是先看书名，但有时候觉得印刷装帧好的书连名也不看就赶紧拿到手中，过后再仔细翻看然后决定要还是不要。

　　钱穆的《中国历代政治得失》就是这样买来的。那次我把自己护下的书翻阅着决定是否购买时，发现自己抢到的竟然有这本书，顿时很是高兴。再仔细翻阅，竟然是台湾的东大图书有限公司"中华民国六十六年六月初版"的版本，标注定价是新台币肆拾元整。书中前三分之一个别地方有阅读者对一些重点字句用红笔划出的线条，看来读得较认真。书后赭黄色环衬上，一张上分三行写着"67、8、24"这些数字，在这些数字左侧则用繁体字竖排写着"孙丽"两个字。另一张上写的是繁体"张致中"，右边并有这三个字的英文翻译，但不是大陆现在通行的汉语拼音翻译法，而是魏窦玛注音的那种翻译方式，再下面是英文的地址等。至于这两页上的文字之间有什么联系，就不得而知了。

钱穆，字宾四，是中国现代文化史上最有影响力的国学大师之一，被誉为"一代宗儒"。大陆著名科学家钱伟长是他的亲侄子，钱伟长的名字也是他给起的。钱伟长在父亲钱声一去世后就由叔父钱穆抚养，"先兄长子名伟长，则由余所定"（钱穆《八十忆双亲·师友杂忆》）。

钱穆1895年出生在无锡七房桥，七岁进私塾读书，十二岁时父亲撒手尘世。尽管孤儿寡母，家境贫困不堪，但母亲说："我当遵先夫遗志，为钱家保留几颗读书的种子。"于是让钱穆继续就读，钱穆也牢记父亲"汝当好好读书"的遗训，他没有上过大学，但下苦功读了很多书。十七岁开始教小学，继而教中学。这期间他研究先秦诸子思想及诸子事迹考辨，完成了《先秦诸子系年》一书。陈寅恪称其"极精湛"，"自王静安（国维）后未见此等著作"。当时已在中国学术界大名鼎鼎的顾颉刚，虽与钱穆素昧平生，但读《系年》后对钱穆的史学功底和才华大加赞赏："作得非常精练，民国以来战国史之第一部著作也。"并说："君似不宜长在中学中教国文，宜去大学中教历史。"1930年，因顾颉刚的鼎力相荐，钱穆北上燕京大学任教，后又任教于北京大学等多所大学。钱穆一直埋头做学问，并明确表示不参与政治。1925年有人就劝他加入国民党，遭到明确的拒绝。但1949年他还是卷入了政治，毛泽东在8月14日发表《丢掉幻想，准备战斗》，点名批评胡适、傅斯年、钱穆三人，说他们是"帝国主义及其走狗中国的反动政府控制"的"极少数人"。于是，这年9月钱穆离开大陆到香港担任亚洲文商学院院长（次年改名新亚书院，他继续担任院长）。1963年10月，新亚书院与其他院校合并，成立香港中文大学（这一校名也是他所起的）。1967年转到台湾定居，安心著书立说。1990年逝于台湾，他谢世后，归葬于面对茫茫太湖的西山之俞家渡石皮山。钱穆在大陆和香港、台湾出版各类中国文化、思想、历史等著作六十余种，两千多万字。

钱穆一生有三次婚姻，1928年原配夫人及新生婴儿相继去世后，他与张一贯结婚，育有三子一女。抗战时期钱穆一个人随北京大学南下，1949年一个人到广州，之后只身一人到香港。钱穆赴港后，张一贯与诸子女皆留在大陆。在香港，由于生活没有人照顾，致使经常发作胃病。1952年钱穆到台湾淡江文理学院新落成的礼堂演讲时，被屋顶掉下的大水泥块砸晕，送到医院急救，后来又到台中养病，其间原新亚学院的学生、后任职台中师范学院图书馆的胡美琦常来看望，二人遂萌感情，于1956年春在香港结婚，钱穆开始有了安定的生活。

《中国历代政治得失》是一部讲演集，1952年三四月间，钱穆访台北，其间应邀作演讲，这本书就是钱穆应邀在台北所作五次讲演的讲稿，最先于1952年11月在香港出版（香港自刊本）。后来在这基础上修改补充，修订版也是在香港出版的。台湾过了二十多年才出版，用的香港版本。我所收藏的，就是1977年台湾东大图书有限公司出版的初版本。

进入新世纪，生活·读书·新知三联书店得到东大图书有限公司授权，2001年在大陆出版了该书，定价12.00元；2005年出版第2版，定价16.00元；2012年出版第3版，定价24.00元。九州出版社也于2012年出版了《中国历代政治得失（新校本）》，定价16.00元；2013年4月又出版精装本，定价60.00元。

因为演讲时间有限定，所以钱穆就精心选择中国汉、唐、宋、明、清五朝的政府组织、百官职权、考试监察、财经赋税、兵役义务等种种政治制度作介绍和对比，叙述各项制度沿革演变，指陈利害得失，既总括中国历史与政治的精要大义，又廓清近现代中国人对传统文化和精神的种种误解。如书中高屋建瓴地指出："近代的中国人，只因我们一时科学落后，遂误以为中国以往历史上一切文物制度全都落后了。"钱穆批评"把秦以后政治传统，用专制黑暗四字一笔抹杀"的倾向，且以"对传统政治之忽视，而加深了对传统文化之误解"。他提醒说，研究历史要区分历史意见和时代意见。"历史意见，指的是在那制度实施时代的人们所切身感受而发出的意见。"而时代意见则是"后代人单凭后代人自己所处的环境和需要来批评历史上已往的各项制度"。"时代意见并非是全不合真理，但我们不该单凭时代意见来抹杀已往的历史意见。"

说实话，我很喜欢读历史，但我和很多人一样，总是很头疼两个事情：一是记不住很多历史事件发生的时间，而我们的教科书却偏偏反复强调这一点；二是叙述中总是出现一些这个那个的"意义""影响"等，还必须死记硬背。往往是读后这些记不住，而重要的其他内容也被冲淡了。而钱穆的这本《中国历代政治得失》几乎没有一处具体年代，更没有强加于人的没有多少意义的空话大话，读来感到严谨而灵活，学问扎实而又趣味横生。如说唐代地方军事负责人为了侵吞部下带到军队来的财产盼着士兵死掉："这许多事情，正史说不记载，要在许多零碎文件中，才可看到。"虽然简单几句话，但学问功底就显示出来了。他用生动的材料说明中国几千年的政治不是一团漆黑，而是有得有失的。如讨论政府组织中的君权与相权关系，尤其能表现出史家的冷静与理智。如有皇帝，不等于就是专制；反之，没皇帝了也不等于就没专制。同时对传统政治的不足之处也客观指陈，指出皇权逐步上升、政府权力日益下降等是中国政治传统中的一大毛病。钱穆认为中国历史上许多精彩的东西不能抛弃。"我们实无此能力来把自己腰斩了还能生存。"（《中国历代政治得失》，第36页）即以科举制度来说，许多史家认为是八股取士，害了读书人，也害了国家。而本书说："自唐至清，此制推行勿辍。即孙中山先生之五权宪法里，亦特别设有考试权。这一制度，在理论上，决不可非议，但后来仍然是毛病百出，然我们并不能因其出了毛病，而把此制度一笔抹杀。"对待文化传统殷殷求真之情，溢于言表。

黄仁宇曾说过："钱穆先生可能是将中国写历史的传统承前接后带到现代的首屈一指的大师。"马悦然更是高度评价："钱穆在本世纪（20世纪）中国史学家之中是最具有中国情怀的一位。他对中国的光辉的过去怀有极大的敬意，同时也对中国的光辉未来抱有极大的信心。在钱穆看来，只有做到以下两件事才能保证中国的未来，即中国人不但具有民族认同的胸襟，并且具有为之奋斗的意愿。"余英时对自己的老师也有很到位的评价："钱先生是开放型的现代学人，承认史学的多元性；但同时又择善固执，坚持自己的路向。他毕生以抉发中国历史和文化的主要精神及其现代意义为治学的宗主，生平著述之富及所涉方面之广，近世罕见其匹。"顾颉刚指出："其著作亦均缜密谨严，蜚声学圃，实为今日国史界之第一人。"

《中国历代政治得失》是一本薄薄的大书，尤其东大图书有限公司出版的初版本装帧大方，印制精美，时常翻阅，定会受益匪浅。

（2014.4.29）

偶然得来的收藏

—— 吴恩裕《中国国家起源的问题》

上午，我又一次来到一个小区的旧书摊上。这个小书摊我光顾得不是很多，但也是每过一段时间就过来转转，看是否有新的书籍摆出来。天气已经逐渐热了起来，太阳在头顶上亮亮地照着，在四处毫无遮拦的这片空地上，眼睛被地面和书的封面折射起来的日光炙烤着，一会儿就开始模糊并不舒服起来。但我还是逐一地翻看着，放下一本又拿起了另一本。过了一个多小时，我终于挑出了六本书，正要付款的时候，一本薄薄的小书又进入了我的眼帘，淡赭色的封面上是白色的书名《中国国家起源的问题》，作者为吴恩裕。我原来只知道吴恩裕是著名的红学家，从这本书来看他还是政治学家啊！于是赶紧又将这本加上一起买了下来。

这本书是上海人民出版社 1956 年 12 月出版的，32 开本，印数为 36000 册，定价为 0.18 元。全书分为六部分，32000 字。

购买了这本书后，我开始了对吴恩裕的探究——

吴恩裕，辽宁人，满族。笔名惠人、负生。生于 1909 年 12 月 10 日，1979 年 12 月 12 日因心脏病不幸逝世。他 1928 年在沈阳东北工业大学哲学系读书时，就与同学合办东北第一个白话文艺刊物《夜航》，开始发表短篇小说、新诗。1930 年入清华大学哲学系，1933 年毕业后从事编辑工作，任北平《晨报》的文学、哲学副刊《思辨》主编和《文哲月刊》主编，继续发表文学作品。1936 年公费留学，入英国伦敦政治经济学院研究政治思想史，师从国际社会党理论鼻祖、"人权理论"提出者、曾任英国工党主席的拉斯基，他的博士论文《马克思的哲学、伦理和政治思想》被拉斯基誉为"我迄今见到的最短的、最好的论文之一",至今仍有重要的价值。1939 年获政治经济学博士学位后回国,任重庆中央大学政治学系教授,1946 年至 1952 年任北京大学政治学系教授。著作有《马克思的哲学》《政治思想与逻辑》《民主政治的基础》《西洋政治思想史》《唯物史观精义》《政治学问题研究》等,对民主宪政和社会进步抱有浓厚热情。可以说在 1949 年以前,吴恩裕就是一个成名已久的政治学家、法学家。

吴先生在《中国国家起源的问题》这本书中,试图用新的思想和认识方法来研究中国国家起源的问题,其开创性作用是值得肯定的。在这本书中,使用了阶级分析的方法,将中国国家起源问题的研究推上一个新阶段。但是,也同样留下了一些图解式、宣讲式的痕迹。作为政治学和法学专业的作者,写出的书可归入政治书却又与政治学关系有些疏离,这是极具时代特点的,也是颇有吊诡意味的。

1952 年大学院校调整取消了大学中的政治学系科,政治学在中国不再成其为一门独立的学科。吴恩裕努力学习新思想,他念念不忘的仍然始终是他的专业。仍然痴心不改、孜孜以求,在 1953 年出版《批判资产阶级国家学说》,1954 年出版《列宁〈国家与革命〉注释》,1956 年出版《中国国家起源的问题》。但在 1958 年"拔白旗"中,还是因为这几本小册子被宣布为"个人名利思想的典型""资产阶级白专道路的代表",成了一个"不授课"的教授,此后十八年再也未能重返讲坛。

政治气候的变化,让吴恩裕从 1954 年开始以治西方政治思想史而逐渐涉身红学,搜集传说、文字、文物,考证了大量曹雪芹的生平事迹,《曹雪芹的生平》是最初的代表作。不久,便有专门考证有关曹雪芹文献资料的《有关曹雪芹八种》问世,1963 年,又扩展为十种,最后汇辑为《曹雪芹丛考》一书。另著有《己卯石头记新探》《曹雪芹佚著浅探》等。

1973 年，他根据孔祥泽提供的资料，发表《曹雪芹的佚著和传记材料的发现》一文，肯定《废艺斋集稿》为曹雪芹佚著，这一观点在红学界引起轰动。吴恩裕以搜求曹雪芹的生平事迹见长，如他对敦诚"当时虎门数晨夕"诗句考证的时候，就从敦敏和敦诚的诗文中找出另外五个"虎门"，证明这个词指的是宗学即北京西单楼北石胡同的右翼宗学。这一考订，所提证据是极有说服力的，填补了曹雪芹生平事迹的一大段空白，意义自可想见。

但从政治学家到红学家，吴恩裕有无奈更有着深层次的痛苦。所以 1978 年后，他想回归本行，开始花大力气整理《西方历代政治论著选注》和《西方政治思想史论集》。他的专业著作《西方政治思想史论集》于 1981 年在天津人民出版社出版，但那时他已经去世了。

后来，吴恩裕的儿子吴季松出版了《我的父亲吴恩裕》（北京科学技术出版社 2004 年 12 月第 1 版），里面提供了很多关于吴恩裕的生动资料，感兴趣的读者可以找来阅读。

《中国国家起源的问题》最早发表于《新建设》1956 年第 7 期，随后吴恩裕做了修改，并加上了第一节和后记，交由出版社出版了单行本。对于吴恩裕的学术方法、学术观点，存在不同看法是很正常的，对他的《红楼们》研究是如此，对《中国国家起源的问题》也同样是如此。对于《中国国家起源的问题》里面的一些观点，也一直是存在争议的，如 1957 年 1 月 17 日《光明日报》第 3 版就发表赵光贤《论黑陶文化非夏代文化》提出了不同意见。好在近些年来，关于中国国家起源的研究，已经是大大深化和拓展了。但不管怎样，吴恩裕的《中国国家起源的问题》在这一领域的学术地位、学术价值是永远也绕不过去的。

所以，本书是具有收藏价值的。

（2014.4.8）

《江左校士录》漫谈

　　好友厚德堂主种善东，多年来善于收藏，过眼宝物无数。同时又是一位创作勤奋的优秀诗人，写作了大量诗歌作品。我们俩的交往就是从文学开始的，时常见个面，喝个小酒。有次，他从乡村收集来了一些 20 世纪 90 年代的瓶装白酒，正在微信上得意地张扬，被我等几人过去劫掠了十几瓶，他憨厚地笑着仍然很大方地让我们多拿几瓶，我们心里痒痒的真还想拿，但实在不好意思了，只好罢手。前几天再次来到他摆满各种藏品的厚德堂，发现他收来了一些散乱的旧书，于是翻弄了一遍，最后我找了几本准备借走翻阅一下，他仍然是毫不吝啬地让我带走。

　　首先我翻阅的是一本没有封面封底，但完好保存了第一至第二十七页的《江左校士录》卷二。我觉得，这本书好像应该是三十页才对。不过也不一定，因为没有见到完整的版本，不能随意下断言。

　　这里想就此谈谈《江左校士录》一书。

　　先说书名涉及的"江左"和"校士"。江左也称江东，即长江以东。但所指区域有大小之分，要准确知道江左所指，必须看上下文的意思。如"江左胜境"在泰州。再如史书称与秦淮八艳陈圆圆交好的冒辟疆，乃江左名士。这里江左就是称如皋（其时如皋属泰州）。史籍上有"钱谦益，为江左人望，文台领袖"。钱为苏州常熟人，这里的江左就是指苏州。也就是说，在江苏境内，不管是长江南岸还是北岸，都可以称为江左。从《江左校士录》卷二所收文章的情况来看，这里的江左就是指的江苏。校士，是指考评士子。胡应麟《少室山房笔丛·华阳博议下》："六朝策事，唐宋校士，悉其遗风。"冯梦龙《古今谭概·口碑·被黜诗》："天顺初有欧御史校士，去留多不公。"清人田兰芳《云南楚雄府通判袁公（袁可立孙）墓志铭》："公（袁赋诚）生有异征，十三乌程潘昭度校士归德，爱公文拔置胶庠。"刘大櫆《赠大夫闵府君墓志铭》："而学使彭公，素知府君，不允其退，且延之入幕校士。"《儒林外史》第三回回目"周学道校士拔真才　胡屠户行凶闹捷报"。所以，科举制度最基层选拔人才的场所叫校士馆，也称试院，民间又称考棚。如浙江宁波仍保留的慈城校士馆，现在已成旅游景点。从以上可以看出，《江左校士录》也就是江苏考评士子的优秀文章辑录。

　　《江左校士录》是清末黄体芳辑录的。黄体芳（1832—1899），瑞安人，同治二年（1863）中二甲进士。光绪六年，黄体芳提督江苏学政，在左宗棠大力支持下，于光绪八年在江阴筹建经古书院。第二年，经古书院落成，改名南菁书院。南菁书院是当时江苏的最高学府和教育中心，学生要经严格考试方能入学，应考的士子大都是江苏八府三州的生员，即使已取得举人身份的士子想进南菁书院学习深造，同样也得参加考试。光绪十一年，黄体芳邀请学政大人朱铭盘（1852—1893）在江阴参加《江左校士录》定稿工作，并教授其子绍裘、侄绍第读书。朱铭盘满怀激情撰写了《南菁书院记》。

　　在这本书的选编和定稿过程中，许多有学问的人参与了进来。曾任协办大学士、典礼院掌院学士、清宣统皇帝经筵侍讲官李殿林（1842—1916）做了大量工作，以致有人错误地认为《江左校士录》是他的个人著作。历官兵部侍郎、礼部侍郎、左都御使、浙江学政、1895年主持会试的唐景崇（1844—1914）对这本书进行了把关，所以有些版次的扉页上有"唐大宗师（景崇）鉴定"字样。《笑林广记》编撰者程世爵题写了隶书书名，陆炳章题写了楷体书名。

由于精心编选，多人把关，所以《江左校士录》成了一本供读书人应对科举考试学习的范文选集。清末民初，很多读书人都谈到了学习这本书的经历以及所获教益。

据我了解，《江左校士录》目前已知的版本有五种：

清光绪十一年（1885）刻本（现存温州图书馆），版式情况不详。

清光绪十二年（丙戌年，1886）石印本《江左校士录》（现国家图书馆、温州图书馆有藏品），线装，4册6卷。书口为白口，书口处（单鱼尾以上部分）镌刊"江左校士录"五字，单鱼尾下镌刊"序""目录""科覆邳州"等，最下面标页码。

清光绪二十一年（1895）上海书局石印，四册，书口为白口，书口处（单鱼尾以上部分）镌刊"江左校士录"，单鱼尾下标卷第，再往下标"岁试上元、岁试句容"等，最下面标页码。

上海申报馆1904年印行"唐大宗师（景崇）鉴定"《江左校士录》，为16开本，共计120页，其余情况不详。

光绪乙巳年（1905）上海书局石印本《新选江左校士录》，四卷1函4册，边栏为"双栏"，书口为白口，单鱼尾下标卷第、页码。

种善东收来的这二十七页的版本应该是光绪乙巳年（1905）上海书局石印本《新选江左校士录》，长18.2厘米，宽12.2厘米，用纸为机器连史纸，这些都完全符合这个版本的特征。

翻阅研究的整个过程受累多多，乐趣也多多，现在要赶紧还回去了。老酒会带走喝掉的，其他是不能夺人所爱的哈。

（2015.11.16）

德行高尚

——说孙秉德和我收藏《负暄琐话》的经过

收藏张中行《负暄琐话》，让我见识了著名编辑孙秉德先生的高尚德行。

我自己购买书籍有两个向度：一是对自己早已喜欢的作家作品毫无疑义地购买，二是对一些不太熟悉的作家总是需要阅读作品认可后才会掏腰包的。应该说对张中行的散文就是读喜欢了才开始购买的。

1996年我购买了一本太白文艺出版社出版的《中国二十世纪散文精品·张中行卷》，阅读后一下子喜欢上已经火了相当一段时间的张中行的散文。于是开始到处搜罗张中行的作品，我先后买到了黑龙江人民出版社出版的《负暄续话》《负暄三话》和中国社会科学出版社出版的《流年碎影》等。《负暄续话》《负暄三话》书签是著名书法家萧劳题写的，《流年碎影》书名是著名书法家启功题写的。文章写得好，书的设计装帧同样好，所以我更加喜欢张中行的作品了。

这个时期，我一直想买到《负暄琐话》，让它和《续话》《三话》构成我的藏书中的一个有机整体，可是我各个书店找了都没能找到，多次托外地的朋友帮忙找也未能如愿。当时，又不能像今天这样很方便地愿意买什么书，到网上都能买到。两年多过去，我实在没有别的办法了，就想到了该书的责任编辑孙秉德，就想从他那里看看能不能买到一本。

但我毕竟也就是仅仅知道孙秉德这个名字，至于他年龄多大、是否还在黑龙江人民出版社等均一无所知，而对于他是否会理睬我的要求更没有把握。但出于对张中行散文的喜爱，犹豫了相当一段时间后，我还是提笔给孙秉德写了一封信，说了自己对张中行《负暄琐话》的收藏愿望，并询问可否汇款从他那里购到这本书。当时自己也没有抱什么希望，也就是有影没影乱打一棒槌的意思吧。

出乎意料的是，不久后我收到了一个信封，打开一看竟然就是黑龙江人民出版社出版的张中行的《负暄琐话》，封面上萧劳写的《负暄琐话》四个字严谨而洒脱，让人一看就心生喜欢，书中还夹着一封字体漂亮的短信：

> 高军先生，来信诵悉。《负暄琐话》因多次重印，手头尚有几本样书，现寄上一册。书款可免寄。祝好
>
> 孙秉德
> 十一月十五日

收到书后，我很高兴，更对孙秉德的这种热心为读者着想的做法很是感动，马上给他写了一封回信告知收到并表示了感谢之意，新年到来的前夕我又给他寄去了祝福的明信片。

从此，我就留意孙秉德这个名字了，慢慢地我知道了他是 1972 年到黑龙江人民出版社做编辑的，1998 年退休。给我寄这本书的时候，他应该已经退休或是马上退休了。通过他热心为我寄书这件小事，我对孙秉德的为人和他的高尚德行更加佩服了。

因为留心，也陆续知道了《负暄琐话》的出版过程。1984 年孙秉德为组织编写汉语知识丛书，经吕冀平介绍赴京约张中行写作《文言和白话》，可事后转来的却是《负暄琐话》的书稿。《负暄琐话》全书六十四则，作者说是当作史和诗来写的，主要是围绕老北京、老北大写记可传之人、可感之事和可念之情。文笔绵密，轻松中含有严肃，幽默中含有泪水，艺术水平很高。孙秉德成了一个痴迷的读者，一篇篇地看着。经过努力，书列入了出版计划，并且三审也很顺

利地通过。可是，黑龙江省新华书店汇总上来的订数却只有六百七十本，这与社里规定的最低开印数相差甚远。一般说来，对于征订数太少而将造成较大亏损的书稿都是停印、退稿了事。可是孙秉德太喜欢这本书了，他找省新华书店负责发行业务的林仲琦帮忙，林仲琦很信任孙秉德的眼光，破例以寄销的方式追加了三千多本，《负暄琐话》终于在1986年9月出版。书出来后，销路也不是很好。不久，《读书》杂志刊登谷林的书评《尔未尝往也》对其进行了充分肯定，《光明日报》《博览群书》等也陆续发表书评盛赞《负暄琐话》为"今世《世说新语》"等，销售形势开始逐步好转。其实，当初推荐这本书的吕冀平就说过："这本书你们印必赔钱，但赔钱你们也要印，以争取将来有人说，是你们出版社印的。"确实让他一语中的，好多读者是因为《负暄琐话》加深了对黑龙江人民出版社的信任。——当然，刚开始的赔钱过去以后，出版社也赚了个钵满盆满，那就是后话了。到孙秉德给我寄书的1998年，《负暄琐话》已经先后重印七次以上。我的那本是1994年5月第5次的印刷本。是金子总会发光的。《负暄琐话》让张中行由一位在人民教育出版社干着默默无闻编辑工作的编辑一下子成了令人瞩目的文化名人，张中行的散文也成了中国当代散文史上的一个耀眼品牌。张中行因《负暄琐话》对黑龙江人民出版社充满感激，随后的好多书他都交给了孙秉德。所以，孙秉德又成了1990年《负暄续话》、1994年《负暄三话》的责编，为出版社打造了一张亮丽的名片。

我知道孙秉德为《负暄续话》付出辛勤劳动的这些过程后，又从大的方面对他的高尚德行有了更深的了解。

读者忘不了孙秉德，我更忘不了孙秉德。

（2014.4.4）

意外的收获

—— 收藏潘景郑《寄沤賸稿》的经过

　　我这个人一直很羡慕北京有可以让文化人随意去转一转有自己喜欢的东西就可以随时收藏的琉璃厂等地方。可是自身居住在一个小地方，所以羡慕过后也就是继续过自己的平淡日子而已。某日，突然发现在小城的集市一角出现了一个小小的旧书摊，随即我就成了这里的常客。

　　这个小书摊的主人是一个农民，也很喜欢读书，他在闲暇的时间里往往就是抱着一本书在认真读着，我发现他看得最多的是日语书籍。我很怀疑他的日语水平，和他交谈后发现他也懂一点日语，但确实并不专业，就更谈不上精通了。他说曾在外地打过工，当年喜欢读书，也热心地买过一些书，但现在也就是摆个小摊增加一点收入罢了。由于我每次都买他很多书，他就一直以每斤两元的价格卖给我。慢慢地，我就知道了他的这些书都是从废品收购站买回来的，他提升一些价格后再转手卖出去，赚的就是那很小的一部分差价。

　　他一般不会翻看从废品收购站拿过来的东西，我也觉得他并不太懂得这些东西是否有价值，所以都是谁过去就随意翻弄一遍，喜欢的书就挑出来，他要个很低的价一般也就成交了。

　　他每个集日都来得很早，我一旦去晚了就找不到几本自己喜欢的书了。有一段时间，几个喜欢收藏书籍的人，在他未到之前都早早赶来等着他。他的小三轮车一到，几个人就上前帮他卸车，抢着看他拉过来的书。我也同样，多次争着去翻弄他的旧书。有时候，一旦发现有人去在了前面，我就没有多少劲头了。所以只好在下一个集日去得更早一些，争取能成为第一个翻弄他的旧书的人。

《寄沤賸稿》被我收入囊中，却是我去晚了的一天早上。他的书已经被翻弄了几遍了，我很没有劲地有一搭没一搭地扒拉着。突然就发现了这本小小的不起眼的《寄沤賸稿》，当时我并不知道这是一本什么样的书，只看到是齐鲁书社出版的就马上抓了过来。回到家中仔细一看，书是1985年12月第1版第1次印刷的，印数仅仅为1500册，全书八十三篇文章，152页，定价0.90元。这本书装帧设计很简单，并且还是用两个铁订书钉装订成的。封面上是作者自己题写的书签，书的前面没有作者简介，更没有序言，只是在最后一页有二百字左右的自跋。

作者在书中对一些书画、书籍等的来历、传世版本和流传过程作了总结性的叙述。仔细阅读，感到作者视界开阔，古文功底深厚，所写的这些文章精短凝练，表达简洁流畅。书中处处体现着善于思辨，且精于考据等特点。不仅文章好，而且资料翔实珍贵。读后不仅能开阔眼界，更在阅世和学问研究方面大有裨益，尤其是对潜心治学者更会有很大的帮助。由于喜欢，所以我尽管不是什么学者，但也会经常拿起这本小书静下心慢慢阅读一两篇。我觉得这本书不适宜浏览，只有慢读才能体会到书中的那种冷水泡茶的悠远味道。

读了这本书后，也逐渐知道了作者的一些情况。潘景郑，籍贯江苏吴县，原名承弼，字良宵，号景郑，别署寄沤。是著名藏书家，版本鉴定家。他生于1907年，卒于2003年。早年师从国学大师章太炎学训诂，后又跟吴梅学词，跟俞粟庐学曲，不仅是章门弟子中的一位佼佼者，同时也是当代一位屈指可数的词曲大家。更难能可贵的是，他们这个家族从乾隆年间就开始收藏珍贵版本的书籍，历经朝代的更迭、书籍的聚散，到潘景郑这一代达到了三十万卷书及万余种金石墨本的规模。1949年后，潘景郑将珍贵的藏书先后献给了上海市历史文献图书馆（上海图书馆前身）、北京图书馆等。在热衷收藏的同时，潘景郑致力于古籍版本的鉴定，编了很多专题目录，如《上海历史文献图书馆农艺史料目录》《上海历史文献图书馆台湾史料目录》等。他还撰写了《说文古本再考》《日知录补校（附版本考略）》《词律校导》《词选笺注》《图书金石题跋》等。辑佚书一百余家，题为《著砚楼佚书》。1957 年，他在幼子潘家武的协助下，搜辑丛残，编成了《著砚楼书跋》，其中收书跋四百零三篇，大多为 1940 年之前所作。

《寄沤賸稿》是他五十多年中所写文章保存下来的一少部分的结集，他说："自若冠以还，拈毫弄笔，涂鸦污卷，五十年来，不知凡几矣。迭经风雨，随作随弃，行囊所存，什不过二三焉。"对他的这类文章，郑逸梅非常看好，多次鼓动让他结集付印，并向齐鲁书社予以大力推荐，在几个热心人的帮助下，这本书终于在他七十九岁时得以出版。

我能够在一个小书摊上收集到《寄沤賸稿》，感到是一件幸事。自己有时候想，只要做个有心人，是随时可能会购买到自己喜欢的书籍的。算起来，我对这个小书摊的光顾已经持续七八年了。我想，只要这个书摊继续开下去，我就会经常去看一看的。

（2014.4.4）

与《阿英散文选》的渊源

　　知道阿英是很早的，年轻时候学习中国现代文学史课程，他的《晚清小说史》等是经常被引用的，特别是文学史中论述到左联、左翼文学尤其是涉及"太阳社"的时候，他的名字更会频繁出现。抗日战争期间，他在上海积极从事救亡文艺活动，1941年到苏北参加新四军并继续从事文艺工作。1946年担任中共华东局文委书记，后又任中共大连市委宣传部文委书记，新中国成立后曾任天津市文化局长、华北文联主席，天津市文联主席兼任《民间文学》主编、全国文联副秘书长等职。"文革"中遭受迫害，1977年去世。尽管他就是钱杏邨，但在很多人的印象中从来都是阿英的名声大于钱杏邨的。我和阿英之间有一种亲近感，除了学习文学史的因素外还有两个原因：一是在很多文学场合多次见过他的女婿吴泰昌，尽管没有像一些人那样跑上去拉着合影留念，但因多次聆听吴泰昌的文学高论，由此进一步对阿英的一切更感兴趣；二是还有一个最主要的，就是阿英曾在我们这里工作过，并于1947年留下了一篇写我们这里的散文《记"铜井"》。我们沂南县建制很晚，缺乏一些文化的积淀，而这篇《记"铜井"》记载的铜井这个地方不但在那个时候的中共区划沂南版图中，也同样在今天的沂南县境内。新中国成立后，铜井早已成了镇驻地，并且发展成了一个旅游大镇，近年来闻名远近的竹泉村、红石寨等景点全部在这里。在郑州的一次文学笔会上，我也曾向吴泰昌讲过阿英这篇文章以及目前铜井的情况。我想，若阿英地下有知，也应该为此感到欣慰的。

　　因为《记"铜井"》这篇文章收录在《阿英散文选》里面，所以我就一直想收藏这本书。此书是阿英的幼女钱小云和丈夫吴泰昌在阿英生前的一些朋友的帮助下，从 1978 年到 1979 年花费了将近两年时间，大部分是从上海图书馆保存的二十世纪三四十年代的报刊上选出来的，还有一部分选自阿英已经出版的集子。《阿英散文选》经过他们夫妻二人的反复斟酌，于 1981 年 6 月在百花文艺出版社出版，当时印数 24000 册，定价 1.30 元，以后未见重版过。但虽然经我多番寻找，却一直未曾见到此书的真面目。

　　又过了相当长的一段时间，终于在一个书摊上发现了这本书，尽管价格较贵，我还是赶紧买了下来。我买的这本品相很好，最早是山东昌潍师专中文系资料室的馆藏图书，书上有印章为证。我知道昌潍师专历史悠久，这个学校直到 2000 年 3 月才与潍坊高等专科学校合并组建成现在的潍坊学院。这本书应该是学校合并期间流传出来的，然后又经过了多人之手，前面的空白页上先后出现了几个人名，可以看出一个叫赵凤久的人曾经拥有过这本书，后来他又转手卖了出去，另一个叫桂龙的人在 2001 年 9 月 19 日也签上了自己的名字，经过多人之手后进入了旧书摊，最终又被我收入囊中。

　　拿到这本书后，我先打开了 299 页的《记"铜井"》一文，这篇散文仅占三个页码，1400 字左右，但里面记载了当时百姓中关于魏忠贤在这里开金矿却瞒着皇帝说是采铜的民间传说，其中阿英为了自己的考证还引用了当时尚存在的一些碑文，如明朝弘治年间的一座佛塔碑额上刻着"铜坑店圣水塔"，碑文中记载着铜坑店在"沂水县乐城乡铜桥庄"。文中还引用了一大段弘治五年《重修迎仙观记》的碑文，并与《重修迎仙观三教堂》之碑记、《创建三官庙碑记》等碑文进行了对比分析。文章中还记下了过去叫"龙泉""跆口泉"光绪年间改为"金波""玉液"的两处著名的泉水。现在"金波""玉液"两处泉水尚在，但阿英见过的佛塔、碑碣已经全部被毁坏掉再也见不到了。这篇散文，仅从史料价值上来说，在地域文化中就有不可忽视的地位。何况这还是一篇条理清晰、文字饱满、充盈着作者饱满感情的美文呢？所以就显得更加珍贵了。

《阿英散文选》开本 850 毫米 ×1168 毫米，14 印张。是曹辛之设计的封面，柯灵写的序言，书名由茅盾题写。前面还有两幅阿英的个人照片，一幅和妻子林莉、幼女钱小云的合影，一幅阿英手迹影印件。这四幅照片资料，也是很难得一见的。

这本书有共 32 万字，内容非常丰富，文学性和资料性同时具备，很多文中记载的资料越来越显得重要了。如《方志敏同志早年写的小说》就介绍了方志敏遗集里漏收的一篇小说，那是方志敏 1922 年发表在《民国日报》副刊、第二年还被选到小说研究社的《小说年鉴》里的《谋事》，能让人们对方志敏有更加全面的认识。再如书中那一系列关于书籍的篇什，关于新文学早期各个侧面的记录等，都能为后人提供出鲜活而扎实的资料。

总之，这是一本值得收藏也值得阅读的好书。

（2014.4.15）

龙应台签名本《百年思索》

龙应台的《百年思索》一书，最初是由台湾的时报文化出版企业股份有限公司 1999 年出版的；大陆版本则是南海出版公司 2001 年 6 月出版的，全书 329 页，定价 24.00 元。

我的这本简体版本的《百年思索》，是在一个我经常去转转的小书摊上偶然发现的，因为发现这本书的时候已经读过了她那震撼人心的《大江大海一九四九》，所以看到这本《百年思索》后马上毫不犹豫地买了下来。

说来汗颜，在相当长的一段时间里，我对龙应台当初被选载于一些休闲类杂志上面的作品并没有认真看过，因为那大多是一些轻松美文，甚至有的就是一个有经验的妈妈的育儿经。

但《大江大海一九四九》却不是这样，龙应台为了写作此书，查阅了台湾和大陆的大量文献资料，对众多的历史见证者作了口述采访和抢救采访。全书以美君在兵荒马乱中离开家乡开头，满怀温情地写了她的父母万里漂泊、千辛万苦到台湾的故事。作品里面不仅有家更有国，写法上突破了个人和家族的变迁这些内容，以人文和人道的史观折射时代和国家大势走向对个人命运的影响，把广阔的目光盯向 1949 年前后流离迁台的二百万人这个群体，努力以一种公平的立场和态度反映易代之际的人心和社会变化，具有颇高的价值。

在旧书摊购买到这本《百年思索》后，我高兴地回到家中开始擦拭灰尘，整理抚平折角等。我先是发现书的扉页和封底各盖了一个长方形的印章，文字分为两行，上面一行是

"上海染料化工八厂"，下面一行是"宣传资料章"。接着在翻阅中发现了书里面还夹着一张撕去左下角的入场券，仔细一看竟然是一张龙应台 2001 年 6 月 24 日（星期日）下午 1:30 在上海一场演讲会的入场券，撕掉一个角说明这张入场券是经过了入场检票程序的。龙应台这次演讲是由海峡两岸学术文化交流促进会主办的，地点在淮海中路 1555 号上海图书馆四楼多功能厅，演讲的题目是《看不见的城市——上海与台北城市文化比较》。从这张入场券可以看出，这本《百年思索》最初的持有者应该是拿着这本书进入了演讲会现场的，也可能是在演讲会现场或出来后得到了这本书的。当再翻到这本书前面的空白页时，我的猜想被证实了。这一页上有作者龙飞凤舞的签名和时间，"龙"字是繁体，"龙应台"三个字略向右倾斜竖排着，时间为从左到右的"2001/6/24"。哦，原来我无意中竟然收藏到了龙应台演讲当天的签名本，并且还有演讲会的入场券作为确凿的证据。很多人苦心孤诣搜寻作者的签名本往往不能如愿，竟然让我得来全不费工夫！

那次，龙应台是应上海师范大学与《文汇报》邀请 6 月 22 日赴上海的。23 日上午在"上海与台北城市文化比较学术研讨会"开幕式上作了题为《台北文化发展与世界华文版图》的专题演讲，24 日下午，她在上海图书馆作了题为《看不见的城市——上海与台北城市文化比较》的专题演讲。在这两场演讲中，龙应台介绍了台北文化发展的远景，并提出了她对两岸文化交流的一些看法。在前后七天的时间里，她还在上海考察了大歌剧院、美术馆及博物馆等，并参观了上海书城，随后由鲁迅的孙子周令飞陪同前往绍兴考察了当地文化保存现况与鲁迅故居。这期间，《南方周末》记者采访了她，《杨澜访谈录》也做了与龙应台的对话节目。

龙应台这本《百年思索》和她的早期名作《野火集》有相似之处，但《百年思索》更加老辣，作者秉着对社会的客观批判精神，从中国人的文化心理角度出发，以更宽广的国际化的视野，以带着情感的笔锋，一篇针对一个特定的社会事件，展开了切中要害评说，直接而无所畏惧地揭示着一个个社会的病灶。书中的话语，闪现着深刻、睿智的光芒，如批判专制的："独裁，专制，腐败，不是哪一个主义制度所独有，但是东欧革命狂潮就应该给所有的专制政权，不管它是否什么主义，一个冰冷的警告，暴力，不能持久。"如描摹德国的："德国像一个彻夜失眠，夜夜失眠的老人，在黑暗中睁大着眼睛无尽止的反省自己，审判自己，捶打自己，和醒着的灵魂做永无止尽的辩论。一个患失眠症的民族！"再如："我想作家也分成三种吧！坏的作家暴露自己的愚昧，好的作家使你看见愚昧，伟大的作家使你看见愚昧的同时认出自己的原型而涌出最深刻的悲悯。这是三个不同的层次。"可以看出她是一个直面社会现实有历史担当有良心的作家。

龙应台的祖籍是湖南，父亲叫龙槐生，母亲叫应美君。因父亲姓龙，母亲姓应，生于台湾，所以取名为龙应台。1984年，三十二岁的她开始在《中国时报》撰写"野火集"专栏，引起热烈回响。翌年《野火集》出版后，更加风靡台湾，一上市即告罄，连印多版，长销不衰。1988年，大陆开始出版她的作品，这年作家出版社出版了《龙应台评小说》，湖南文艺出版社出版了《野火集》。此后，大陆各出版社陆续出版了她的一系列著作。这本《百年思索》，是和她的《我的不安》一起，由南海出版公司作为"非凡书房"出版的。

能收藏到这本《百年思索》，完全就是一种无意为之的缘分吧。

（2014.4.10）

王兆军《问故乡》的一些题外话

　　看到王兆军的长篇纪实文学《问故乡》出版的消息后，我马上就到当地书店去找，但没有找到。我和王兆军是相识的，那年听说从加拿大回国后的他回家乡来了，我和一个朋友专程跑到他的家中拜访过他。当时他正在家中盖房子，工地上一片忙碌，我们一起在他家中浓浓的树荫下喝茶拉呱，无拘无束，甚是高兴。当时我还带了个小录音机，想把他的有着睿智思想的话录下来，但由于设备太差我搞的录音根本就听不清楚。到了中午，我们又一起去了不远处的一个小饭店，一边吃着一边继续广泛地谈论着一个个话题。我这人特别懒惰，过后就没有再联系过他，我们的第二次见面竟相隔了十多年。2008 年 12 月16 日，他在李凤军陪同下，来我们这里采访，说是市里想让他从执政的角度写一本反映全市改革开放以来发生巨大变化的纪实文学作品。那天，他俩到达的时候已经中午 12 点多了，简单地吃点饭后，我就叫上了上次一起去拜访过他的那位朋友一同陪他下去采访，我们按照安排去了工业园、北寨汉墓、常山庄沂蒙影视基地、竹泉村等，下午在铜井吃饭后返回县城。17 日上午，我一早来到他下榻的华苑商务酒店，他已经列出了采访当地最高领导人的提纲。于是我赶紧返回办公室联系此事，这位领导人听到这个消息很重视也很高兴，并说和王兆军原来就熟悉，决定马上接受他的采访。于是，很多有关人员都出面了，在这些人的一阵忙乱后，这次采访在酒店的一个小型会议室开始了，王兆军重点和这位领导人就执政问题展开座谈。我因带着相机就随手开始拍一些照片，有关人员这才想起来打电话叫电视和报纸的记者。午饭后，采访结束，王兆军就返回临沂了。因为知道当时他就是为写这本书来我们这里采访的，所以我没有在书店买到书感到有点怅惘和失落，恰在此时又听说他已再次回到故乡，按常理我可以向他索要一本，但又恐怕给他添麻烦，所以就没有动这个念头。后来，我终于从网上买来了一本，正在我认真阅读的过程中，我们当地新华书店也上架了。

这些年中，我一直想知道他采访的结果，所以就一直关注着他这本书的写作。后来，据小道消息说市里对王兆军写的不满意，我也没有心思和必要去证实这些传言的真假。不过不久后上边又布置下来让各县区的新闻部门、市作协系统也分工安排写临沂改革开放三十年辉煌成就的报告文学了，好似恰恰能证实这些小道消息是准确的。我当时就在一些场合自由主义过，说这种操作方式写出来的东西领导满意读者就恐怕未必买账了，因为我们经常会把高水平的作品不看在眼里而对一些低档次的歌功颂德的溜须文章抬到天上去。但这本官方计划中的书，后来好像又一次搁浅而不了了之了。时隔五六年以后，没有用当地掏一分钱，王兆军的这本《问故乡》由人民文学出版社立项隆重推出了。说句老实话，几年来我一直觉得他很难下笔，担心他对故乡会投鼠忌器而写成一部所谓全景式报告文学。我觉得如果这样，就和他的艺术良心是暌违的，和他的艺术风格是相悖的了。当我把这本书一气读完，才终于彻底放心了。虽然我陪他采访的内容一点也没有进入这本书中，但我为他由衷地感到高兴。王兆军，还是原来的王兆军，六十多岁的他依然保有对现实生活的高度敏感和不竭的艺术探索精神。比如，关于执政问题，看了"戌集：草木摇落露为霜"里面一个官员谈以民为本中的那一个个独特而生动的事例，那一段段发自肺腑的认识，非常感性、非常深刻，读来真是荡气回肠、淋漓痛快。我想，设若他把我陪同采访的那些写入了书中，那岂不显得太肤浅了。

这本书在结构上也颇为用心，全书用地支和天干分为两个层面来结构故事，但以地支部分为侧重点。地支部分是作者对包括自己的母亲在内的邻里乡亲同学师友等最近五年来生存状态的客观真实记录。天干部分则是从大的方面记录临沂三十多年来的改革风云画面，如十一届三中全会前后的情况、早期的改革、罗庄的工业化之路、西郊市场的兴建和扩建、扶贫开发、经营城市、执政理念与实践等。一般作者写作这类题材，都会用观点来统领材料，用材料来证明观点，并努力让它们在低层次上成为一个有机的整体，读者也习惯于以此来判定作家的整体布局能力和作品艺术水准的高下。可是，《问故乡》这本书的独特之处，恰恰就在于这两个部分之间的不对称、不和谐，甚至可以用"断裂"这两个字来概括两个层面之间的关系。当然，两个部分之间不能说一点也没有一致的地方，但更多的时候它们是有着巨大的反差和错位的，是粘不到一起的两张皮。地支部分人物个性鲜明，充满生活气息，那一幅幅生存状态真实到接近残酷的地步，我们看到农村发生巨大变化的同时，更看到了那环境恶化、世风日下、青山绿水不再、人际关系冷漠的凋敝乡村景象。这本书的价值，恰恰就在于这种不和谐不统一中体现出来的互文性的相互注解与映照、高层次上的协调与一致，恰恰就在于这种对比和对立中彰显出来的巨大的艺术张力。

　　据作家的自述来看，我曾经的担心也曾经困扰了他相当一段时间，他一开始确实就是写的对一些宏观政策的表述和这种政策下的实践，好在不久他就警醒了，觉得自己不能把一个片面的乡村景象端给读者，然后才有了地支部分那些作者的亲身体验被充实进来，终于构筑了一个全面而真实的地域景象。

　　对这本书，我会好好收藏。有机会再见到作者时，我会让他给签上名字作为纪念的。

　　《问故乡》，2014年1月版，开本880毫米×1230毫米，11.5个印张，定价29.00元，第1次印刷6000册。

（2014.4.15）

法拉奇的《一个男子汉》

在做完癌症手术后，特立独行的法拉奇坚持要看一眼摘除掉的肿瘤病灶，大夫说从来没有人要求看自己布满了癌细胞的血肉，她请求说："它是我的肌体，我想看一眼。"然后，她对着这块丑陋的东西大骂："你这个可恶的王八蛋！"并自信地说："你不敢再回来了。你在我身体里留下孩子了吗？我要杀了你！我要杀了你！你赢不了的！"我和很多知道法拉奇的人一样，最早是因为她曾经采访过邓小平，然后才了解到她还采访了基辛格、西哈努克、侯赛因、阿拉法特、甘地、布托、霍梅尼、卡扎菲等等。采访邓小平后，我国媒体对她也进行了跟踪式报道。七十七岁的她 2006 年 9 月在佛罗伦萨去世，我国媒体对她也进行了多个角度的报道，生前她对疾病的态度，甚至死后她母亲为她敲响的钟声……在相当长的时间里，我一直觉得法拉奇也就是一个在当代新闻史上留下鲜明印记的享有世界声誉的著名记者而已。

后来，收藏了她的传记体小说《一个男子汉》，感到这部小说才更能让法拉奇奠定其世界性地位，从而对她更加刮目相看起来。

《一个男子汉》是江苏人民出版社 1983 年 12 月出版的，定价 0.78 元，当时印了 43500 本，以后没有再版过。这本书是我很偶然地从旧书摊购得的，价格也相当便宜。当时觉得封面设计很打眼，所以才拿起来的。这个封面是潘小庆设计的，潘小庆擅长中国画和书籍装帧设计，先后任江苏人民出版社美编室主任、江苏少年儿童出版社副社长等，他的《潘小庆书装艺术》曾获得第三届全国出版科研成果特别奖。《一个男子汉》的封面设计独具匠心，很好地传达出了主人公的桀骜个性，与书的内容真正成了一个有机整体。而译文出自上海外国语大学意大利语教授张世华之手，张世华曾在那不勒斯东方语言大学学习意大利语，后来又多次赴意大利威尼斯大学进修意大利文学和讲授翻译课程，享受国务院颁发的政府特殊津贴，荣获由意大利总统签署颁发的"意大利共和国二级骑士勋章"等。他著有《意大利文学史》《意大利文艺复兴研究》等，翻译出版了意大利文学名著《约婚夫妇》《一个男子汉》等。

　　法拉奇擅长文学创作，于1957年发表第一部叙事文学作品《好莱坞的七宗罪》，随后又陆续出版《给一个未出生孩子的信》《一个男子汉》等多部自传体或纪实性小说。她的文学创作具有鲜明特色，那就是从未把文学与新闻分离，但难能可贵的是她又能突破新闻羁绊独具清醒的文学意识，始终坚持以反映矛盾交织的社会现实来表达自己对现实世界的艺术诠释。

　　《一个男子汉》这部作品极具现代意识，法拉奇选取自己作为叙述者，并独具匠心地采用了和已经去世的主人公希腊抵抗运动英雄、自己的丈夫帕纳古利斯对话长谈的形式展开艺术描写，你看："那晚，你做了一个梦。"小说开头就颇吸引人，随后"你"字不断出现，"你对了一下表""你蹲伏在石堆中""他把手枪对准你"……这种基调写出了"我"眼中看到和心中体会到的帕纳古利斯的生活与抗争经历，生动形象地塑造出了一个独具特色的英雄形象。在帕纳古利斯的身上，不断交织着痛苦与欢乐、颓唐与坚贞、彷徨与刚毅、犹豫与果敢等深刻的矛盾。法拉奇对帕纳古利斯刻骨铭心的爱这种感情深处的切身体会在小说中也得到了极致的表达。帕纳古利斯下葬以后，法拉奇几乎将自己封闭了起来，她拒绝见任何人，一直在意大利和美国的寓所隐居着，用了三年的时间写出了这部长歌当哭之作。在小说中，她同长眠于地下的帕纳古利斯再次相遇，帕纳古利斯那清晰的面容再次回到她的生活中，在小说艺术的高地上他们重新相识、相爱……法拉奇用深情而又客观的倾吐方式疗治自己的内心伤痛，但有了这种"曾经沧海"的深爱后法拉奇感到别的男人和帕纳古利斯相比总是黯然失色，她从此永远关闭了自己的情感之门。

我觉得，为了体悟深刻的爱情也罢，为了感悟高妙的小说艺术也罢，这本书都是值得一读的。

法拉奇的这本书最初于 1979 年 7 月出版，同年 9 月就已经出到第七版，随后此书获意大利年度奖。目前，在世界范围内，有二十多种译本，累计印数超过几百万册。我国最早的译本是 1982 年 9 月外语教学与研究出版社出版的《男子汉》（袁华清、刘黎亭、赵锦元译）；紧接着新华出版社 1982 年 12 月又以《人》（郭毅译）为书名出版，这个版本 1984 年第 2 次印刷；随后，江苏人民出版社 1983 年 12 月以《一个男子汉》（张世华译）为书名出版；2011 年，上海三联书店又翻译为《男人》（毛喻原译）出版。

在我国出版的这几个版本中，江苏人民出版社出版的《一个男子汉》是一个删节本，删除了原书中的一些冗长叙述和大段议论。它的优点是精练集中，基本内容、主要故事保留得很好，所以这个版本自有其意义。但法拉奇一些闪耀着深刻睿智思想的东西失去了，这也是一种遗憾。

好在，有多种版本存在，读者可以自由选择。

（2014.4.9）

李昂的《杀夫》

　　最早见到李昂的中篇小说《杀夫》是在 20 世纪 80 年代中期的 1987 年第 1 期《小说选刊》上，是从 1986 年第 4 期《收获》选载的，当时刊物的主编是李国文，编辑请邓友梅写了一篇千字左右的《关于〈杀夫〉》进行了大力推介，邓友梅在这篇短文中一开始就写道："《杀夫》在《收获》上转载，我是支持者之一。当时支持这件事，是准备承担责任作检讨的（现在也还准备着！）。……不被看作有意'诲淫诲盗'，也会被看作是搞'精神污染'，其罪责是难以推卸的。"但是邓友梅写了自己"找这个麻烦"的三点理由，强调《杀夫》中的性描写不是色情的，而是"选用这一特定细节来揭露在封建伦理道德观的保护下，男人对女人摧残、凌辱的兽性行为。换掉这个细节就没法把这一特定生活内涵表达这么深刻"。邓友梅还在文中介绍了施家三姐妹和作为三妹的施淑端也就是李昂的情况，大姐施淑是台湾著名文学评论家，二姐施叔青是海内外闻名的小说家、戏剧家。《杀夫》作为那几年中最有特色的台湾作品，读后也确实感到写得触目惊心，很有艺术感染力。由于一直保存着这期《小说选刊》杂志，所以对于单行本的李昂作品集就没再购买和收藏。

　　2013 年的一天，我到一个冷书摊闲逛，见到一些人在胡乱翻弄一些旧书，有一本不起眼的小开本书，被一会儿扒拉到这边，一会儿又扒拉到那边，我拿起来一看，竟然是华岳文艺出版社 1988 年 2 月出版的李昂的小说集《杀夫——鹿城故事》一书，书是 787 毫米 ×1092 毫米的小 32 开本，封面设计很有特色，是两个人在大海中自由翻转的舞蹈姿势，我认真一看这竟然是台湾联合报社第八次印行本重排的简体字版本。全书有"辑一"八个短篇和"辑二"的中篇小说《杀夫》以及附录《詹周氏杀夫》，书的前面有李昂的再版序《至少看过这本书》和《写在书前》两篇短文，并强调自己还是喜欢自己最早拟名的《妇人杀夫》这个名。

《杀夫》把屠夫杀猪与对老婆进行性虐待反复穿插强化，让读者对女人充满了同情，有时候甚至感觉她就是那只任男人宰杀的牲畜。而小说更深一层的写法是女人奋起反抗，用杀猪刀刺向了自己的丈夫，更暗示着丈夫也是一个牲畜似的人物。小说就是在这里显示出来了其深刻性。

白先勇评价说："《杀夫》这篇小说非常复杂，写人性的不可捉摸，人兽之间剃刀边缘的情形，写得相当大胆，相当的不留情。写没有开放的农业社会中，中国人的阴暗面，把故事架构在原始性的社会里来研究人兽之间的一线之隔，这是篇突破的作品，打破了中国小说很多禁忌，不留情地把人性最深处挖掘出来。"金克木说："小说以新闻报道开头，又以联系母女两代归结为'冤孽'的舆论结尾。用意很多，着重在这一点。"并把这篇小说和《祝福》对比，指出祥林嫂面对自己的命运只能寄托于捐门槛，而林市却拿起了杀猪刀来反抗，得出了一个中国妇女进化论。这种分析都是眼光独到的。但我也看到过一些肤浅的说法，如《杀夫》从妇女生存状态的角度，深刻反映了封建道德对妇女的戕害；主人公由忍辱含垢到残杀其夫的觉醒与转化，集中体现了小说的反封建主题等。

李昂1952年生于台湾彰化的小镇鹿港，在1968年就发表《花季》，《杀夫》是其成名作，获1983年台湾《联合报》中篇奖。1983年台北联经出版了《杀夫》，同年台北联合报社出版了"联合报"丛书小说集《杀夫——鹿城故事》。大陆在《收获》和《小说选刊》先后对《杀夫》予以介绍后，李昂在大陆一下子声名鹊起，她的书在大陆被争相推出，华岳文艺出版社 1988 年 2 月率先出版了这个版本。1988 年 3 月，北方文艺出版社在"台湾文学丛书"中推出《杀夫》，32 开本，241 页。人民文学出版社 1988 年 5 月出版"海内外文学丛书"李昂小说选集《爱情试验》，收录《杀夫》等多篇小说。花山文艺出版社 1994 年 11 月出版"20 世纪台港及海外华人文学经典"《杀夫》（小说集），里面收取李昂、施叔青等多人作品，以《杀夫》为书名。《李昂施叔青小说精粹》花城出版社出版 1997 年 11 月第一版第一次印刷，定价 19.80 元，是台湾的施氏姐妹施叔青、施淑端（笔名李昂）首次在大陆推出的合集，包括"觉醒：性禁忌与性萌动，控诉：性虐待与性交易，救赎：性放恣与性沮丧，性之外：女人的挣扎"等四辑，当然收有《杀夫》。市面上也见到过时代文艺出版社出版的《杀夫》（现代文学争议作品精装）和云南人民出版社 1987 年出版的"台湾著名女作家李昂著名小说"《杀夫》（定价 1.10 元）等。

　　李昂后来的创作曾引起过争议。1997 年出版的小说集《北港香炉人人插》包含四个中短篇小说，其中与该书同名的《北港香炉人人插》女主角、反对党立法委员林丽姿，被塑造成以性与身体获取权力的女人。虽然小说没指名道姓，当时台湾许多读者认为"林丽姿"影射陈文茜，而李昂所以写《北港香炉人人插》，是因她和民进党前主席施明德的情爱有变，迁怒于陈文茜。正当红的政治明星陈文茜也"对号入座"，两个名女人引爆了一场战火，在华人世界掀起轩然大波。因为这场风波，《北港香炉人人插》在短时间内卖了近二十万本。后来，二人一笑泯恩仇。李昂说，她和陈文茜多年前的这场争战纯属"误会"。"其实我并非针对陈文茜。写这篇小说是想写女人、性与政治的问题，这也是我一向关心的问题。"小说也在台湾再次出版。

　　中篇小说《杀夫》已有美、英、德、法、日、荷兰、瑞典、意大利、韩国等多个外语版本。

（2014.5.9）

《花之寺》与花之寺

　　凌叔华的短篇小说《花之寺》最初发表于 1925 年 11 月 7 日《现代评论》2 卷 48 期，在 1927 年将作者的十二个短篇小说结集出版时就以《花之寺》作为书名了。我手头有几本凌叔华的小说集《花之寺》，如 1998 年人民文学出版社"新文学碑林"版本的《花之寺》，保持了初版本的原貌，前面是凌叔华的丈夫（陈）西滢的"编者小言"，后面是十二篇作品；再如 2002 年 1 月华夏出版社出版的"圃冷斜阳文丛"《花之寺》，收入了《花之寺》初版本的全部十二篇作品，并增加了其他集子中的十六篇小说和一篇散文《爱山庐梦影》，这个版本能让读者对凌叔华的小说作品有更全面的了解。对于凌叔华的小说创作，沈从文当时曾这样评论说："叔华女士……富于女性的笔致，细腻而干净，但又无普通女人那类以青年的爱为中心的那种习气。"《花之寺》这篇作品是她的代表作之一，小说从男主人公幽泉收到一封字迹极柔媚的信入手，写一个本该安分守己的妻子燕倩匿名引诱丈夫幽泉前往花之寺约会的故事。那信中说："我定于明日朝阳遍暖大地时，飞到西郊'花之寺'的碧桃树下。那里春花寂寂争妍，境地幽绝。盼望活我的匠人去看了他自己的成绩怎样。"第二天，幽泉来到花之寺，远远地见到："西山隐隐约约露出峰峦林木寺院来，朝雾笼住山脚，很有宋元名画的风格。"他情不自禁地赞叹："好美丽的地方！"这篇小说塑造了一个在婚姻爱情中具有双重人格与矛盾心理的女性形象。

　　小说中强调说花之寺在北京西郊，是"清初的诗家文人常到的地方"云云，但这只是文学语言而绝非考据之说，要说清楚真正的花之寺究竟在哪里是颇要费一些笔墨的。

花之寺一词最早出现和清初扬州八怪之一罗聘有关，《清史稿·列传二百九十一》记载："聘……梦入招提曰花之寺，仿佛前身，自号花之寺僧。"罗聘所说的花之寺，后来成了一在山东，一在北京，一真一假，各有来历的格局。

先说北京花之寺的由来。曾宾谷（即曾燠）的朋友罗聘在京城卖画时，曾蜗居京城右安门外的三官庙。曾宾谷（即曾燠）知道罗聘有号"花之寺僧"，所以才玉成了北京的花之寺。《清稗类钞》"花之寺"条载："京师'花之寺'，曾经曾宾谷重修，俗呼'三官庙'。壁悬宾谷诗帧，花木盈庭。寺以南皆花田也，春时芍药尤盛。"晚清学者震钧所著《天咫偶闻》卷九"郊坰"条也记载："花之寺自曾宾谷先生修后，尚无恙。俗呼三官庙，壁悬宾谷先生诗帧。"也就是说，是曾宾谷（即曾燠）出资修葺，将庙中一座"花之寺僧"罗聘居住过的小院命名为花之寺，并题写了匾额。曾宾谷（即曾燠）有意识的移花接木，使三官庙沾了罗聘的光，有了花之寺之名，并成为文人雅士及政客慕名趋之之地。也就是说，三官庙本来是一个小庙，仅仅是因为好事者的一个善意之举才有了花之寺这一雅名。三官庙以海棠出名，这以后三官庙更因花之寺而著名起来。至今北京还有"崇效寺的牡丹，花之寺的海棠，天宁寺的芍药，法源寺的丁香"这样的谚语。光绪时诗人周昌寿有《花之寺看海棠》："花之寺里海棠树，老佛坐看三百年。虬舞权枒俯高阁，燕翻红紫烂诸天。偶因微雨破春寂，便放东风入酒颠。满眼芳菲感禅悦，却听笙磬咽流泉。"诗后注释里说"花之寺"为北京古刹。写此诗的周昌寿，其诗文书画均负盛名，当时正罢官居于京师。清后期《京尘杂录·梦华琐簿》："西南门外三官庙，海棠开时，来赏者车马极众。"他与龚自珍同时，龚自珍曾经召集文人士子共赴这里面的花之寺赏海棠。杨懋建记载："三官庙中有花之寺，壬辰初入京，龚定庵招余会公车诸名士宋于庭、包慎伯、魏默深、端木鹤田诸公十四五人于其中。……绮疏尽拓，湘帘四垂，花之寺绰契在焉。前后皆铁梗海棠，境地清华，颇惬幽赏。余诘定庵：'蚪户铣溪，徐彦伯涩体，阿掌雅所不喜，君奈何堕此恶趣？'答曰：'此曾宾谷（即曾燠）甍言也。罗两峰（罗聘亦号两峰）梦前身为花之寺僧，故宾谷先生为署此榜额。'""甍言"，即虚妄不足信并带有善意玩笑的话之意。由此可以看出，北京花之寺的来龙和去脉。

再说山东的花之寺。罗聘阐述佛理的《正信录》也在其《前身》中写道："有人笑而问余曰'君能自知前身为花之寺僧耶？恐妄语耳，吾则不敢信。'余曰：'月明萧寺忆花之，前身为花之寺僧，同乎我者且不胜论。稽古以来，诸书所说，如冯京，前身为五台山僧。'"他还赋诗《花之寺里记身前》以记此事："浮踪浪迹寻来路，流水开花又一年。仍此性天仍色界，也如行脚也逃禅。新诗呈佛无他愿，再结来生不昧缘。"并自注曰："予初生时不茹荤血，常梦入花之寺，因自号前身花之寺僧。"需要引起注意的是，"月明萧寺忆（梦）花之"的诗句是明清之际著名诗人周亮工《城阳南望寄舍弟靖公》中的一句。由罗聘的经历和自述可知，他是先从周亮工诗作中知道了花之寺，甚至有可能是游览了花之寺后，才梦入花之寺为僧的。周亮工是明清之际的著名文人、学者、书法家、艺术鉴藏家。康熙二年（1663）冬，周亮工随巡沂州一带，留下了几首涉及沂州风光的诗作。在沂水城与友人相聚，酒间谈及花之寺，因而情不自禁地再次赋诗。周亮工的儿子周在浚，为其父辑录刊印的《赖古堂集》（又名《赖古堂焚余诗词集》）中，存有两首涉及花之寺的诗文。其一为《城阳南望寄舍弟靖公》，诗中有这样两句："雨过寒河寻水向，月明萧寺梦花之。"作者特意在两句诗下分别注释："夜头水又叫向水，在今沂州向城镇；花之寺在沂州西。"另一首涉及花之寺的诗作是七律《过东莞，武刘二孝廉载酒，谈花之寺为沂水之胜境，同楚中刘公蕃赋》。诗的前四句是："诸葛沟前雁影疏，寒归海县暂停车。传名独爱花之寺，隐地谁寻石者居？"诗中的诸葛沟即沂河，因为诸葛故里阳都城当时在沂水县境。"石者居"，即隐居之人，指明万历进士、曾任户部郎中的临朐人傅国归田后隐居之所。这首诗，受到后世高度评价。特别是"传名独爱花之寺，隐地谁寻石者居"两句，受到康熙年间散文大家程哲的极度赞赏。程哲《蓉槎蠡说》认为，周亮工用"石者""水向"两对"花之"，"天机妙合"。周亮工对花之寺之名十分喜爱，他曾将这一段时间所作的诗收集起来，以《花之》为名刊刻，分赠同好。周亮工的长子周在浚，受父亲的熏陶，也喜欢赋诗填词，其词集也取名《花之词》。周亮工《赖古堂集》卷十九《与汪舟次书》中解释了以"花之"命名的原因："其以花之名者，由淮入青，自花之始；仆得诗，亦自花之始也。花之，隋寺名，仆艳其名，故以名诗，然二字实实可艳也。"康熙时，沂水正属青州。从此开始，花之寺进入了雅士名流的视野，花之寺之名也不断出现在清代的笔记小说中。如：康熙年间，宋荦（字牧仲）《筠廊偶笔》记载："青州花之寺名甚异，见周栎园先生集中。"乾隆年间诗人、散文家阮葵生《茶馀客话》记载："周栎园诗'月明萧寺忆花之'，山东沂水县有花之寺。栎园又有句云：'佳名独爱花之寺，隐地谁寻石者居。'……雪客词集亦名《花之词》。"杨懋建《京尘杂录·梦华琐簿》在后面也接着说："后二年，余阅宋牧仲《筠廊偶笔》，则花之寺实有其地，在青州。开卷有益，信然。"罗聘的好友汪启淑在《水曹清暇录》卷二"花之寺"条中记载："友人罗两峰，号花之寺僧。考花之寺，在山左沂水县。"

康熙十一年《沂水县志·寺观》记载："花之寺在县西南一百里。"道光七年《沂水县志》记载："王坡鼻山，县南百三十里，上有花之寺。"王坡鼻山，《临沂县志》作"王幅鼻山"。民间都叫做"鼻子山"。花之寺就在鼻子山南段悬崖之下，寺院背倚悬崖，西部南部青山环绕，当年肯定是晨钟暮鼓、梵音缭绕的香火胜地。由于区划变更，花之寺位于现在的山东沂南县张庄镇。它初建于隋朝。寺内原有唐天宝四年记事碑，碑文记载，寺庙原在鼻子山东坡，寺内老和尚行为不端，被程咬金等人铲除了，将庙迁到了山前向阳处，改名花之寺。清代《沂水县志》载录了多首明代地方文人咏赞花之寺的诗作，可以想见花之寺在明代已不仅是县境内的名刹，也是沂水县的一大胜景了。从清康熙年间开始，它的名字开始在朝野文人中广为流传，更演绎出一段真真假假、虚虚实实的艺林佳话来。

花之寺中的"花之"二字应该怎么解释呢？曾为康熙帝讲书释疑、评析书画的著名学者高士奇，尽管广闻博识，但他在《天录识余》中也说只知花之寺之名，而"不识其命名之义"。清末夏仁虎《旧京琐记》卷八《城厢》也说："京西花之寺，其名甚雅，而无故实可考。顷读《天录识余》，谓青州亦有花之寺，亦不识其命名之义。"就连罗聘的好友汪启淑，对花之寺的含义也不解："阮亭王尚书《分甘余话》云，寺门前多花，而路径曲折如之字，故名。似不尽然，当于梵经中考也。"可见花之寺之名引起了多少文人雅士的好奇，也可见花之寺之名将这些文人雅士困惑了多少年。诗坛泰斗王士禛在《分甘余话·卷三》提及花之寺："沂水县有花之寺，不解其义，张杞园问之土人，云以寺门多花卉，而径路窈折如'之'字，故以为名。"王士禛记载，是张杞园询问当地人，当地人认为"之"是弯曲盘旋山道的象形描述。张杞园即张贞，安丘人，也是清初著名文士，与其子张卯君皆师事周亮工，从他对花之寺名称的探究，也可以看出花之寺名字的魅力。经过王士禛这一番考证宣传，花之寺之名，传得更广了。应该说，"之"是弯曲盘旋山道的象形描述这种解释有一定道理，也能找到一些佐证，如唐诗中方干《题应天寺上方兼呈谦上人》有"师在西岩最高处，路寻之字见禅关"之句，刘昭禹《送人游九疑》有"漆灯寻黑洞，之字上危峰"的表述等。不过，清人程庭鹭《多暇录》中还记有另一解释，认为花之寺是因女子得名的："《分甘馀话》谓沂水县有花之寺，仅以寺门多花卉，径曲如之字形也。盛柚堂赠诗注：'两峰每梦入花之寺，未知寺在何处。'又见《山农集》。始知沂州寺以女子得名，花之即女名也，然亦不详其所自。"对于"寺以女子得名"的解释，由于语焉不详，也就难以让人信服。似乎深山古寺，远离尘嚣，门前百花盛开，其间曲径迂回，其景如画，由此得名才是可信的。这样，更寓有从团香锦簇之中，劈开色空之路，勇猛精进的佛理之意，才是比较合理的。

北京的"花之寺"成了清代后期以来直至民国文人雅士聚会酬唱的名胜，但现在一切也都已荡然无存了。位于今天山东沂南县张庄镇境内的真正名刹花之寺也已成为遗址，仅存一石碑的螭首和趺座，那记载信息最多的碑身已在"十年动乱"中被砸碎铺到氨水池子底下了。现在，显于繁华大都与藏于深山的花之寺都已花、寺两空了。但我们只要默念"花之寺"三字，眼前就好似还能出现花丛隐古寺的美景。

凌叔华没有到过沂南的花之寺，但因北京纪念性、人文性附会的花之寺而写出了著名作品《花之寺》，让"花之寺"再次产生了重要影响。这对于北京的假花之寺和山东的真花之寺都有重要意义。目前，在热爱当地文化的有关人员的钩沉中，花之寺的有关情况已再次清晰地呈现出来。

（2014.4.25）

常芳、长篇小说《第五战区》与沂南的渊源

2014 年 5 月 9 日晚上，我正在沂南县城站前广场的鹅卵石路上和人们暴走着锻炼身体，著名女作家常芳打过电话来，告诉我她的长篇小说《第五战区》已在 2014 年第 5 期《中国作家》（文学版）发表，单行本也即将在山东文艺出版社出版。她在高兴地给我打电话报告这一消息的时候，还一再表达着多次表达过了的感谢之情，并动情地说："老兄啊，这几天我又梦见你了，梦见的又是在沂南你陪着我采访的一系列情景……"其实我也有同感，应该说她在我们这里定点深入生活期间，和我以及县里的文学作者们结下了深厚的情谊，她回到济南后我们也会经常通个电话，简单地互相问候一下，互相说说各自的情况等。一旦有机会见面，就会马上跑过去见见。如不久前我到济南有一个私人性的采访，她知道后第一时间跑到我采访的地方，陪着我们采访然后回到宾馆，并马上在宾馆附近精心选择饭店安排宴请我们。她告诉我在沂南采访后写的那个小说写了三十二万字有点长了，但觉得是自己目前的长篇中最满意的一部作品。她主动喝酒，我都劝她少喝了，她却说自己不开车的目的就是为了陪我多喝点酒的。看我们喝得高兴，同我一起去的司机也忍不住喝了几杯，结果后来怕查酒驾不敢送常芳回家。我表示歉意的时候，常芳洒脱地摆摆手："老兄你放心休息吧，我坐公交很方便的。"我看着她转身离去的背影，心中有一种暖暖的感觉漫溢开来……

常芳是一个很有艺术感觉的优秀作家，在艺术传达上经常能匠心独运，写出了一系列优秀长、中、短篇小说。应该

说，在 2012 年之前我读过她的一些作品，我们互相知道对方但并没有见过面。2012 年 4 月 27 日我看到中国作家网公布了《中国作家协会 2012 年作家定点深入生活名单》，这份"经中国作家协会作家定点深入生活评审委员会评审，报请中国作家协会书记处审批，中国作家协会 2012 年作家定点深入生活名单"总共二十九名，其中就有山东省作协推荐的王常芳（常芳），说她"赴临沂市沂南县，拟创作以临沂阻击战为背景的抗战题材长篇小说"。我当时想我们很快就会见面了，并且我预感到县里很可能会安排我陪同她在沂南的采访行程。但此后在相当长的一段时间里关于这件事并没有什么动静，直到 8 月份山东省作家协会才分别给临沂市委宣传部和沂南县委宣传部发来了"关于安排作家王常芳定点深入生活的函"。市、县的常委部长都很重视，都在 8 月 10 日作了批示，并且果然是让我在她深入生活期间主要陪同她到基层去采访座谈。8 月 13 日，我受领导委托，与省作协进行了电话对接并请示了一系列问题。随后我向有关领导作了汇报，并建议说应该安排好食宿，下去采访的车辆也需要考虑。接着我打电话和常芳联系了一下，我问她打算何时到来，她爽朗的笑声通过话筒传了过来："你们那边何时让我去，我就何时去。"我说欢迎她随时到来，我们也已经做了一些准备，但有些具体问题需要见面后继续沟通。这天是星期一，我们两个人协商了一下，敲定下一周她过来。这期间我们又通了几次电话，最终她告诉我需要再拖一下，到再下一周她方能和省文讲所和市文联的人一起过来。8 月 29 日，她从济南起程往沂南来，我们到县界路口迎接，当时是省文讲所刘强、市文联张世勤等陪同她来的，上午我们立即去了玉树祥石、竹泉村、影视基地，在写生基地午餐后下午又看了北寨汉墓博物馆，在汉街一个饭店晚餐后他们住进了县交通局招待所，确定王常芳在深入生活期间就住 201 房间。这天，就她在沂南的一系列问题，文讲所、市文联、县里有关领导和常芳再次进行了交流对接，常芳表示采访车辆就用自己开来的不用麻烦县里了，由于县里确实车辆紧张，也就如此了。第二天，他们要回济南，我一早赶过去，一起喝糁后把他们送到了西外环县城外路口，我们在路边照了一些合影照片，然后他们就上车返回了。我刚回到办公室，就收到了我的新小说集《咱们来个约定》的出版合同书，对方要求签字后快递回去，于是我马上去办妥。我的这本小说集后来在 2013 年 6 月由河北人民出版社出版并向全国发行了，这是我的第十本书。冥冥中，我感到似乎是常芳的到来给我带来的好运气。

常芳回济南准备了一下，9 月 6 日正式来沂南住了下来。除偶尔回济南一两趟外，一直到 11 月 9 日，她大多数时间都住在沂南，住在交通局招待所的 201 室。这期间除个别天单位有事需要我处理，让常芳休息一下外，我们一直马不停蹄地紧张采访着。即使我偶尔不能陪同，她一般也不休息，而是自己到街头、农户去随意座谈，甚至还跑到穆陵关去了一趟。我陪同她到了铜井、岸堤、孙祖、苏村、马牧池、界湖、张庄、青驼、砖埠、葛沟等乡镇，她总是深入村户认真采访，仔细记录着。在这一段值得回忆的时光里，我和我们当地的一些作者经常会安排个场合，把她从招待所那个伙房里叫出来一起召开会议座谈文学，把她请到一些饭馆喝上一顿小酒。我和她相处得非常融洽，尤其是不论谈什么都能敞开心扉，甚至说到一些人的丑陋行径也绝对没有提防之心，都能毫无顾忌，畅所欲言。

11 月 8 日下午，因为她第二天就要结束定点深入生活返回济南了，本县几个作者一直在宾馆陪她说话，但因县里有个会议，直到会议结束才让我去请她到东方大酒店为她举行送行晚宴。我到宾馆请她时，本县几个作者感到不便参加，都产生了依依惜别之情，他们一一拥抱。当轮到我的时候，我竟然很没风度地躲开了，朋友们都呵呵笑着说我不绅士云云。宴会结束，我又陪她看了县里的职工艺术节颁奖晚会，然后再送她回招待所。并和她约定，明早我和县里几个作者陪她再去喝糁，然后为她送行。

第二天一早，我步行到交通局招待所，几个作者也先后到来。我们帮她拿着行李，然后上车去糁馆。吃完早餐后，我们又送她到西外环路口，停下车后我们恋恋不舍地在路边再次合影留念，她临上车又和几位女士拥抱，最后又轮到了我。这次我感到再也不能不绅士了，于是我们也进行了拥别。

常芳确实是一个高手，在一年多一点的时间里，就完成了这部长篇小说的创作，并且这期间她还发表了一些中短篇小说。

长篇小说《第五战区》就是这样开始进入文本的："民国二十一年秋天，在南沂蒙县的锦官城，有个年轻人在半夜里离开了庄园。离开前，他对新娘子说要出去走走，结果一去就再也没有回来。离开灯火通明，一派喜气洋洋的庄园之后，他直接去了山上的教堂。在那里，他弄了一匹马，连夜离开了南沂蒙县……"

这部小说以1938年2月开始历时两个月的"临沂阻击战"为背景，通过一个家族的抗战过程再现了一个民族同仇敌忾、慷慨悲壮的一幕幕可歌可泣的生动画卷。国军的这次临沂阻击战以死伤两万多人的代价，消灭日军五千多人。尽管伤亡差距巨大，但毕竟这是抗战以来正面战场取得的第一个较大胜利。这次阻击战进一步为紧接着到来的台儿庄大战赢得了宝贵的准备时间，更积累了和日军正面作战的丰富经验，可谓意义独特而重大。更难能可贵的是，常芳不仅看到了日军的入侵让我们"国破山河在"的情景，她更用心思考的是"国破"之后的"山河"在哪里？"国破"之后的"山河"又是什么样子的？在创作伊始，她就树立了写出每一个人心中的"山河"的艺术雄心，并一直在为此努力着。现在这部作品已经呈现在读者面前，我想它的文学意义，乃至对沂南的文化意义，一定会呈现出放射状的不断强化的态势。

（2014.5.9）

花开即故山

—— 高禄厚和他的短篇小说

相当长的一段时间里，我竟然不知道我们县里有一位有影响的著名农民作家高禄厚。我爱好文学也断断续续三十多年了，在二十多年的时间里面就没听说过我县还有高禄厚这么一位作家。直到七八年前，才在一个文学场合偶然听到有人说起他，并说他曾经在省级文学刊物发表过多篇小说。我于是就想彻底弄清楚高禄厚的创作情况，并且我打算一定说到做到，不完成这个心愿决不罢休。

于是我开始四处打听高禄厚的有关情况，但说者又都说不太清楚。甚至有人还以为我和高禄厚是不是有什么关系。我只好耐心解释，我和他一点关系也没有，虽然都姓高，但查阅两家家谱，我们历史上也不是一个家族。通过多方打听，有人告诉我，20世纪80年代他还偶尔被邀请参加过县里的文学活动。但要说他的作品，就不知道了。

转眼到了2008年年底，我想为沂南文学积累一些重要资料，决定编辑《1949—2009年沂南文学作品选（小说卷）》，这时候我就更加想借此机会找到高禄厚的作品选入该书，为此我再次专门拜访了高禄厚的从弟作家高禄堂。高禄堂告诉我一些新情况，如说20世纪50年代，山东人民出版社出版了他的《果园风雨》，还说高禄厚曾在《前哨》发表过《神枪猎手》《寻红英》等短篇小说，再问这两篇作品的发表时间、故事情节和其他的发表篇目等详细情况就不太清楚了。但高禄堂很认真，答应我从高禄厚的后人处了解一些情况并寻找一下高禄厚的资料试试。多日后，我再问高禄堂，他遗憾地告诉我，什么也找不到了，只能是遗憾了。我有时候想，文学场合上说的一些话往往夸大的成分比较多，但对高禄厚看来不会有多少夸大的成分。所以我更加自觉地坚持不渝地寻找着，时常会在网络上搜索一下，也经常到网络书店逛几趟，看能否找到高禄厚的有关材料，但遗憾的是多年来竟然一点信息也没有。最后，由于出书时间再也不能等了，只好让黄河出版社把书印了出来，留下了永远的遗憾。

2011年春季，我们县作家协会决定建立沂南县作家档案室，我觉得绝对不能缺少了高禄厚的有关情况，于是一如既往地想弄清高禄厚的文学创作情况。这天，先用百度搜一下，仍找不到一点信息。接着在谷歌搜索栏搜一下再试试的时候，让人高兴的情况竟然出人意料地出现了。我看到了有个地方在求购高禄厚、郑成志的《果园风雨》一书，打开一看只能出现一个快照页面，收购价五十元。但一看这家书店是属于孔夫子旧书网的，求购已经是八年前的事情了。这个页面上了解不到其他情况了，我于是马上进入孔夫子旧书网，但非常遗憾的是这家书店早已不存在了。但这时候我终于弄明白了一个问题，《果园风雨》是一本两位作家的作品合集，并不是高禄厚自己的作品集。有了这些收获后，我就开始每天上网搜索了，不久后竟又令人高兴地搜到了我省著名评论家孙昌熙的《写熟悉的和本质的——读农民高禄厚的几篇小说》的评论的开头部分，但需要付费才能阅读。付费不成问题，可是这个网站在录入文稿时错字连篇，所以付了费也不会是一份准确资料，只好先暂时放弃。我仔细一研究，这是有心人把从1957年的《前哨》和后来的《山东文学》目录（创刊到1956年的全缺，后来的中间也有些漏落）录入电脑并在网上出售电子版了。从这里的页面开始，我连续在网上寻找了四五天，把所有在网上的《前哨》《山东文艺》《山东文学》目录和每篇文章能显示的部分看了一遍。尽管头昏眼花，但还是非常高兴。我查明白了高禄厚作品发表的每期具体杂志：《中秋夜》（《前哨》1959 年 10 月"国庆献礼专号"），《家》（《前哨》1959 年 12 月号）；1960 年《山东文学》第 1 期有孙昌熙的《写熟悉的和本质的——读农民高禄厚的几篇小说》的评论；《果园师徒》（《山东文学》1960 年第 1 期）；《寻红英》（《山东文学》1960 年第 2 期）；《神枪猎手》（《山东文学》1962 年 2 月号）。此后，我继续在网上寻找，发现1958 年全年《前哨》、1959 全年《前哨》、1962 年第 2 期《山东文学》这些资料有卖的，于是赶紧汇款三百零二元去购买，不久就买来了。这样，我终于看到了高禄厚的《家》《中秋夜》《神枪猎手》三篇小说和《拉下老汉三千年》这篇标明"小段"的曲艺作品。根据这些情况，在沂南县作家档案室制作了展板，第一次把高禄厚的有关文学创作情况进行了比较详细的介绍。

我又寻找了半年多，其他知道篇目的实在找不到了。犹豫了很长时间，我终于把这个事和我的在山东工艺美术学院工作的朋友王任说了，并提供了关于《果园风雨》《寻红英》《果园师徒》《写熟悉的和本质的——读农民高禄厚的几篇小说》这些资料的有关书籍和杂志的信息，让他帮忙给找一下，若能找到请复印一份。王任是沂南县人，近年来主持了寻找王普有关资料工作并编辑出版了《王普先生纪念集》（山东科学技术出版社）、《薪火承传——孙长林九十寿辰纪念集》（山东科学技术出版社）、朱铭散文集《缝隙里的面孔》（山东画报出版社）等重要著作。尽管正在紧张地写作着一本关于徐志摩的著作，他还是认真记录下了我要找的资料，并答应想办法尽快找到。过了不久，他从手机上发过来一个短信，告诉我他正在山东大学图书馆，但由于是从别的地方过去的，没能带着他记录的有关高禄厚的情况，让我从手机上再给发过去，我怀着忐忑和期待的心情马上告诉了他。接近中午 12点的时候，他发过短信来告诉我，我要找的资料他已经给全部查到了，并说复印后马上寄过来。2011 年 10 月 22 日是星期六，我去办公室值班。进办公室不久，邮局投递员就送来了王任用特快专递邮寄过来的《果园风雨》《寻红英》《果园师徒》《写熟悉的和本质的——读农民高禄厚的几篇小说》这四篇文章的复印件，没有复印清楚的地方他还认真地用笔补充上了，他还非常内行地复印了《果园风雨》一书的封面、内容提要、目录和版权页这些重要信息。我正翻阅着，想一会儿就告诉他收到了的时候，结果在9点47分他的短信已经跟过来了："高老师：您好！寄去的材料不知收到否？因前段时间出差，迟了一些。王任。"我马上拨过电话去，告诉他刚刚收到，正在看着，非常非常感谢。

此后，我继续寻找着高禄厚的有关信息，不久又经过多次努力找到了20世纪70年代沂南县文化馆编辑的《沂南文艺》、80年代沂南县文化局编辑的《阳都》等杂志，又在上面找到了高禄厚和别人合作的两篇小说《灭"火"记》《别咧兵》和一首诗歌等。

通过这样长时间的多方搜寻，目前我一共找到了高禄厚的八篇小说、一篇曲艺小段、一首诗歌、一篇关于他小说的评论文章，高禄厚的文学面貌终于逐渐清晰了起来。

通过多方调查、走访，通过寻找到的这些资料，我对高禄厚的有关情况终于有了比较全面的了解。高禄厚，男，汉族，1928年出生于现在的沂南县大庄镇后土山村，1942年开始读抗日小学。他天赋聪颖，勤学苦读，屡屡受到老师和祖父夸奖。可惜仅读到四年级，因病右脚残疾辍学。此后，高禄厚终生靠拐杖助步。辍学后的高禄厚并没有放弃学习。20世纪50年代初，高禄厚先以通讯在《沂水大众》报上开笔。于1953年夏天在《沂水大众》发表了写本村民兵李迎田跳入洪水勇救落水儿童王西周的通讯。1954年春天，他又写了别人都在抗旱种豆子，而一个光棍等天下雨，相信"大旱三年落不了四月八"，结果没等来下雨，一气之下撕了供奉的关公轴子的通讯。文章配着一幅形象的撕轴子的插图，让人忍俊不禁。

不久，他写出并在《大众日报》副刊发表了"小放牛"形式的曲艺作品，用一男一女对唱的形式，歌颂新社会什么多了什么少了，如保温瓶多了，喝凉水的少了，肥皂多了……高禄厚还应邀参加了 1954 年 6 月 14 日至 17 日在济南召开的山东省文学艺术工作者第二次代表大会，这是解放以来全省规模较大的一次文学创作会议，对大力推进文学创作的繁荣，产生了积极的影响。共青团山东省委书记杜前得知高禄厚行走不便，专门派司机到火车站接他。出席这次盛会，极大地激发了高禄厚的文学创作热情，他开始了小说创作。高禄厚的短篇小说处女作《果园风雨》是和郑成志的两篇小说《下材》《许继生》合为一本书由山东人民出版社于 1957 年 12 月第 1版第 1 次印刷出版的，全书共 1.9 万字，定价 0.09 元，印数490 本。随后在《前哨》上发表作品，1958 年第 7 期《前哨》发表《拉下老汉三千年》这篇标明"小段"的曲艺作品，《前哨》1959 年 10 月"国庆献礼专号"发表小说《中秋夜》，《前哨》1959 年 12 月号发表小说《家》；1960 年《山东文学》第 1 期，有孙昌熙的《写熟悉的和本质的——读农民高禄厚的几篇小说》的评论；《山东文学》1960 年第 1 期《果园师徒》；《山东文学》1960 年第 2 期《寻红英》；《山东文学》1962 年 2月号《神枪猎手》。自 1962 年以后，高禄厚主要从事农村医疗工作，但也偶有文学作品发表。在沂南县文化馆 20 世纪 70年代编辑的《沂南文艺》、沂南县文化局 20 世纪 80 年代编辑的《阳都》等杂志，高禄厚和别人合作发表了两篇小说《灭"火"记》《别咧兵》和一首诗歌。他一生居住在农村老家，于 1988 年去世，被埋葬在后土山村西的哈叭岭东的墓地里。

《果园风雨》是高禄厚的小说处女作，写彦农老汉和侄女共青团员玉英新旧思想的激烈冲突，彦农老汉从小就在果园里给别人当杂工，净干苦活累活，技术活一点也捞不着伸手，土改后成了果园的主人，由于管理跟不上，一直产量很低，村里成立果木合作社，他怕别人沾光坚决不参加，谁知社里用科学方法管理，头一年就闹了个大丰收，这才厚着脸皮入了社。秋天果园又大丰收了，算来自己连十棵树的钱也分不到，要少收入一万五千元，他又开始后悔了，一心想出社，但在彦大娘不客气的斥责下没有真闹腾起来，可是对果园管理上却极不认真起来，在玉英批评他的时候，他终于借机向队长说出了出社的想法，他准备去找社长提出社要求前，去看了一下玉英爹的果园管理情况，结果玉英对她爹也要求很严，被插上了白旗。在风雨之夜，骨子里对果园饱含深情的彦农老汉跑到果园，看到因自己不认真管理造成的大量落地苹果后悔得哭了起来。此时他也听到了玉英的哭声和社长对自己的看法，彦农老汉深深为玉英和社长对集体财产的责任心，对自己的客观包容而深深感动。作品具有浓重的"泥土味"和轻喜剧色彩，透露着新生活的气息，一个中心故事、一个主要人物、歌颂一种精神风貌，反映新人物，讲述新故事，表现新精神。彦农老汉这类人物在农村极富代表性，所以在高禄厚随后创作的《果园师徒》《寻红英》《家》中都写到了和彦农老汉有类似思想的落后人物形象和逐步从旧生活和旧思想中解放出来的年老的一代。作品中可以看到一个个精神饱满、积极、勇敢而又活泼的青年男女形象的同时，也看到了老一代中的落后人物形象在新风气和新道德中成长、转变的情况。这些真实的历史记载并激发起人们对那个年代的许多珍贵而鲜活的记忆。作品表现中国农民群众虽然几千年受压迫、剥削，而在获得解放后人民群众的生活面貌仍然闪烁着原始美的光彩。小说真实地记载了中国当时的历史足音，因而是有其永久的历史存在价值的。

精深的造诣　独到的见解

——浅论王汝涛的诸葛亮研究

　　王汝涛文史兼通，治学严谨，涉猎广泛，著作等身。诸葛亮及三国历史文化研究是他倾注心血较多的一个领域，也是他取得丰硕学术成果的一个重要方面。

　　王汝涛对诸葛亮的研究开始于 20 世纪 80 年代，前后持续了二十余年。1983 年 3 月，四川成都、陕西汉中、湖北襄樊三地的学者在诸葛亮躬耕地湖北襄樊隆中召开磋商会议，议定三地市成立诸葛亮学术研究会联合会，轮流主办学术研讨活动，借以推动诸葛亮学术研究的深入开展。同年 10 月，首届诸葛亮研究会学术联合会在四川成都召开。随后，1984 年 9 月在汉中召开了第二次诸葛亮研究会学术联会。在第二、三次学术联会期间，作为诸葛亮的出生地的学者，王汝涛撰写出了自己学术生涯中的第一篇关于诸葛亮研究的学术论文《论政治家诸葛亮》，从此开辟了他学术研究的一个新领域。他积极发起、参与组织了当地诸葛亮研究会的工作，并组团参加了 1985 年 10 月在襄樊召开的第三次诸葛亮研究会学术联会，随之促成了 1987 年 9 月在山东临沂召开的第四次诸葛亮研究会学术联会。从那个时候起，他对诸葛亮进行了长期的专题研究，又先后写出了《诸葛亮的政治思想与政治实践》《〈全裔堂诸葛氏宗谱〉之我见》《诸葛亮故里暨离开阳都年代诸异说辨正》《〈隆中对〉平议——"对〈隆中对〉再认识"读后》《〈隆中对〉平议之二：刘备与其三谋士》《三国托孤的跟踪考察》《金秋阳都论诸葛·后记》《扣〈志〉识小录》《家学反思成才——简论诸葛亮成才之路》《沂南北寨画像石墓年代与墓主问题平议》《丁宝斋文集·序》等学术论文，融汇贯穿了他对诸葛亮研究的心血，对诸葛亮研究中的一系列重要问题在进行深入研究的基础上，做出了自己的独到发言。

一、自觉构建并形成了独特的诸葛亮研究体系

学术研究贵在自觉，对于一个领域，研究者应尽快发现和把握那些对本领域有重要影响的问题，并在研究中尽力构建出一个比较完整的学术体系来。王汝涛在诸葛亮研究中就是抓住了一些重要问题来构筑自己别有洞天的思想园地的，如对出生地、离开故乡时间、成才因素、政治思想与实践、诸葛家族及后裔等诸多重要方面，均进行了深入探讨，取得了令人瞩目的研究成果。他对诸葛亮的研究全面地反映了他的基本观点和学术见解，我觉得这些成果都完全可以结集为一本体系比较完备的《诸葛亮研究》的学术专著了。

《诸葛亮故里暨离开阳都年代诸异说辨正》抓住了三个方面的问题展开论述，一是他针对有人提出的新说——诸葛亮生于今天的临沂诸葛城的问题，根据《后汉书·郡国志》和梁刘昭的注，以及《临沂县志》的记载，考证出东汉时琅邪国属下既有临沂县，同时也有阳都县，明确指出今之诸葛城就是古时的中丘，《三国志》不记载诸葛亮是临沂人，而记为"诸葛亮，字孔明，琅邪阳都人也"，就已经排除了他是临沂（亦即诸葛城）人的可能。同时条分缕析地对《沂州志·古迹志》《沂水县志·古迹考》《临沂市地名志》等书的失误，做了令人信服的辨正。二是根据当时的历史环境、历史发展脉络考订诸葛亮离开阳都的年代为初平四年（193），离开时的年龄是十三岁。三是对张澍《诸葛亮集》所引《诸葛氏谱》进行了辨伪。这篇论文和《〈全裔堂诸葛氏宗谱〉之我见》共同构成了诸葛亮本人及后裔研究的重要成果，所言皆有其本，

绝对是他真知的突显和探索所得的新见。

应该怎样认识诸葛亮是我国历史上一位著名的政治家呢？《论政治家诸葛亮》论定他的政治思想杂有儒、法、道家思想，但诸葛亮是杂取各家，各有所取舍的。在修身治学方面受道家思想影响，在治国理民方面受儒、法两家影响，而又能摒去道家的出世无为、儒家的礼治亲亲和法家的刻薄寡恩；从陈寿的评价和与历史上名相的对比中系统分析了诸葛亮的政治才能；从守身律己、淡泊宁静，正确处理名、权、利方面归纳了他的政治品格。《诸葛亮的政治思想与政治实践》则从诸葛亮政治思想产生的背景出发，将其政治思想在前文论述的基础上又从"独观其大略""声教遗言，经事综物"两个方面予以分析；对其政治实践则在前述用贤和法治基础上，再从民族政策、外交、养民、理财四个侧面展开论述。两篇论文，将一位政治家进行了多方位、多角度的透视，多有未经人道之文，是诸葛亮研究的有创见的成果，展现了作者严谨、求实的学风，达到了务实求真、填补空白、有所创新的目的，结论的得出建立在翔实的资料占有上，令人信服，使读者对作为政治家的诸葛亮有了全面认识。

历史研究需要问题意识早已成为史学研究者的普遍看法。关于涉及诸葛亮最主要的文献《隆中对》，王汝涛连续写了《〈隆中对〉平议——"对〈隆中对〉再认识"读后》和《〈隆中对〉平议之二：刘备与其三谋士》两篇论文对《隆中对》进行了深入的个案研究。在这个过程中，王汝涛带着一系列问题，分析《隆中对》的来历以及是否后经追改、诸葛亮为刘备出的计策是当时的一个最佳方案、关羽北攻襄樊、刘备与隆中计策以及刘备和三谋士诸葛亮、庞统、法正等问题着力用墨，进行了认真细致的考察与探索。作者态度严谨，占有资料翔实，内容丰富，写作重点突出，进行了颇多创新性的论述，得出了一系列高屋建瓴、评价公允的结论。

《沂南北寨画像石墓年代与墓主问题平议》在论证北寨汉

墓不是诸葛氏墓地的过程中，涉及诸葛亮的父亲及其族人问题，资料翔实，见解独到，也能使我们对诸葛亮的有关问题得到更加深入的认识。

二、从小处入手解决大问题的独特眼光

到 2012 年为止，诸葛亮学术研讨会已经举办了 18 次。在会议上，我们看到许多论文往往没有新材料，更谈不上阐述什么新观点。甚至有些论文就是重复史料，东拼西凑，敷衍塞责，应付了事。在有些研究者那里，学术创新精神已经严重萎缩，学术活动完全成了串场子似的搪塞差事。

与之形成鲜明对比的是，在王汝涛生前参加的会议上，他每拿出一篇论文总能给人耳目一新的感觉。如王汝涛和王晓真合作完成的《家学反思成才——简论诸葛亮成才之路》一文，就是一篇具有深度的重要论文，在诸多研究诸葛亮成才的文章中给人一种振聋发聩的震撼。作者从东汉后期"家学"兴起，从诸葛亮父亲在梁父令和太山郡丞任上与《风俗演义》的作者应劭应该是同事，所以古文经学的影响一定会延续到诸葛亮这里来入手，接着论证了王符《潜夫论》、仲长统《昌言》等对东汉末年君昏政浊的社会现实做的深刻反思及对诸葛亮成才的重要启发，同时从诸葛亮的家乡琅邪郡阳都县地在齐鲁交会之处，诸葛亮能兼取齐学、鲁学两家之长，最后再从立志、拜师、博览和慎思等方面来论述诸葛亮青少年时代在襄阳的成长经历，最后侧重论述诸葛亮如何善于总结历史经验教训，修理政治，令人信服地全面系统地论述了诸葛亮的成才之路。在这里，关注到了王符、仲长统的反思对诸葛亮成才的影响，并对一些基本问题进行了详细的论述，是发前人所未发、道时人所未道的创新性学术活动。能够从这样的广度和深度来对诸葛亮的成才进行精到阐述，如果没有专门而持久的研究，是绝不能达到如此境界的。著名三国研究专

家丁宝斋曾评价这篇文章说："运用史料游刃有余，旁征博引，而又能左右逢源；行文纵横捭阖，能放能收，却干、枝清晰，主线贯穿全文。"

只有对前人研究中的疑点、盲点进行认真探索，才能对学术有所贡献。《扣〈志〉识小录》一文，是王汝涛在阅读《三国志》时，对陈寿没有交代清楚的地方进行认真思考，并予以深入研究，形成了自己的看法后，写作出的一篇学术论文。文章共分"街亭之战时诸葛亮在何处""张飞与曹、刘汉中之战""魏延、姜维、邓艾之用奇有幸有不幸"三个部分，提出了街亭之战是诸葛亮上表北伐的第一次战役，这么重要的一次战事为什么诸葛亮不亲自领兵迎战张郃而派言过其实的马谡督军前往？那时诸葛亮在何处？在干什么？马谡战败时诸葛亮为什么不前去救援反而率军仓皇退走，致使三郡得而复失？张飞在曹、刘汉中之战时到底起了什么作用？作者通过对《三国志》的认真研读，志、注勾连，前后联系，引经据典，抽绎分析，对一系列看似没有关系的记载通过认真精辟的辨析，严谨叙述，详尽论述，清晰地勾勒出了《三国志》记载不详细的地方，提出了一系列新的宏观认识，有益于研究的深入，具有重要的开拓性意义。这种功力扎实的出色研究能进一步开拓读者的视野，使人从中获得新的启示。再如王汝涛曾在《金秋阳都论诸葛——全国第八次诸葛亮研讨会论文选·后记》中号召大家拓展研究思路，在诸葛亮及三国历史研究中引入比较史学的研究方法，他以身作则，写出了创新性的研究成果《三国托孤的跟踪考察》。此文选题得当，对三国托孤的有关情况以及当时的政治、经济、文化、社会、家族等，综合以往自己的研究心得，在别人不太注意之处对三国时期的托孤问题进行了整体把握，作了深入、细致的考察、分析，钩稽出新观点，文字思维清晰，逻辑脉络清楚，体现了从微观到宏观的研究，填补了三国研究的一个重要空白，具有很高的学术价值。

三、严谨求实、刚直不阿的学术作风

王汝涛在多年的学术生涯中，始终坚持严谨求实、刚直不阿的学风。在有关诸葛亮的研究中，显得同样突出。比如，对于轰动颇大、长达十多年的诸葛亮躬耕地之争，他始终秉承公允正直的学术良心，旗帜鲜明地评说着争论中的有关问题，对于"南阳说"的有学术分量的论点，他给予充分肯定。对于有关"隆中说"方面的论文，他同样指出里面的不足之处。但在整个论争过程中，王汝涛是旗帜鲜明地站在"隆中说"一边的。认真研究一下王汝涛的有关论述，读者不仅能够学到具体的学科知识，而且也能够在字里行间感受到他对历史学科的深刻认知和专业情愫。在《关于诸葛亮躬耕地的一封信》中，他分析道："陈寿书中没实指草庐所在，就应找较可信的距'三顾'时时代为近的资料。"他充分肯定《三国志》裴注引用的《汉晋春秋》《蜀记》和《水经注》《晋书·李密传》中关于隆中的几处最早记载，对否定这些早期资料的观点一一辨析，公正客观地指出，否定者最有力的证据是"天子命我，于沔之阳"，但他通过对原文全面准确地分析后指出，这里是就自己的职务来说的，天子命我镇守沔水之阳，并不是说隆中在沔水的南边，所以下句有"听鼓鼙以永思"，然后才顺理成章地"至隆中，观亮故宅"，到此得出令人信服的结论：抓住"阳"字怎么做文章也牵扯不到隆中的位置上！到目前为止"南阳说"还是拿不出彻底否定"隆中说"的有力证据！他秉承学术道德，"纯从研究文献资料得出，不掺杂对二地之感情问题"。在全国第八次诸葛亮学术研讨会上，有位论文作者大胆提出了诸葛亮祖父迁居河南平顶山，诸葛亮出生并葬于该地的论点。王汝涛在《金秋阳都论诸葛·后记》中毫不客气地指出仅根据隋代某残石上一段说此地有诸葛旧坟墟的语意模糊文字就大胆否定《三国志·诸葛亮传》的确凿记载，"连考史的功夫都没有"，是"研究方法不科学"，是"只追求新奇以图一举引起轰动效应"，缺乏"学术研究的科学性"。据王汝涛的学生、刘勰研究专家朱文民在《我的恩师王汝涛先生》中回忆说，"先生为人耿直，从不拿原则作人情。在他主编的论文集中，都是以文章质量为标准，有些老领导、老同事的文章，也同小人物的文章一样看待。在一次全国诸葛亮学术研讨会上，有两位名教授提供的论文确实不像样，所以文集就没有选。其中一位名教授肯定是憋着一口气，后来又将他的文章做了大量修改，添了不少资料，将其发在《孔子研究》上。像这种事，在先生主编的文集中，是往往发生的。据我所知，为此先生也得罪了一些人，使一些昔日的老友远他而去……"从这里，也侧面展现了这位沉稳儒雅的史学家在学术作风方面的耿直之处。

王汝涛知识渊博，思维缜密，在诸葛亮研究中，史料运用丰富，对问题的考证详细扎实，所以屡有新识和创见。这些独到的见解，在很多个方面提供了新的思维，具有重要的学术价值，全面提升了诸葛亮研究的学术质量。

（2012.6.5）

地方文献研究的力作

——评李遵刚《沂南古史钩沉》

李遵刚是我很佩服的一位兄长，我觉得单是他对本地文化资源的挖掘就让人不得不刮目相看了。

最近，他的新书《沂南古史钩沉》编讫，这是他继《武侯祠楹联匾额集注》出版后的又一本重要著作，我先睹为快，读后颇多感慨。

沂南县，秦汉至两晋期间是阳都县所在地。阳都因是诸葛亮的出生地和少年生活地而闻名遐迩，出生于这块深厚文化底蕴土地上的李遵刚对本土文化热爱有加，热情持续不衰。小时候他就受到父辈的影响打下了良好的乡土文化和古典文化的基础，所以后来不论是从教也罢，为政也罢，他总是持续不断地学习着、探索着博大精深的中国文化，密切关注着源远流长的本土文化。和他接触时，很多人都感到他知识渊博、为人儒雅。1994年，全国第八次诸葛亮学术研讨会在沂南召开，时任县委常委、宣传部长的他因工作关系开始接触诸葛亮研究这一领域，随后一发而不可收，不仅在业余时间长期进入了诸葛亮研究的领域，而且热情地组织研究爱好者参加各地的研究活动，在全国诸葛亮研究界有了重要影响。从领导岗位退下来以后，他开始注重更加系统地研究诸葛亮，在撰写诸葛亮研究文章的同时，还为县志（续编）撰写了有关诸葛亮文化的章节，为报纸杂志撰写了许多介绍诸葛亮与阳都县关系的文章。在每届全国诸葛亮学术研讨会上，他不但总有论文发表，也总是最活跃的人物之一，忙于主持，忙于会务，协调联系，使一个松散的联会组织不断增强团结，扩大队伍，更加充满生机和活力。

在持续研究诸葛亮的同时，他还不遗余力地开展了对当地文化资源的挖掘和研究，积累下来竟成了一本三十余万字的丰厚学术专著，就是现在摆在面前的这本《沂南古史钩沉》。

认真阅读后，我感到《沂南古史钩沉》有以下几个特点：

一是视野开阔，时常给人耳目一新的感觉。这些年来，当地学者对本土历史文化高度重视，很多人展开了一系列的研究工作，也取得了一些阶段性的成果。但李遵刚在撰写这些研究文章时，高出很多人的地方就是自己广泛地阅读有关书籍，深入地查找相关资料，能时常有资料上的新发现，并据此做出自己的学术结论来，所以他的文章时常给人创新感。他曾谦虚地多次说过，他的这些研究就是在前人的基础上做了一些综合工作。其实，我很清楚地知道他在哪些方面做了深化性的研究工作。比如《顺流溯源话阳都》一文，对阳都的爬梳剔抉就是非常有深度的。阳都作为一个古地名，它的历史沿革具体是怎么样的，此前的人东鳞西爪地有过一些论述，但就像该文这样洋洋洒洒，把阳都考证得这么明明白白的文章此前还从来没有过，我想如果没有新的资料发现，这篇文章短时间内是不会有人能超越了。在《两汉诸葛》一文中，在诸葛丰到诸葛珪之间，他第一次挖掘出了诸葛穉和诸葛礼这两个人物，这就又是开创性的工作了。北宋李昉《太平御览》引何法盛《晋中兴书》说："汉司隶校尉诸葛丰以忠强立名，子孙代居两千石。"但所有研究者都忽视了这句话中的一些信息，并且从来没有人梳理一下这个问题，甚至一些著名专家学者随意做出结论说历史上除了诸葛丰和诸葛珪外中间没有诸葛氏人物。李遵刚认真翻检了《汉书》《后汉书》后，在《后汉书·刘盆子列传》中找到了"诸葛穉"，在谢承《后汉书》中找到了"诸葛礼"，这二人都是秩俸二千石的官员，很有说服力地证明了两汉时期，诸葛氏家族已属有一定势力的地方性家族。他这种宽阔的学术视野和填补空白式的卓见研究，时常给人新的启发。

　　二是论述深刻，在研究方法与内容上都体现了理论与实证并重的特点。李遵刚有扎实的文史理论功底，但他更注重证据的新发现和对这些新材料的分析运用。如书中《深藏千年凤凰石》，是对本县铜井镇三山沟村东南裸岩上刻的一组凤凰图像所做的考证文章，作者多年来关注这块凤凰刻石，时刻注意搜集实证性的新资料。他在1984年由中华书局出版的张彦生著《善本碑帖录》中，发现了有关这块刻石的记载，并顺着里面"道光廿四年袁冶池于沂水南七十里鲍宅山访得"的记载，考证了清代沂水县袁家庄（今沂水县许家湖镇袁家庄）人袁炼（字冶池）的有关情况，得出了"袁炼是发现并拓传鲍宅山凤凰画像的第一人"的结论。接着，他又在日照市虎山镇大河坞村人许瀚（字印林，室名攀古小庐）的《许瀚日记》中发现道光二十四年（1844）六月十四日有这样的记载："颜先生自沂来，捎刘宋凤凰及东安王钦元题字，乃沂水山上拓下者，上有'五日壬申'……"由此又梳理出了许瀚收藏的轨迹。他还找到了赵之谦《补寰宇访碑录》、张德容《金石聚》、汪鋆《十二砚斋金石过眼录》、陆增祥《八琼室金石补正》等对鲍宅山凤凰画像的记载和原故宫博物院院长、西泠印社社长、近代考古学家马衡在《中国金石学概要》中对鲍宅山凤凰画像的论述。同时他还发现了在杭州"平湖秋月"景区内历史达百年之久的哈同花园里，鲍宅山凤凰画像成了犹太人雪拉斯·阿隆·哈同楼房的装饰刻画之一。李遵刚还关注到了西泠印社拍卖有限公司2014年12月13日古籍善本专场拍卖会上沂水刘惺父赠予蔡守、蔡守遂将此拓件于癸丑（1913）装裱题签的一轴纸本装裱件鲍宅山凤凰画像最终以9.2万元成交的情况。仅就这篇文章的论述来看，就可以看出李遵刚是多么注重实证，并在这个基础上深入展开论述的。

　　三是文风朴实，深入浅出。书中的研究材料翔实，做到了以理服人，如《亦幻亦真花之寺》《晚霞灿烂店子刘》《八楼翘楚刘遵和》等。尤其是《亦幻亦真花之寺》，娓娓道来，从凌叔华《花之寺》小说集入手，由周亮工的诗歌引出真正的花之寺在沂南县张庄镇鼻子山，然后再荡开一笔写扬州八怪之一的罗聘与花之寺的关系，还挖掘出了罗聘诗《花之寺里记身前》的自注"予初生时不茹荤血，常梦入花之寺，因自号前身花之寺僧"，令人信服地分析了北京花之寺是移花接木的赝品，最后得出了鼻子山花之寺才是真品的结论。论文的文化信息量这么大，而作者文字严谨，朴实无华，又行文活泼，让人读来不费力气。

（2015.7.12）

重点耕耘　多面贡献

——读《铁民自选集》

最近，中国戏剧出版社出版了张铁民的三卷本《铁民自选集》。我有幸继在去年得到了作者签名赠送的长篇历史小说《算圣传奇》后，再次因朋友张斌的热心穿线得到了这套新书的签名本。看着张铁民那秀劲的毛笔小楷字，感动之余更是对这位重点耕耘并有多面贡献的作家充满敬意。《铁民自选集》近百万字，分为"戏文卷""影视·文学卷""散文·韵文卷"，涉及多种文体，却都能体察万物，说古道今，卷抒风云，尽得风流。张铁民为临沂的文学事业，尤其是戏剧的繁荣发展不懈努力了几十年。我想，随着时间的积淀，这部文集中的一篇篇优秀作品的价值是会被得到进一步认识的。

最早知道张铁民的名字是20世纪90年代初期的事情了。那时我在一个乡镇工作，有一次发现一位同事的书橱里有一本山东文艺出版社出版的《银杏树下——铁民剧作选》，封面设计很有特色，上边是自上而下由桃红色逐渐变为姜黄色的六排圆点，每排的圆点也是六个，下边才是书名，显得时尚而现代。阅读以后，感到里面的剧作都很吸引人，尤其是作为书名的《银杏树下》，在表现新一代农村青年精神风貌的同时，不回避矛盾，勇于面对现实，写有知识的青年农民热心大干一番事业的雄心受到挫折就又想竞选村主任取得话语权而再次受挫，主人公立新和翠萍的爱情也同样被翠萍的娃娃亲丈夫大憨击败，剧作在这样令人不能得到快意和满足的时候结束了。作者写得很有匠心，寓意深刻地设置了疯女人桂花和献纯的爱情悲剧，由献纯们的顺从、牺牲到立新们的创业、抗争，时代虽然有了很大的进步，但还是问题多多、困难重重，作品给人留下了深度思考的空间。同时，剧本对舞台布置也有独到新颖之处，如在一个舞台空间划分出几个小空间，分别展现多个戏剧画面，对剧情也起到了承前启后、放射扩大的衔接作用，给观众一种一加一大于二的艺术感觉，令人耳目一新。记得当时读过以后，总想收藏一本《银杏树下》，但最终也没能如愿。也许正因为如此，所以才留下了更深刻的印象。

几年后，我受多种因素影响，再次开始了文学创作。偶尔会在一些文学场合见到张铁民，听到他的一些睿智发言，亲承謦欬，总是受益多多。我对张铁民的了解也就更加深入了，知道他从 20 世纪 50 年代开始从事文化工作，1964 年就执笔创作了反映临沂稻改的大型话剧《一年巨变》，并进行了公演。改革开放以来，他主要从事戏剧创作，创作了多部剧本，在《群众艺术》《戏剧丛刊》等发表，有的还被收入《山东剧本创作集》等书。历史剧《道同》《王祥卧鱼》，现代剧《银杏树下》《沂蒙霜叶红》，电视连续剧《算圣》等都产生了广泛影响。他是中国戏剧家协会会员、国家一级编剧，"临沂市文学艺术终身成就奖"获得者，并多次获得山东省优秀舞台剧评奖剧本奖、山东省艺术节银奖、苏鲁豫皖柳琴戏剧节优秀编剧奖、中国柳琴戏剧艺术节优秀编剧奖、山东省精神文明建设精品工程奖。

在对张铁民作品的阅读中，我感到他最大的成就是在戏剧创作方面。他从小就喜欢看戏，养成了对戏剧的热爱，学生时期就是话剧队队长，参加工作后长期从事文化工作，有着深厚的生活积累和艺术积淀。厚积才能薄发，所以改革开放新时期到来的时候，张铁民的戏剧创作热情得到了最大释放。时间到了 1982 年，虽然经过解放思想大讨论和法制恢复，社会状况有了很大好转，这一年新的《中华人民共和国宪法》

出台，也同时提出"党必须在宪法和法律的范围内活动"，但群众对权力和法律的关系仍有诸多不满。也就是这一年，张铁民以敏锐的艺术良心，思考着权力、法律和亲情的关系，精心创作了大型新编历史京剧《道同》。《道同》一经排演就引起了强烈反响，参加改革开放以来全省首次举办的"山东省戏剧月"演出，获得编剧、导演、演出等多项大奖。《道同》这个剧本，语言雅俗共赏，道白非常口语化，且唱词合辙押韵，朗朗上口。语言是表达戏剧的强有力的手段，对塑造人物起着非常重要的作用。《道同》的语言、对话都有许多耐人寻味的东西。作者还精心设置戏剧冲突，不仅走情节的路子，更走情绪心理的路子。剧中既有人物之间的矛盾冲突，更有人物心灵深处的痛苦和决绝。作者有意识地努力触及人的灵魂，挖掘人的精神世界，所以道同这个人物形象丰满。对人物精神世界的加深探求，还使剧作增强了文学性，赋予了戏剧一定的文学深度和诗意。作品立意的深度，对人的精神的震撼，都有很多可圈可点之处。张铁民剧作中的人物，不仅有生命的质感、美学的韵味，更有时代的机理、现实的内涵。张铁民还在注意不把人物当成个人意旨的传声筒，不用简单的道德规律去考量人物形象的价值，也不让人物成为诠释某种主题的工具等方面做了自己的努力。

张铁民总是尽最大努力地有意识地致力于用剧作形式挖掘当地历史文化资源。1995年，张铁民先生创作了描写刘洪的八集电视连续剧《算圣》，由山东电影电视剧制作中心拍摄，在中央电视台播出后全国引起强烈反响，三个月内连续播出四次，其中还在中央四台面向全球播出。《算圣》是第一部描写刘洪发明算盘历程的文艺作品，该剧根据正史的记载，将珠算的起源，衍化成为一个扣人心弦的故事。写东汉末年，一场大火把皇帝的裸游宫焚烧殆尽，因皇帝荒淫，府库空虚，无力修复。皇帝盛怒中敕令征调常山长史刘洪入京主持"上计"，查清历年的收支情况。刘洪受命之后，经过殚精竭虑的审查核算，终于发现宦官邵仲和少府王坚勾结侵吞府库，中饱私囊的罪证。通过刘洪的努力，还挖出了皇帝身边的贪官晁吉。张铁民有普泛的人文关怀和悲悯情愫，努力探索着人，探索着人生，探索着人的灵魂，竭力向内挖掘人的灵魂，向外审视其命运变幻的轨迹和奥秘，审视其在特定情境中的独特动机和行为魅力。电视剧立足于人物形象塑造，有真实可感的人性内涵。

近年来，张铁民又参与策划、创作了大型乐舞诗《沂蒙颂歌》、大型风情歌舞《蒙山沂水》等有影响的大型剧目，尤其是新编历史故事柳琴戏《王祥卧鱼》成功晋京演出，引起强烈反响。《王祥卧鱼》是根据西晋时期发生在临沂白沙埠的故事改编的新编历史戏，写王祥在冰天雪地卧冰求鱼这一美丽动人的孝行故事。在创作方法上，张铁民秉承现实主义的精神，又兼蓄现代主义的精髓，注重追寻艺术作品本身的丰富性和恒久性，追寻恒久的文化价值。"孝"是中华民族亘古不变的题材，"孝"维系了中华五千年的文化传统，成为中华民族凝聚力之所在。在中国的传统理念中，最注重讲究"孝道"。戏中王祥的"孝"感动了周围的人，感动了他的继母，最终赢得了家庭的和谐。《王祥卧鱼》以"孝文化"为主题，在继承和发扬中华民族传统文化的基础上，加入了构建和谐社会这一时代的主题元素，表达了"家和万事兴"的文化理念，将传统与现代巧妙融合，是一部引人思考、艺术性与思想性都很高的艺术作品。《王祥卧鱼》在形式上也融入了现代元素，剧中运用的多媒体动画、光的闪烁、雪花的飘洒以及绚丽的灯光、精美的舞台布景等都给人留下了深刻印象。把传统的题材，用百姓喜欢的地方剧种演绎出来，来宣传促进家庭的和谐，对构建和谐社会也是一种有益的探索。

张铁民还有剧史论稿《柳琴戏》一书，这本书没有收入文集，但我觉得这是一部立意于中华民族五千年博大精深思想文化史，精彩而深刻地展示柳琴戏这一地方剧种的大论著，该著作从历史价值、文化价值、文学价值、时代价值等方面详细爬梳了柳琴戏起源、发展、繁荣的历史，是一部生动的、有血有肉、有灵魂、有精气神的大著作，和他收在这三卷本文集中的一系列有关柳琴戏的理论文章，构成一个有机的整体，具有重要价值。

张铁民是个多面手，多年来他还创作了大量各类体裁的作品，如他创作的故事《"小把式"三战"生铁牛"》《金山虎赶会》，儿童小说《赵刚和"大班长"》都曾被收入山东人民出版社、农村读物出版社、山东少儿出版社出版的一些重要作品集中，故事《罗政委和"神马先生"》在刊物发表，长篇小说《算圣传奇》在台湾秋海棠出版公司出版。最近这些年，他还为"书圣文化节""广场文化艺术节"等大型节庆晚会创作了《千古书圣》等歌曲数百首。

张铁民这套自选集，加上未收入文集的剧史论稿《柳琴戏》一书，可以说基本上涵盖了他创作的各个方面，是当代临沂文学、文化的内容丰硕之作，从中可以汲取、继承文学的精髓，更能汲取、继承中华民族优秀文化精神。我相信，现在呈现在大家面前的这个文集，同时还会使读者从中看到一位作家的心路历程，一位文学工作者执着奋斗的丰富人生和一段段激情燃烧的岁月。

（2014.8.16）

诗意文心　性情佳构

——读"钱勤来文存"《我有左手》

"钱勤来文存"《我有左手》近日由山东画报出版社出版，朋友王任是这本书的执行主编，他为让我先睹为快特地从济南快递过来，所以我在第一时间对全书进行了认真阅读。

钱勤来在临沂文学界是一位颇有影响的人物，他从华东师范大学毕业来到临沂一直工作到退休。在授课之余他潜心著述，发表文学评论、散文等二百余篇，出版著作多部。《我有左手》是他近三十年来的作品精选集。

收在这本书中的钱勤来作品可以分为两类：一类是"写人"的，这里面有作者的人生阅历和感悟，有和自己有关的文朋诗友音容笑貌的描摹；另一类是"写文"的，大多是对文学、特别是临沂文学的评论文字。

人是一切社会活动的中心，当然也是文学创作的中心，散文虽不以其塑造人物为目的，但以写人为主的散文作品，通过作者的所见所闻，来折射时代的镜像，表现作者的思想感情，是非常具有文学价值和文化价值的。作为一个上海人，钱勤来大学毕业不久就来到了临沂，两地文化、风物、民俗的对比给他留下了深刻印象，又加上半个多世纪以来他身心逐渐融入临沂，经历了时代的风风雨雨，所以当他提起笔来创作写人的散文的时候，最大的特点就是里面包含着人生往事的回忆和反思，具有一种厚重的历史沧桑感。

《我有左手》中，写自己的人生阅历和感悟的占有不少篇幅。如《风吹乌桕树》以自己家乡一株已经消失了的乌桕树为道具，娓娓叙写着自己从小在树下玩耍，四岁时候因得病家人拿来乌桕树枝放在手脚旁边，溃散的国军倚着树干小憩，爸爸兴奋地念叨要解放了并唱《你是灯塔》的歌曲，由回忆爸爸的歌声联想到自己所在的临沂境内这首歌的诞生地，乌桕树虽然逃过了大炼钢铁的厄运，枝叶却遭到了烧土肥的屠戮。有对往昔的留恋，对时代的反思，对人生的感悟。在看似单纯的事件中，曲折而富有深意地让人生沧桑自然流露出来，显得苍劲深沉，高远辽阔，呈现着一种既典型而又绚丽多姿的色彩。《悄悄话》是从自己阅读苏联小说《悄悄话》入手，写了儿子幼时的悄悄话，清查"五一六"学习班中"革命者"们下流的悄悄话，女同事用悄悄话告知自己女儿的病情，同事和自己兴奋地说着林彪逃跑了的悄悄话等等。有不堪回首的往事追忆，更有可贵友谊的回味反刍，还有抚今追昔的对比，可谓形散神不散。通篇含情，感人至深。语言淳朴、率真，浑然天成，没有丝毫的斧凿痕迹。

他的写人散文除了写自己和一些给他留下深刻印象的普通人物外，大多是写文化人曲折的人生经历，如《饱经雨露霜，其中苦酸甜——怀念王小古》《花开时节又逢君——成都访王火》《风范——怀念张寿民》《王汝涛的文人气派》《他在春风里离去——怀念王振亚》《润泽沂蒙千秋业，含笑春风待余生——回忆余润泽》《耕耘五十载，沂蒙情未了——怀念闵宜》《春蚕到死丝方尽——悼念陈玉霞》等，通过绘声绘色的描写，刻画了一大批工作在临沂的著名作家和文化人形象，有着浓烈的文化气息和深厚的文化内涵。历史风云在每个人物身上都留下了鲜明的烙印，但每个人的性格特点又各不相同。这些散文善于选择日常生活中富有典型意义的人物和事件，文字深沉老辣、质朴凝练、形象而传神，充溢着一腔真情。在朴实行文中包含着作者对历史沧桑的无尽感怀，不时让读者受到感动和启发，返璞归真中表现出一种更高的艺术境界。

《我有左手》中我称之为"写文"的文章，是指他的一些学理严谨的文学评论和行文灵活的书评序跋之类。如《唐代小说的艺术方法》《打破了传统的写法——谈〈李自成〉的开头》《反思"文学"》等都视界开阔，气度恢宏，开创论断，新人耳目。再如《从20世纪沂蒙文学谈沂蒙文化》，突破学科自律的藩篱，不囿于文学的自身理论谱系，属于较早在地域文学研究中努力向文化研究领域快速挺进的一篇重要论文，作者以自己的学术眼光，从文化的角度系统梳理了长达一个世纪的临沂文学发展脉络，篇幅不长但关涉全面准确。其中不时闪耀着独立思考的火花，比如对临沂文化研究中越分越细的泛化现象提出的整合意见就值得我们很好地反思，一个地域范围内如果分出诸如"莒文化""郯文化""阳都文化"甚至分出"颜真卿文化""诸葛亮文化"等等，固然能在泛化细化中增加研究深度，但钱勤来提醒我们警惕的是既然打"沂蒙文化"品牌，如不注意整体研究，"沂蒙文化"会在泛化中被稀释甚至被解构，这的确是切中肯綮的谔谔之言。再看写于1987年的《田家祥性格论》，这是一篇对原籍沂蒙的作家王兆军《拂晓前的葬礼》研究中的重要论文，这篇论文抓住发表在《钟山》1984年第5期上的中篇文本和江苏文艺出版社1985年版的经过作者自己扩写成的同名长篇小说文本，进行了详细的对照细读。抓住田家祥这个处于小说结构中心点上的主人公形象，详细分析田家祥包含深刻的内在矛盾的复杂性格发展的三个阶段，通过对他起伏多变的命运及其性格发展流程的深入分析，独具慧眼地指出他的形象也是历史上农民领袖的思想和命运的艺术观照，浓缩着旧时代农民领袖的悲剧史。这一论断走的是一条文本细读与实证研究紧密结合的务实的批评之路，深化了对《拂晓前的葬礼》的研究。钱勤来对田家祥这一典型形象的美学价值的分析至今仍有重要意义。

钱勤来在"写文"类的作品中，时刻关注着地域文学的每一可圈可点之处。当临沂诗歌、临沂小小说崛起的时候，他都同步予以密切关注，给予精彩点评。当地作者出版新书的时候，只要求于他的门下，他总是认真写序写跋，给予热情扶持。这类文章本来很容易成为应景之作，但钱勤来却都当作严谨的论文来写，吉光一闪，新见即出。阅读这类文章，同样能让我们得到很多启迪。

《我有左手》前五辑"人生漫笔""逝者如斯""师友记忆""艺文论丛""书评序跋"为钱勤来作品，第六辑"链接文录"是他的同事、朋友和学生王兆军、吴国光、张光芒等人写钱勤来的文章。这些文章从多个侧面介绍了各人印象中的钱勤来，与前五辑中钱勤来自己的文字结合在一起，凸显出了一个立体的钱勤来形象，两部分文字形成一种二部合唱的效果，可谓珠联璧合、相得益彰。

（2014.8.24）

有所发现的散文写作

——读李公顺的《意象沂蒙山》

多年来，我和李公顺时常会在一些文学场合碰面。个子高高大大、头发有些卷曲的李公顺给我留下了较为深刻的印象。也知道他家中藏书达两万余册，并且兴趣广泛，如喜欢收藏奇石等。文学场合的见面总是来去匆匆，就是想深入交往也没时间，何况我又是一个不热心于加强联系的人，所以见面时往往也就是打个招呼而已。由于我自己也喜欢购书、藏书，书籍多得书房不够用，书随处堆了一摞又一摞，家中显得甚是乱腾，有客人上门总是很难为情。因此有时我会想，李公顺家中还多了一些有灵性的石头，岂不更有叠架之感？而以书为师，以石为友，厚积薄发，写作岂能不更加得心应手？

在文学场合，我经常说一些自己都做不到的话，如强调文学创作贵在一个"创"字，没有创新的作品重复自己、重复别人没有多少价值，散文创作更是如此。如果一篇散文，表达不出自己对描写对象的新发现，语言上没有自己的特色，其价值就让人怀疑了。所以，一定要对散文存有敬畏之心，并能做到苦心经营，才会有所成就。这类话说多了，自己也觉得有些絮烦了。

这些年，我陆续读过李公顺的一些散文，最近又承蒙他抬爱签名赠送了《意象沂蒙山》一书，得以对他的散文作品进行了系统的阅读，感到李公顺在散文作家队伍中是一位有自己的艺术追求的人，致力于营造一方有自己特色的绿地，已经取得了不俗的成绩。

在散文形象的营构中，李公顺具有可贵的艺术发现力，时常能从司空见惯中发现新的因素，甚至能从细枝末节之中发现蕴含深刻、具有意义的质素。尤其是他在对人物和物象的发现上，能剔抉出其中所具有的感人肺腑的东西，然后以形象的画面来反映其在自己的眼睛和心灵中形成的映像。

在《意象沂蒙山》这本书中，情感散文占了不小的篇幅。古往今来以表达情感为主题的作品可谓汗牛充栋，作为一个永恒主题的传统题材要写出新意实在不容易，但李公顺做了努力。如《好人陈毛美》写一位优秀的高校女教师，作者没有去写她从事的教书育人事业，而是用自己的眼睛观察，精心选取了以下这么几件小事：发现大街小摊上有卖黄色书刊的或者封面有裸体女郎的杂志，陈毛美不敢去劝说人家不卖，却敢掏出自己身上仅有的人民币尽力购买而焚之；到市场上买菜，对本来四角一斤的她嫌便宜，便还价给人家涨到五角才购买；受伤后，躲在家中拒绝见人，拒绝接电话，"直到完全康复，稳稳健健地出现在我们面前，才乐呵呵地给我们解释道歉"。表面看来陈毛美的有些做法有点迂腐，但作为一个有良知的知识分子，作为对农民辛勤付出充满同情和理解的那种深度悲悯情怀等，被刻画得栩栩如生。文章着力去写她的精神追求和人格风貌，语言平实、散淡、自然，但里面的感情却像窖藏已久的醇酒一样令人回味。他的代表作《戴着无腿眼镜的父亲》一文，切入点选得很准，抓住了父亲的显著特点，又能引起读者的普遍共鸣。文章开头就是有着自己发现的极具画面感的文字："断了腿的眼镜用线缚在脑后，躺在古色古香的太师椅上，双手托一本厚厚的线装古书，没有鲁迅笔下《藤野先生》抑扬顿挫的朗读，却有他那摇头晃脑的神态。这个看书人就是我的父亲了。"这样，就定下了全文的基调，写出了与众不同、富有个性的父亲形象。读完这个开头，对作者的艺术把握就有了信心。果然，下文抓住父亲自尊自信又自卑的心理特点，写出平凡不高大的父亲的不平凡和高大之处，父亲的自卑是小事中的自卑，父亲的自尊自信是小事中的自尊自信，父亲的高大、不平凡也是小事中的高大、不平凡，这是作者写出的自己发现的父亲独特的地方。父亲到学校看望儿子，站在教室门口，老师问他找谁时，他称："不找谁，就是想听您讲课，我也是老师呢。"老师见父亲身上落满雪花，就让他到屋里听，他却双手摆着，"不啦！不啦！"赶紧躲开。"等我回一次家，他便左打量右照看。当然，父亲的这些动作都装作若无其事的样子，可我相信我的第六感觉没有错。"这些细节，很平凡但又很独特，表现了父亲对儿子的关爱，是"人人心中皆有，人人笔下皆无"的。

散文可以表现人物，也可以表现物象。李公顺对物象的观察和理解也有自己的角度，总是让客观物象包含上作者的思想之光。如本身充满政治色彩的沂蒙山这个物象，要摆脱一些惯性思维的羁绊用散文去表现是有相当的难度的。作为写景状物类的散文，不能为状物而状物，状物的目的是为了写人，为了写沂蒙山的人。作者在《意象沂蒙山》中，把自己融入历史文化之中，通过捕捉、想象、联想等，对沂蒙山进行生态自然的、人文历史的、红色革命的等多个角度的透视，构筑了一个意蕴更加丰满的新的沂蒙山形象。由于作者有了对沂蒙山的深度理解，能把主观思想感情和文中的人、物相互融合起来，所以我们看到在这篇较长的散文中，作者是真的投入她的怀中，灵魂再也收不回来了。再如《北方的风》这个题目就更大了，对这个物象怎么把握其实是很能考量作家的笔力的，李公顺是立足于写出一种包含复杂人生况味的"北方的风"的。在北方冬天风景已经消失，人们的情绪"平淡无奇和索然无味"的时候，一方面，北方的风让人"出门冻得鼻子酸酸的，耳朵梢上能听到树枝在风中痛苦地啸叫声"，还"贼也似的捉弄"大家一夜，使"每人都程度不同地患了感冒"。但另一方面，"北方的风"又"最富人情味"，它把"北方人的胸怀磨砺得更加粗犷宽广了，也更加坚硬坚强了"。作者还写了母亲的智慧和秉性也"都与风有关"，正是来自北方风的磨砺与雕刻，所以她"教会了我该怎样顽强如何搏击"；作者自己作为风中"一个随风漂泊的游子"也是在这种风的磨砺、雕刻的秉性驱使下，登长城、爬泰山，不停地跋涉着。除了大地上的人物以外，作者还写了天空中被北方的雄风磨砺、雕刻出来的雄鹰的形象。母亲、游子、苍鹰和北方的风融为一体，构成的散文物象，对大自然和生命的感悟，意蕴丰厚，发人深思。他还在散文中探索用散文的形式来写家族历史，表达对家族传承中文化因素的敬意，表达对故乡家园的浓重感情。在这类作品的写作中，他打开心灵，展开思绪，既忠实地运用真实的家族历史和人物来表达自己的思考，有时候也把发生在村里其他人家身上的事物拿过来写到自己的作品中，使家族的历史与村庄的历史联系起来并与时代的本质特征有机融合起来，这对于开放式地、更准确地反映那段时期的历史，有着强化情感的艺术作用。这类散文中的"我"有时候并不是作者自己，而仅仅是以第一人称的叙事视角。把一个经历过那段历史的人作为叙事的出发点，不用"他"而用"我"，读来更加亲切，更有艺术感染力。这样行文自由洒脱，便于作者表达对家族等人文历史的认知，作者喷薄的思绪也寻找到了更加丰富的意象，应该说这种探索是有积极意义的。当然，我坚持散文不应虚构，但不反对在服从真实性原则的前提下，寻找更加合适的表达方式。我们从李公顺的《春风·屠苏·李家谱》《重返家园》《风生水起李家林》等作品中看到，由于有了这种适度调整的叙事角度，散文的路子拓宽了，给读者带来了新的阅读感受。我想，这种更加灵活多姿的散文能开拓出一种新的视野，对于冲破散文旧有的窠臼，肯定是大有作用的，应该是值得进一步探索的。

　　语言是作家艺术感受的最直接外显，是作家思想的外在形式。对于字词的不同选择和组合，一方面区分着作家的艺术手段和匠心，另一方面也区分着作家的风格和天性。写过《葛莱齐拉》的法国作家拉马丁说：作家"所写下的语言，好像一枚镜子，他需得将他自己在镜子里认一认，方能证明他的存在不虚"。语言的锤炼，须久久为功。为了表达自己的独特感受，李公顺的散文在语言上也有自己的追求。如："那唯有北中国才有的狂飙，使我感到一下子能把长城掀将起来吹到天上去，就像一条长长的彩带飘荡在每个世人的心目中，如旗帜如号角。"（《北方的风》）这种语言是有功力的，与作家气质修养也密切相关。再如："当我看到马路两侧的树时，我突然想起那棵银杏树，我的灵魂在那里是会随风起舞的。我立马赶去，那棵银杏树已无踪影……我看见原先银杏树的生存地铺满了花花绿绿的马赛克。我的灵魂肯定被埋藏到这里了。我想。"（《一棵树的消失》）由自己密切关注、挂念保护的一棵生长在城市里的银杏树铺展开来，数说大树古木见证演绎着的历史文化和人类的生存、社会的更替，文笔快意纵横、灵活，作者的语言是热情坦诚的，没有直抒胸臆却流溢着自己对那棵银杏树的深深关爱之情。

（2014.8.7）

功底深厚　足迹扎实

——读赵文俊诗文集《观物集》

　　记得是几年前了，我负责编一些有关文化方面的稿子，准备和《山东文学》合作出一期增刊，在诸葛亮文化旅游节上发放，以扩大沂南的影响。说起关于本地文物的介绍时，我建议一定要请赵文俊先生执笔，经领导同意并由办公室联系后，赵先生不久就写出了《沂南文物》一文，系统、全面、准确地介绍了沂南自周代以来的丰富人文资源及其考古发掘和保护、开发、利用的一系列情况，使那期刊物增色不少。

　　其实，我和赵文俊先生并不相识，并且至今也未曾见过面。可这一点也不影响我对他的了解和一直充满着的尊崇和敬意，我知道他当过中学教师，后来在县文物管理所工作。二十世纪七八十年代，赵文俊先生业余进行文学创作，发表过不少诗歌作品，是我县文学创作的骨干之一，我曾在一系列报刊上读到过他的诗歌作品。更主要的是，他是我县卓有成就的文物方面的专家型人才，沂南的一系列重要考古发现中，始终活跃着他的身影。由于我对家乡、对地方历史文化的喜爱，自然而然地就经常读到赵先生的一些考古研究论文，对他那些真知灼见一直很是佩服。所以对他的为人、他的学识就了解得比较深入一些，敬佩之情也就不断地增加着。

　　最近，赵文俊先生出版了他的诗文集《观物集》，我听说后立即找来阅读了起来。这本书汇集了赵先生的一系列重要著作，有诗歌作品，更多的则是他的文物考古方面的专论。很多作品，尽管是重读，可仍能得到很多新的教益。

　　赵文俊先生的诗歌作品，是对生活的敏锐感应。《母亲的腰》《写给父亲》《山村石屋》《铁匠铺》《麦田里的庄稼汉》等写亲情、乡情的作品，总是直抒胸臆，对亲人、对家乡的热爱之情跃然纸上。看到农村丰收了，他高兴地写出了《喜鹊改行》："牛郎当了饲养员，唤来喜鹊细商谈，'天河已落蒙山里，你的任务得换换，山区年年大丰收，派你专把喜讯传。'"现实插上了浪漫的翅膀，想象力非常丰富。另一部分是借物抒怀的作品，里面浸透着自己的真情思考和开阔胸襟，如《夕阳》写"太阳卷起行囊，拽起千万缕依恋和思念，走入遥远的地平线"时，尽管"老人的眼里，流动着伤感"，但作者最后看到的是："地平线的那一边，人们正在高声呐喊，一轮崭新的朝阳，升起，升起，无比灿烂。"《种子》："你用生命的顽强，驱走了荒凉和贫穷，所需的仅仅是一把黄土。"能引人产生由此及彼的联想，一种奉献情怀让人感动。这类作品，因有着坚实的生活基础，饱含着深厚的真情实感，不但不显得空洞，里面蕴涵的哲理反而能给人深度思考。

赵文俊先生更是一个严谨的学者，他在文物管理岗位上工作了几十年，主持和参与了多项重大考古发掘，为我县的文物考古事业做出了突出贡献，为古老的沂南大地增添了亮丽的色彩。考古和文物保护的主要目的是为了探寻人类、国家、民族的历史记忆与"文化基因"，他参与了举世闻名的沂南北寨汉墓的发掘和保护开发工作，亲历亲为了北寨汉墓二号墓的发掘工作，并主笔撰写了发掘报告。他参与发掘出土的五龙戏珠砚、战国时期的钺均被评定为国家一级文物。他不断进行着考古学研究，积累了丰富的考古经验，撰写的《山东沂南县发现一组玉、石器》《蒲松龄佚著〈七言杂文〉手抄本》《山东沂南县近年来发现的汉画像石》《山东沂南阳都故城出土秦代铜斧》《沂南棋盘山发现古生物化石》《秦铜诏版在沂南发现》等在《考古》《文物》《中国文物报》先后发表，并引起很大反响。在这些论文中，他对一系列问题作了广泛、深入的研究，除了对经济文化发展水平和社会结构进行研究外，还特别注意自然环境和历史背景以及人文环境的分析，使自己的研究尽可能符合历史发展的实际情况而不至失之于偏颇，提出了许多富有创见的学术观点。对沂南县发现的那组玉、石器，在出土地点已遭破坏，填土不明的情况下，他以自己的深厚学识，通过有关信息的分析，得出这组玉、石器属于龙山文化，出土地点为祭祀坑的结论，并指出这次发现对于研究龙山文化玉、石器以及龙山文化时期的礼制、习俗，提供了新资料。再如，对蒲松龄佚著《七言杂文》手抄本，赵文俊先生通过考证，令人信服地得出《七言杂文》手抄本早于1962年在淄博周村发现的24卷《聊斋志异》手抄本，并从中分析出蒲松龄的有关思想和清初的有关社会风俗。对阳都故城出土的秦代铜斧，他专门求教了著名学者李学勤先生，并考证了有关文献，进行了认真解读和分析，提出了铜斧属于秦代文物的观点。尽管对此结论还有不同意见，但赵文俊先生的研究自成一家之言。他的文物研究，总是结合地区的社会经济面貌，注重文物的文化价值、历史内涵，让读者深深体会到，沂南这片大地历经沧桑而延绵不绝，文明之光璀璨夺目。

　　总之，赵文俊先生的这部诗歌作品和文物研究文集，是一部充满活力，富有创见的文学和学术专著，具有重要价值。

（2012.1.5）

人间大爱　真情文章

——潘明信《母亲》序言

　　潘明信一直笔耕不辍，写作过多种体裁的文章。多年来，虽然与他没有多少深交，但在我的心目中一直觉得他是一位值得交往的文友。不久前他拿来一本怀念母亲的长篇散文给我看，并希望我能给写个序言。我一则怕写不好唐突了伟大的母爱，二则又加上当时我还有需要给别人写的一些文字压在手头，心中不免有些惶恐、有些紧张。再说，这也是极难下笔的文章，因为母爱的分量太重，我不知道手上的笔是否能够承载得起如此厚重的一份情感。但他坚持让我写，鉴于他对我的这种信任，我还是当场答应了："因为是一篇怀念母亲的散文，母爱永远让人难忘，我写！"

　　答应下来以后，我就抽时间陆陆续续地阅读起这本摆在我面前的沉甸甸的散文来。潘明信在淳朴的文字里面，认真书写着平凡岁月中那些闪耀着生命火花的动感瞬间。我和他属于同龄人，他所描写的生活时代，我是非常熟悉的，他的很多生活经历我也有类似的亲身体会。所以，阅读他的散文，过去年代里经历的生活好似全都又回到了眼前，常常令我怦然心动。

　　写散文要有鲜活的细节、真实的情感、独特的感悟、深刻的哲理，还要有讲究的结构、优美的语言、新颖的构思，并注意节奏和详略，才能让人耳目一新。《母爱深深》的作者正是朝着这个方向努力的。母亲，是世上最动人的音符；母爱，是春风化雨般的细腻柔情。作者以朴实的笔墨，多角度记载了母亲艰辛、勤劳、正直、宽厚、善良的一生。作者的文笔看上去虽不怎么时尚，但里面没有哗众取宠，没有无病呻吟，字字句句渗透着生活的丰厚底蕴和真挚的感情。文章从一开始就在感情上紧紧抓住了读者，作者从每次回老家，打开生锈的门锁，心中就会泛起一股酸痛铺展开来，在一种院落依旧、人去房空的悲伤气氛中开始了对已经故去的母亲的深情回忆。在父亲常年不在家的情况下，母亲用自己的肩膀挑起了全家生活的重担。秋天生产队里分地瓜，多也罢少也罢，母亲总是一担一担地自己往家挑，不论早晚直到全部运回家才再忙着去烧火做饭。作者就是这样全从小事入手，对母亲推磨、烙煎饼、雨夜抢拾地瓜干、冬夜摇纺车、到山里拾柴火、到地里摘棉花、在猪圈出粪、在庭院编席、在冰水中洗衣服、操持盖房子、搭建防震棚等一一叙来，并在一件件富有时代印记的事件里，不时穿插上少许兄弟姐妹之间的谦让、嬉闹等。这些精彩的生活片段令人感慨，令人动容，令人深思。在一种低回悠长的叙说中，把一位没受过教育、关心丈夫、爱护子女、具有典型的中国优秀的艰苦卓绝的女性特点的母亲形象真实地刻画出来。读者深深感受到，虽说女人是脆弱的，但作为母亲的女人却是坚强的。同时，母亲又是子女人生中第一位也是最重要的一位老师，母亲总是用无限的母爱和以身作则，将子女教育成人。为了表现母亲的这一方面，作者特别写出了这么一件小事：在生活极度贫困以至于二姐辍学的情况下，由于弟弟不懂事把采来的一种药材撒上了一泡尿，母亲马上全部拿着去扔到了河里，并教育告诫子女说："这花是卖了当药让人吃的，咱在上面尿上尿了，再卖给人家，虽然人家也不知道，但这可是伤天理，咱可不能做缺德的事。"写到这里，作者满怀深情地说："我一辈子都忘不了。"朴素的文字饱含着真挚的情感，字里行间闪烁着母爱的光辉。家庭教育是一个人最基础的教育，家庭教育更是一种人格教育，在一个私人空间里，母亲的言传身教，传达着做人的智慧和社会的规训，让子女们受益匪浅。

《母爱深深》就这样散淡写来，娓娓地叙说着母亲的一生，自然地组成了一个有机整体，让人感到事与事之间衔接自然，拿起来以后总想一口气读下去。

另外，文章还有一个特色，就是里面穿插了一些民风民俗和一些民间故事等，而这些又能自然地、有机地融入整篇文章中，这更丰富了散文的容量。如极具地方特色的用地瓜干垒的瓜干站子，母亲讲过的故事……不仅使生活容量增大，而且使散文的审美空间也更加开阔了。

人间真情感动天。潘明信多次和我说，这些文字大多是他流着泪写出来的，写作中甚至放声大哭过。阅读的过程中，我深深感到他所言不虚，这些文字的确是从他的心中自然而然地流淌出来的。作者含泪写成的这些文字，读后能让人产生共鸣，产生感动，值得向读者推荐。

是为序。

（2011.12.31）

新世纪以来的临沂文学与文学临沂

　　我相信，文学有存在的必要，并且还将永远存在下去。只是文学在当下的文化生活中地位有些尴尬而已。我们看到，在一些关于文化的长篇报道中，在关于文化的一些总结材料中，文学所占篇幅少得可怜，甚至会被一笔带过。这透露出一个信息，很多地方的文学是在自生自灭着。我觉得临沂文学创作的成就，主要是来源于作家群体的团结与宽容，所以才形成了一种相互支持、共同进步的良好风气。在经济主导的社会里，人们会热衷于收藏书法、绘画作品，推动着一波波的书画热。热闹而乱象丛生，繁荣而泥沙俱下，那是浮躁的、功利的心态造成的，是觉得有收藏价值，觉得以后会发财、会暴富推动起来的。而热衷于拍摄影视剧，既能迎合大众口味，又容易出成绩、出政绩，同样是功利性的因素起到了大的作用。客观地说，文学地位的下降，是有关部门重视不够造成的，也是一些创作者心态浮躁造成的。文学是作家用独特的语言艺术表现其独特的心灵世界的语言艺术，可是目前有多少作品达到了这一基本要求了呢？而离开了这样两个极具个性特点的作品还是真正的文学作品吗？我经常说，文学创作，侧重点应在一个"创"字上，文学创作应该是代表着一个民族的智慧和艺术的创造性的活动。目前重复别人、复制自己的"作家"太多了。甚至灵感一来，就会写出一系列关于孩子、关于老公老婆、关于父母、关于七大姑八大姨的所谓亲情美文来。甚至"到此一游"，照着导游词修改一下、从网上搜索有关资料粘贴一下就写出一篇游记散文来。没有体现出独创性特点的所谓文学作品其实就是一堆垃圾而已。作家应有着清醒的创作意识，牢牢站在文学的标准上，持之以恒地追求文学的真谛，提升自己的创作水平，创作出真正的文学作品。

临沂文学应该是临沂当地作家、临沂籍但已离开临沂的作家、外籍作家关于临沂的作品和在临沂期间创作的作品的总和。在内部构成上，应以临沂当地作家为创作的主体，这一部分占的比例越高，越能体现出临沂文学事业的真正水准。目前的问题是，临沂除诗歌一枝独秀外，其他文体是已经调出临沂的作家成就比较显著，而当地作家的创作却还需要大幅度提升。为什么有些作家走出临沂以后才在全国崭露头角？为什么已经成名的作家不留在本地？针对这种现象应怎样应对？这些都是值得好好反思的问题。

从 20 世纪 90 年代开始，临沂的诗歌创作率先在全国产生了重要影响，涌现出了江非、曹国英、邰筐、尤克利、轩辕轼轲等一批著名诗人；接着临沂的小小说创作也产生了一批省内外有影响的作家；临沂的散文创作也出现了一些有着清醒文体意识的作家写出的一批突破平庸的作品。应该说，临沂的文学地位在持续提升着。可是，我们若是清醒地分析一下，我们的长篇小说创作，我们的中、短篇小说创作，在全省、全国处于什么位次？可以说是创作乏力，很少有响当当的、被主流批评界认可叫好的作品啊！影视剧创作很难拍摄、很难播放，也挫伤了很多创作者的积极性。而有关部门抓的主旋律影视作品，题材又显得单一了一些。要想让影视剧以及戏剧真正繁荣起来，从思维方式到运作模式，都有很多需要重新来一番检点的地方。文学评论队伍更是薄弱，文学评论很多时候弱化成了广告宣传词，甚至沦落为阿谀奉承的工具，这样的评论怎么能起到对创作的引领、推动作用呢？

同时，在作家队伍的构成上，虽然临沂市走出了一批较有实力的作家群体，但更为年轻的 80 后、90 后作家仍然不多，这也是当前应当引起重视的问题。

文学是社会文化的一种重要表现形式，是以语言塑造形象反映社会生活并作用于社会生活的一种艺术形式，具有人类性、社会性、民族性等特点。文学从它诞生那天起，就被赋予了历史使命和社会使命，始终以社会现实为创作核心，剖析、抨击社会弊端，引领历史前进。文学是有使命的，同时文学又是神奇的。文学本身有着广泛和深远影响力的潜移默化的内在诉求，其影响力主要体现在对人的影响上，能够给人一种巨大的力量，使读者的内心得到平衡、得到安抚。文学绝对不仅仅是写给圈内人的，更不仅仅是写给文学爱好者的。对一个地域的文学发展来说，应以作家、作品为旨归，以发现、培养作家，多出精品，推动文学发展为最主要的目的，只有出作家、出作品才能形成真正的影响力。

　　文学是文化的重要载体，临沂文学应该在临沂文化建设中占有一定的地位。否则，所谓的临沂文化就是有缺失的，所谓的临沂文化建设也是不够全面的。目前，临沂文学在临沂的影响力总体来说还不够大，是什么原因使得临沂文学在临沂缺少应有的影响力呢？文学的发展是受文学内部和外部各种因素影响的一个复杂的过程。除了有关部门扶持力度还需进一步加大外，作家还不能积聚起自己的经验，缺乏对于精神世界的关注，缺乏对于个人责任、社会责任的承担，缺乏对于文学形式的创新探索实验，还很难寻找到叙事的独特视角和主题，创造出足以与现当代文学史上的优秀作品相媲美并且有所超越的文学作品。文学还太薄弱，还缺乏厚重之作、精品力作，所以在艺术上还不足以更突出地吸引审美的眼球。

　　文学观念决定一个作家的出路。许多作家不是不想走出临沂和山东、走向全国，而是由于视野、眼光等问题走不出去。只有解决了地域与眼光的问题，作家、诗人的创作才会得心应手、有所成就。因此作家的视野一定要开阔，要跟上时代发展的步伐。作家只有担负起历史使命感和社会责任感，创作出优秀作品，才能真正成就属于自己的光荣与梦想。

　　人类社会的每个历史时期都有自己鲜明的时代特色，并为文学创作打上深刻的历史烙印。多年来，临沂的城市建设、经济发展都走在了其他城市的前面。但在文学方面，与一些地区，如湖南常德、浙江舟山、四川罗江等相比，整个文学氛围，如政府扶持力度、文学创作成就等都还有很大的差距。目前，临沂也正处在社会转型期，当下的现实生活让文学不能缺席，临沂必须进入临沂的文学场景。

　　那么，政府于文学何为？不能管得太严，但更不能放手不管，一推了之，一改了之。政府对文学的作用体现在对真正的文学而不是伪文学的扶持和引领上。目前临沂已经设立了"沂蒙文艺奖"，下一步的工作主要是公正地评奖的问题。摒除低俗平庸，褒扬艺术个性，用评奖引领文学的正确发展走向，解决作家的努力方向问题，鼓励他们认真研究创作题材，走出一条新路。在设置奖项的基础上，还应探索从经济上多方面扶持文学发展的长效机制，比如建立对于优秀作品出版的资助机制，比如出资召开优秀作品研讨会机制，比如对于优秀作家工作生活的补贴照顾机制，等等。同时，临沂作家应该把写作作为抒写内心的方式，用真诚拥抱艺术，不把名利看得太重。文学需要坚持，要写出真理，不要被某些社会现象所蒙蔽。对作家来说，阅读、思考，语言、思想都是十分重要的。创作应该具备世界性、国际化的文学视野，应表现生活的本质，表达出人独特的生存状态，尤其是灵魂的追求和挣扎。作家应该认真思考当下的现实生活，写出真正反映临沂本质生活的无愧于时代的优秀作品来。临沂是一座文化的富矿、创作的富矿，作家应当坚持文学理想，好好挖掘，并在文学创作中盯着山东、盯着全国，写出能够走出山东、走向全国的作品，努力在创作中提升自己。

（2012.12.19）

史识明晰　体例出新

——评《沂南县志（1990—2005）》

三国时期诸葛亮的家乡阳都县就在今沂南县境内。沂南县历史文化悠久，很早就有人类居住。但在很长的历史时期内，沂南各地为多个县分别所辖有，直到 20 世纪 30 年代才又开始以新建县出现。相对来说，对于建制县存在历史比较短的地方，在史志编修过程中，不断厘清历史文化，体现历史文明的薪火相传，显得尤为重要。在首部《沂南县志》的基础上，最近出版的第二部《沂南县志（1990—2005）》做出了一些新的探索，值得充分肯定。

一、资料齐全，非常符合地情实际

县志属于地方志书，地方志的特点姓"地"，应突出地情特点。因此，一部志书是否恰如其分地反映了地方特色，不仅是新编地方志的一项基本要求，而且也是衡量其质量优劣的一条重要标准。《沂南县志（1990—2005）》编纂者，掌握了各行各业的全面内容资料，精心设计，合理安排，将各项事物都摆上适当的层次进行集中记述，显得门类更为齐全。

沂南县在改革开放以来发生了巨大变化，经济实力和人民生活水准大幅度提升。政府工作中传承阳都文化，大力弘扬沂蒙精神，在抢抓机遇中不断调整工作思路，转变发展方式，突出又快又好发展，主攻招商、重抓工业、突出民营、突出旅游、提升城建。全县经济社会发展有了新突破、新跨越，这一切都是沂南的骄傲，是志书应该大书特书的重彩之笔，县志的编纂者也的确这样做了。

同时，这部志书的框架结构，在力求符合通常体例要求的同时，坚持从本届续志断限内的地情实际出发，在沿袭前志优秀特点的基础上，因地因时制宜，不搞简单对接，既遵守上下限又不死守上下限，既承袭原有体例又增置新的内容。如"行政区域"，先上溯历史沿革，然后重点记述续志断限内行政区划变动情况，从而显现出行政区域变化的全过程。"诸葛亮及其家族文化""颜氏文化与研究""红色文化"的内容，都根据具体情况在上下限上做了适当的延伸，体现出系统性、完整性、前瞻性。新增加了"招商引资""安全生产监督管理""食品药品监督管理"等与时俱进的内容。这样，就较好地反映出了志书的时代特点和地域特色。

并且，为突出地方特色，根据当地文化积淀之深厚，编撰者在志书的篇目设计上反复推敲，在突出上述各个方面的同时，注重地域文化的设置和记述，加重了文化以及与文化有关的内容在全志中的分量。浓墨重彩地将"红色文化""诸葛亮及其家族文化""颜氏文化与研究"等都专章单列，记述内容深刻，学术性强，能光耀智慧，反映出对地情的深刻认识和独特见地。《沂南县志（1990—2005）》无论是在容量上还是所反映的面上，都比较宽泛，地方风味自然也就浓重了。

二、新特并举，特色记述更有深度，体现着新的思维

在新的经济条件下，社会意识形态和人们的思维方式都发生了深刻变化，这些在志书中都应该得到准确体现，以增加地方史志的思想深度和历史深度。如沂南旅游资源丰富，现在已经发展为旅游强县。但早在1990—2005年这个时间段里，沂南旅游已经逐渐起步并开始腾飞。县志以新的视角，

新的观念，将旅游列为志中的重要内容，反映了新时期的新特点。再比如"艺文"，尽管《沂南县志（1990—2005）》把这一内容放入了"附录"之中，但对这一问题的处理具有新的特色，体现出了相当的深度。其实，按方志通例，"艺文"是志书的重要组成部分，它汇集着特定历史时段、地域空间的艺文成果及活动资料，体现着一个地域特定时代的文化风貌，是读者一展卷而可见一地文化盛衰之大概的重要载体，能为后人研究当地文化方面的情况提供可贵的第一手资料，对推动地方经济文化发展等都具有重要的意义。就目前所见到的地方志书，有的根本不设"艺文"。设的也往往以应付差事的态度收入几篇现代人写的质量并不怎么高的古体诗词而已。应该说在当代史志编写中，忽视"艺文"是比较普遍的现象。"艺文"有志，始于班固《汉书》，后世一直沿袭，持续展现着不同时期的文化成果。《沂南县志（1990—2005）》的编纂者在这方面是下了一番功夫的，在"艺文"设置上，他们从发掘地方文化资源、传承民族文化精神的高度，精心选择入志内容，对质量不高的所谓古体诗词全部舍弃，而是收入了这一阶段创作的有代表性的现代诗歌作品，更体现新意的是在志书中不但收入了"散文"还收入了"小说"这些文体的代表性作品，显得很有新意。由此，也可见编纂者掌握资料之多、取材之精。

三、文体、文风方面有了新的突破

《新编地方志工作条例》指出："新志书文体，一律用语体文、记述体。"但由于记述内容的不同，在具体表述时，不拘一体，记、志、传、图、表等各种体裁完全可以并用。《沂南县志（1990—2005）》编者在总体设计上进行了认真的构思和巧妙的编排，让照片、图表，甚至书法、绘画等，都成为志文的有机部分和重要补充，有效地活跃了版面，增强了可读性。在文风方面，编者从总体出发，对县志所收内容宏观把握：一是整部书脉络清晰，在真实可信的基础上，整体意识强烈，层次分明，纵不断线，记事有头有尾，状物层次有致，传人要素齐全。二是整部书详略得当，编者有明确的指导思想，经过近七年的反复斟酌，材料筛选科学，又具体地对筛选的内容进行了准确的表述，显得有详有略，重点突出。三是整部书记述朴实、流畅、简洁，语言功底扎实，风格严谨，不俚不华，不事雕饰，注重述而不论，述中寓评，主要通过事实来说话，体现出资料的客观性和编撰的科学性的有机统一。

总之，《沂南县志（1990—2005）》指导思想明确，观点正确，文风端正，逻辑性强，体例完备，资料运用得当，综合性、整体性记述较好，有些章节特点突出，体现着鲜明的创新意识。整部书具有明显的地方特色和时代特色，能很好地发挥其"资治、教化、存史"的社会作用，是一部已出版的新县（市）志中的优秀之作。

（2012.9.17）

县域旅游产业发展的成功范例

——评《沂南模式——县域旅游发展的理论与实践》

近些年来，随着产业结构的变化，第三产业不断发展壮大，其中的旅游业以高度的产业关联性和辐射效应，显示出在区域经济发展中的重要贡献。面对这样的发展机遇，越来越多的地方将旅游业作为战略经济增长点。在这样的发展背景下，旅游开发已成为当前区域开发的一大热点。

可是，在具体操作中，旅游产业其实是很难做的。我们看到，一些地方旅游资源很丰富，但旅游产业做得并不理想。而一些旅游资源匮乏的地区，对旅游产业要么望而却步，要么做不成功且劳民伤财，最终只好不了了之。

对于革命老区沂南县来说，旅游资源相对来说并不是很富有的。但最近几年，沂南县立足于红色文化名县、生态优势强县的定位，正确分析县域旅游因素，深刻认识在旅游产业方面的独特优势，认真规划了旅游发展战略，并进行了科学开发。从 2007 年开始，经过五年多的不懈努力，旅游业实现了从小到大的跨越式发展，走出了一条依托旅游业带动县域经济发展的新路子。2012 年，全县旅游产业增加值达 12.4 亿元，游客 849 万人次，五年年均增幅达 76.78%；旅游综合收入 42.3 亿元，占全县 GDP 的 24.7%；旅游业提供收入占到地方财政收入的 2.25%，旅游产业成了县域经济发展的重要产业。更主要的是他们在工作实践中，形成了独特的思路和产业特色，那就是"政府主导、文旅融合、统筹城乡、全域发展"的"沂南模式"。

采用何种模式来对当地的旅游资源进行开发，关系到旅游产业的成败兴衰。既发挥当地的资源优势，又要实现区域经济的持续健康发展，才是最佳发展方式。面对很多地方区域旅游产品缺乏长期竞争力，无法承受日益激烈的竞争，无法进行长期可持续发展的问题和局面。沂南县深入调研，认真分析，将旅游开发作为一个长期的、复杂的、多元投资的系统工程，在开展规划时充分考虑所开发区域的资源、经济发展状况、产业结构和市场结构等，并对其进行全面科学合理的评价，在评价的基础上制定符合本区域的开发模式，保障区域资源优势得到最佳发挥。可以说，"沂南模式"是在实践中形成的，充分适应了当代现实生活的发展变化，创造了旅游产业奇迹，因而具有典型性。

最近，体现"沂南模式"的重要资料，汇编成了《沂南模式——县域旅游发展的理论与实践》由中国旅游出版社出版了。这本书是对沂南旅游发展样本的深层次解剖和高浓度提炼，在几方面都有很大超越和突破。它的出版发行，有着一系列的重要意义。

一是进一步增强了县域经济发展中走自己道路的信心。旅游产业的探索，很多地方都付出过很大代价。最近几年，沂南县大力实施"文旅兴县"战略，立足"红、绿、古、泉"丰富而独特的资源优势，将文化元素融入旅游产业，以旅游业的兴盛提升文化的价值，打造亮点，提升品牌，推出了竹泉村、沂蒙红色影视基地、智圣汤泉、十里汉街、诸葛亮城等一批精品景点和红石寨、沂州古县城、玉树祥石生态园等一批新景点，已建成、开放 4A 级景区三家、3A 级景区三家，打造了"智圣故里、红嫂家乡、温泉之都、休闲胜地"的特色旅游品牌，全县文化旅游产业走上了持续健康快速发展轨道。沂南旅游经济运转良好，证明其发展模式是有效的。所以，"沂南模式"创造的旅游奇迹，特别是包含其中的独立探索精神和成功启示，对于县域内其他各项工作的开展具有不可估量的道路自信意义。

二是对区域旅游开发是一个重要的理论贡献。区域旅游资源及条件的评价是旅游规划与开发的基础，决定着区域开发方向、旅游产品组合形式、营销模式以及融资模式等。科学合理的评价能减少开发风险，保障开发过程的顺利进行，同时确保区域旅游经济可以持续健康地发展。沂南是著名的诸葛故里、红嫂家乡，拥有优越的生态环境，这些旅游要素经过科学评价、创意规划和精心打造，转化成大众消费的增量和社会投资的热点，成为拉动县域经济发展的朝阳产业，并且有效地解决了当前一些地方发展中出现的高GDP、高耗能、低地方财政收入、低群众收入的问题。《沂南模式——县域旅游发展的理论与实践》详细介绍了沂南县对风景、资源进行的定性分析和研究，旅游开发模式的确定以及开发中各个环节建立的对区域旅游资源和条件的正确评价，具体组织的实施过程，以及形成的文化效益、经济效益、社会效益。书中形成的理论归纳和提升，对区域旅游开发以及区域经济发展的指导意义、借鉴意义，会随着时间的推移越来越彰显出其理论价值。

三是给区域旅游快速发展提供了成功的借鉴。开发模式的研究，对区域的有效开发利用具有积极的意义。各地都在发展旅游产业，但各个区域的自然条件也各不相同，各有自己的优势资源，而且风土人情和地理特征也有很大差异，发展程度不一，特殊性显著。目前，旅游业发展不平衡，差距不断扩大，很多县区急需寻找一种好的发展模式和路径。成功的旅游开发模式能为其他区域旅游开发提供借鉴或参照，对类似区域的旅游开发具有重要的启示意义。沂南不拒绝一切先进的东西，把发展旅游业放在撬动县域经济快速发展的突出位置，顺应时代所需，邀请国内权威专家进行规划论证，不断优化全县旅游发展的目标思路，把许多地方的成功经验融合到自己的旅游产业中，形成了具有特色的成功发展模式，实现了纵向突破和横向突破，在经济效益和社会效益上都有了重要超越。"沂南模式"在目前条件下注入了体现区域旅游的生命力和后发力，使区域旅游走出了一条成功之路，这使得"沂南模式"对区域旅游发展有特别的吸引之处。很多地方表示，不仅"沂南模式"的快速发展和高效率给他们带来启迪，"沂南模式"还有更多的不可估量的当代价值。

沂南以自己的方式迅速崛起为一个全方位的旅游大县，"沂南模式"得到了业内专家、区域经济研究学者越来越多的共识和高度评价。我相信，"沂南模式"在对区域旅游开发和后续建设提供理论和实践基础、起到示范性和带动性的同时，还会通过实践进一步完善和提升，不断提升旅游产业的竞争力，成为经得起时间和实践检验的县域旅游发展经验，在科学发展和可持续发展的道路上越走越远。

（2013.6.14）

往事增华　流水知音

——读秦丕山、刘洁主编的《沂蒙红歌》

　　秦丕山、刘洁夫妇多年来致力于搜集、整理流传和创作于临沂及其周边地区的革命歌曲，并结集为《沂蒙红歌》，前些年印行过两次。现在，第三次的修订充实本要正式出版了，秦丕山给我送来一本提前装订的样本书让我先睹为快，并和我说想让我写点文字。我认真翻阅了几遍，深深为他们的痴情和努力所打动，故而作为并不懂音乐的门外汉还是不揣谫陋妄提一些拙见了。

　　我想，所谓高山流水觅知音，讲的就是缘分了。这些歌曲是历史的存在，他俩与这些旋律的相遇的确是一种缘分。但成就一项事业光有缘分还不够，热心才是动力，努力才会收获果实。多年来，秦丕山、刘洁夫妇跑遍了蒙山沂水的旮旮旯旯，认真记录着一首首歌词和曲谱。经过他们的努力，很多面临失传的词曲被记录了下来。可以说，这些歌曲因有幸遇到他俩的热心挖掘而重现光华，临沂及其周边的一段过往历史也在这些或雄壮或优美的旋律中重新鲜活了起来。不言而喻，这本书在地域音乐史上的地位，会随着时间的推移，越来越显得弥足珍贵。而他俩，也因为投入这项业余事业而成就了自己音乐生涯的一个辉煌节点。

　　"红歌"是红色歌曲的简称，是赞扬和歌颂共产党领导的革命、建设以及改革开放的歌曲，这是没有任何疑义的了。但因为关涉到歌曲的收集范围问题，所以我想就书名说几句。沂蒙作为一个泛指的地名，是一个范围比较宽广的地域范畴，一直以来在临沂及其周边并没有具体的一座山叫沂蒙山，也没有一个界线详细、区划准确的地域范围叫沂蒙地区，但沂蒙这个名称流传已经比较悠久了，已经约定俗成了，所以读者可以把它理解为是沂山和蒙山地区，也可以理解为沂河与蒙山地区等等。所以在这本《沂蒙红歌》中，收集了《八路军军歌》等在今临沂及其周边传唱过的歌曲，更收集了一些音乐工作者创作于这里并土生土长在这里的一些革命歌曲歌谣等。书名既然叫《沂蒙红歌》，所以这本书目前收集范围和内容是合适的。

书中所收录的歌曲内容广泛，题材丰富，包罗万象，异彩纷呈。有的歌曲记录了当时的战斗，譬如《打蒙城小调》《打沂水城》《孙祖战斗》《鼻子山战斗》《九子峰战斗》《西安乐战斗》《铁峪伏击战》等；有的歌曲反映了当时的生产生活，譬如《开荒大生产》《拾粪谣》《坡里麦子黄了梢》《放脚歌》《卖饺子》等；有些歌曲是为了鼓励青年入伍参军，譬如《辞别老婆去当兵》《送郎参军》《十送郎君上前线》《劝郎归队》等；有些歌曲是为了歌颂英模人物，譬如《歌唱于大娘》《大嫂子真正好》《彭大娘》《模范护士何永福》《郑信开荒》等；还有些歌曲记述了当时支前的情景，譬如《缝棉衣》《青山秃秃柳叶黄》《劳军歌》《支前歌》等。很多红歌叙事性、故事性很强，往往都是通过通俗易懂的歌词来记录一个事件，可以说是记录沂蒙山区抗战故事的"活化石"。即便读不懂简谱，我们也能从歌词的字里行间感受那个硝烟弥漫的岁月。歌词本来就是诗歌的一种，入乐的叫歌，不入乐的叫诗（或词）。喜欢这些经过历史沉淀的红歌，首先就是因为喜欢里面的歌词。朗朗上口的歌词，本身就是重要的文学创作素材。

《打蒙城小调》就是一首典型的记录战斗的歌曲：

春天来了，万物都发青，咱们庄户人家家忙春耕，有主力，有民兵，保卫大春耕。主力民兵，保卫大春耕，连夜往西行，攻打蒙阴城，机枪扫，大炮轰，我军齐冲锋。血战两夜，收复了蒙阴城，活捉唐耘山，消灭了鬼子兵，俘虏了汉奸队九百多名。汶南、店子，据点一扫平，常路的汉奸队，吓得撤了兵，新泰县，增援兵，全部丧命了。八路军打仗，为咱老百姓，依靠八路军，反攻有保证，多打仗，多生产，准备大反攻。

这首歌词信手拈来，不假雕饰，细细读来，韵味十足。一句"春天来了，万物都发青"便让残酷的战争变得不再血腥，让那个春寒料峭的季节变得无比温暖，革命的乐观主义精神更是催人奋进。

同时，我觉得这本书在编排上也有特色，并有值得肯定的一些创新之处。很多歌曲歌谣当时就是集体创作，有些个人的创作目前也已经无法找到准确的著作权人了，所以很多只能注明为谁谁演唱谁谁整理了。我们总不能因为找不到原作者就不搜集整理了，就不出版发行了，所以这样处理是合适的。这样做，体现着他俩尊重历史的严谨态度。更难能可贵的是，他们二人还对其中的很多歌谣进行了认真研究和考证，在多首词曲的后面设置了"相关链接"。这一部分既有文字介绍，又有相关的照片，显得文图并茂、生动形象，融资料性、趣味性于一体，喜欢音乐的人和普通读者都能找到与文本的契合点，读来饶有兴味，雅俗共赏。这种做学问的态度和为读者着想的做法也是值得称赞的。

一首首动听的歌曲，犹如一粒粒散落在民间的种子，当有一双勤劳的双手将它们采集、播种，艺术的庄园里便盛开出一片璀璨的花朵。而秦丕山、刘洁就是那两位夫唱妇随的"农场主"。

往事增华，流水知音！

（2015.7.12）

恬淡人生　淋漓笔墨

　　许文正是我非常尊崇的一位前辈，多年来，我对他一直充满敬意，但真正有深入一些的交往却是近些年的事情。他从事过教育、文化、党史等工作，皆有出色成绩。他具有浓郁的文化情结，业余时间还创作了大量诗词、绘画、书法作品。但是他从来不事张扬、低调为人，默默地临习着历朝历代名碑名帖，其书法造诣，已经臻于化境矣。

　　我业余时间也喜欢划拉几个蚂蚁爪子，多次向许文正请教过一些问题。如我走访并查阅资料后写了《臧克家的两段沂蒙情》《刘鸣銮纪念碑立碑的前前后后》两篇文章，准备拿出去发表时，头脑开始冷静下来，觉得还是应该打磨好以后再说。我知道许文正是我们这一方的党史学家，当年曾到北京查阅过刘鸣銮的资料，亲自拜谒采访过臧克家，就想让他给把把关。电话打过去，他很是热情地要到我的办公室来看，我觉得贸然上门固然不合适，但让古稀之年的他亲自来我这里更不妥当，于是就表达了到他门上求教的想法。他提早泡好茶水，并热情迎到楼下，我心中顿时有一种热热的感觉。品着香茗听他谈当时的情况，我认真做着记录。他不太清楚的地方，就告诉我再去找谁谁核实。他还把我的文章留下，对一些不准确的地方进行了认真修改，对不连贯的地方进行了调整，甚至连错别字也一一改出。他的认真，使我这两篇文章增色不少。后来我准备写作《沂南文学史》一书，对20世纪70年代县里出版的《群众文艺》《沂南文艺》等进行了查阅。上面并没有许文正的名字，但很多当时的作者都说他是执行主编，说他如何认真阅稿、改稿，如何热心培养作者等。已经成名的王兆山、邢兆远、高丕田等，说起他来，都是一口一个老师地尊称着。为了搞清楚 20 世纪 70 年代全县的文学创作情况，于是我再次上门拜访，一谈就是整整一个上午。《沂南文学史》也是有着许文正很多心血的。

许文正业余时间创作了很多高水平的书法作品，他对前、后《出师表》《隆中对》以及自己创作的《如意令》等有关诸葛亮题材的作品更是情有独钟。诸葛亮远祖根在诸县（今诸城），从诸葛丰一代开始生活在阳都。许文正出生在诸城，生长在沂南。因缘人生，际会相承，所以许文正给自己取的斋号叫"阳都居士"。诸葛故里的书法家书写诸葛亮题材的作品，让人格外关注，倍感亲切。这些作品声如金石，感人肺腑，文笔内容俱佳。读诸葛亮的文章，感到一种浓厚的忠心耿耿、鞠躬尽瘁的家国情怀。看许文正的这些书法作品，感到和原作构成完美的统一，每每会让人情不自禁地吟哦一番。有几次，我曾拿着《许文正书诗画作品集》，走在西山卧龙公园，在诸葛亮铜像前和女儿轮番背诵上面的诸葛亮作品。同时，也再次想到许文正撰写的《调寄如意令·祝贺沂南县诸葛亮铜像落成》一词，感慨良多。这首词被收入《沂南县志》，《县志》出版前审稿时编辑将"如意令"改为"如梦令"。《沂南文史资料》第十辑出版时，又改回"如意令"。虽然"如意令"又称"如梦令"，但当时铜像落成已是事实，不再是梦了。作者所要表达的"智慧化身可塑"和"尊容万世仰慕"的初衷，已经是如愿如意了，所以"如意令"显得更确切一些。许文正的这类书法作品，均为楷书魏碑体，书法深受《张黑女墓志》《元倪墓志》的影响，兼以唐楷法度，并有颇多创新之处，让人感到方圆兼备、稳健秀美、平和雍穆，充满了笔墨淋漓的书法意蕴和浓郁的文化内涵，可以说是许文正的重要代表作。

2014 年 5 月，"许文正'翰墨春秋'书法展"在位于卧龙山下诸葛亮城的沂南书画院展出。在布展期间我就去观看了多次，正式展出时招呼女儿又过去参观了几次。气韵生于流变，精魄出于锋芒。此次展览，展出许文正半个多世纪的书法力作，楷、隶、行、草、篆，各种书体纷呈，琳琅满目，令观众震惊。除了前面提到的有关诸葛亮题材作品外，还有《临黄庭坚〈松风阁〉》《浮来山二题》以及巨幅长联《马迁史雪芹书》等，特别引人注目，让人流连忘返。

我前面说过，许文正的书法创作一直是业余的。他先后从事教育工作十年，文化工作十年，党史工作十八年，退休后又在县老年大学讲授书法课十年。多年来，他从事的主要专业是文史，倾注精力最大的也是文史工作。工作中，许文正自觉传承着诸葛孔明遗风，不论干什么都认真细致，事必躬亲。我觉得，他创作的巨幅长联《马迁史雪芹书》，恰如其分地表达了他在从事文史工作时那种以历史先贤人物作楷模的崇高追求。他的另一副自撰对联"读碑读帖读简策，写古写今写人生"也是他个人笔墨生涯的准确写照。可以说，多年来许文正用儒雅淋漓的笔意、方圆兼备的笔触，皴染出了自己恬淡而又多彩的人生，同时精心勾画出了一道绚丽独特的文化风景。

我想，他做的一切，随着时间的推移，将会进一步显示出其重要价值来。

（2015.4.25）

留住历史　传承文化

——评《古稀玩珍》

　　收藏是个雅事，但一和金钱勾肩搭背就变得世俗了。我们经常看到一些所谓藏家追逐孔方兄的种种丑态，甚至刚刚求来的带着自己名字的作品都会亲手拿到拍卖会上交易。我也曾经遇到过这样两件事情：一是有次请一位很好的朋友吃饭，谁也没有向他索要字画的想法，他竟然进门第一句话就宣布他的作品多少钱一平尺（即一平方尺，33.3cm×33.3cm）了，并且在后面高声连带个语气词"嗯？"我们所有在座等他的人都感到了他的有趣，也很明白地听出了他说这话的意思；另一次是有个朋友硬要送别人的画给我和另一文友，并告诉我们说这画当下多少钱一平尺云云，我一打量接近三平尺的模样，按照他说的价值几万元，这么贵重的东西作为人情咱承担不起啊，所以坚决拒绝，以至于他生了大气我们也坚决给扔下了。事后，我经常想，艺术是很高雅的，收藏更是一种启仁培智、挖掘慧根、积淀文化、提高能力、铺展文明的活动，本来能不断提升人们的精神生活的活动，怎么变成了时下甚嚣尘上的虚浮价格比拼呢？收藏品是财富，但又不仅仅是财富，更是品位、修养的象征。我从不反对用价格判断艺术品的价值，但收藏成为一种纯投机行为，实在让人不舒服。

　　知道沂南县民间收藏家聂逢源，最早是从很多人那里时常耳闻，说多年前他偶然认识了著名书法家岳修五并收藏了其书法作品，岳修五同时还转赠了王小古绘画作品给他。他从那时开始热心收藏，逐渐成了远近闻名的民间收藏家。朋友们都特别强调，聂逢源是真的热心收藏，他的藏品从来不出售，只是或醉心于自己把玩，或邀集三五知己品鉴欣赏。在收藏中，脱离低级趣味的收藏显得尤其可贵，我觉得这样的收藏才体现了收藏的真境界。但虽然闻名已久，真正相识却是最近的事情了。此后我对他的为人和收藏就有了更多的了解。

最近，他的收藏品结集为《古稀玩珍》一书出版，中国当代著名书法篆刻家陈复澄欣然为该书题签"聂逢源古稀珍玩集锦"。我有幸参与了该书的有关编辑工作，《古稀玩珍》出版后我又进行了认真拜读。应该说这是一本内容丰富、有着重要价值的藏品集，值得保有，值得阅读和品鉴。

翻阅该书，首先能感到聂逢源那种浓浓的文化情怀。我们是个文物大国，具有丰富的文物遗产，这些遗产承载了各个时期的科技、文化、民俗、资源、生产力等信息，都是不可再生的人类宝贵财富。在现阶段，民间收藏是参与收藏的一支重要生力军，是国家文物收藏事业的重要补充和重要组成部分。聂逢源具有文化传承者的自觉担当意识，比如当年他看到人们正在用镢头砸碎从耕地中翻出的瓦罐等陶器，就赶紧抢救出来，这就是一种结缘、一种情怀。他对于自己喜欢的东西能不惜倾囊，甚至跑到千里之外也志在必得。几十年中，他痴心不改，逐渐收藏了几千件作品。收藏的意义在于传承文化，愉悦心情，提高自身修养，在把玩和欣赏的同时抚摩和感受历史，在艺术品的气息里品味文化内涵。凡是和聂逢源相识的人，都能时时体会到他那种浓厚的文化情怀和儒雅的文化气质。有人说过这样的话，现在有一些人是有家产的，但是没有家学。家学的一个很重要的载体就是收藏，收藏什么东西就会体现出什么样的品位，体现出在这个时代里个人所焕发出来的文化精神。如果只看到金钱的闪光，看不到我们文化遗产里面精神文化的闪光，那将是收藏的悲剧，更是人格的悲剧、民族的悲剧。

翻阅该书，还能得到一种美的艺术享受。《古稀玩珍》介绍的每一件珍品都是历史和大自然赐给我们的真与美，也是人类手工艺的不断创造与智慧的结晶。书中的主要内容有九个部分，分别为"石器""铜器""陶器""拓片""紫砂壶""书画""云肩""根艺""盆景"等。在每一类别前面先言简意赅地用文字介绍一些有关基础知识，这些文字最多占一个页面，显得字唯其少意唯其多，均能起到内涵上扩大外延上升级的作用，可谓是画龙点睛之笔。后面才是精心选择、精心编排的精美图片，它们以画面形象给人以视觉的冲击力。聂逢源将之结集出版的本意是愉悦身心，但在客观上却也能起到提供一本鉴赏的资料，与大家广交朋友，共同分享美的盛宴的更重要的作用。如看到里面的石器、铜器、陶器、瓷器、紫砂壶、云肩、根艺、盆景等，低俗的人可能会去衡估其经济价值，但大多人看到这些精美艺术品，会从关注价格问题转而关注它的价值问题。在探究其中历史信息、科学信息和它的艺术方面的信息中，性情得到陶冶，人格得到提升，产生一种对美好文明的全身心的关怀。

　　翻阅该书，更能提升读者的鉴赏水平。如我们欣赏书画部分，品鉴翁同龢行楷对联"开樽销夜烛，晴雨长春蔬"，可以看出翁同龢取颜真卿浑厚，取苏轼、米芾灵动，取北魏碑版沉稳，将赵子昂、董其昌的柔和流畅亦融入其中，无意求工，而笔力遒劲，结构疏密有致，章法中规中矩、自然天成，显示着博取前贤法书后的综合能力，显示着开自己风貌的独特书风。怪不得清末民初的著名学者、书法家杨守敬在他的《学书迩言》中这样评价："松禅学颜平原，老苍之至，无一雅笔。同治、光绪间推为第一，洵不诬也。"再如著名女画家单应桂的作品，寄托着画家本人对农村浓郁的感情，这和画家的八年农村生活经历密切相关。聂逢源收藏的这幅作品，画面主图为双手捧着小鸡的少女，左下方一只老母鸡领着一群神态各异的小鸡活灵活现地盯着少女手中的一只小雏鸡，画家采用虚实相生的手法，墨色淋漓，使少女看起来清新质朴，唯美健康；而对身旁群鸡的描绘，则是淡色渲染，层次分明，视觉冲击强烈。另外，画家在少女目光所及的左上方，留出大幅空白，加深了少女对小动物以及对家乡的热爱眷恋之情。由于对农村情有独钟，画家在画作中以独特的语言形式表现了她的内在情感。艺术品是精神层面的东西，这本书里汇集了大量有历史、有文化、有艺术内涵的藏品，当你了解每件藏品背后的内涵后，一定会被它所深深感染。真正的收藏者、鉴赏者就是这样有智慧和灵性的寻觅者、发现者和守护者。

沂南历史悠久，文化底蕴深厚。聂逢源收藏的这些资料结集出版，对研究地方政治经济、民风民俗也能提供有价值的线索，具有重要的意义。

（2014.8.29）

诗画笔墨　物我交融

——郭立东山水画简评

在一个文化场合上，主持者知道我和郭立东是老乡，又是相识已久的朋友，所以就创造机会让我们坐在了一起。其实，我和郭立东平常见面很少，深入交流更少。多年前他热心于文学创作，写过散文诗（诗歌）等。我在乡镇工作期间，他还曾上门和我交流过办《鲁南文学》的有关事宜等。记得他带了一期《鲁南文学》，封面是木版黑白套刻鲁迅头像，显得很是高雅。后来听说他已华丽转身，成了一位书画活动家和画家。隔行如隔山，我们见面的机缘更少了。那天，在郭立东尚未到的时候，朋友就建议我写篇对郭立东国画的欣赏文字，他到来后朋友们又提起这个话题，郭立东也非常诚恳地让我写几句，并一再声明三五句都行。面不辞人，所以就答应试一试。我想，作为一个外行人，就是说不到点子上，郭立东和朋友们也会理解的。

郭立东，原籍沂南，出生于 1962 年，现在已是知天命的年纪了。他先毕业于临沂师专（今临沂大学），后进修于清华大学美院高研班、（文化部）中国山水画创作院高研班等，师从于龙瑞、程振国、张复兴、霍春阳、贾平西、施云翔、王玉良、张旭光等著名书画家。他勤奋学习，努力创作，作品多次入选全国美展，并获得各级大奖。是中国山水画创作院画家，中国国画院一级美术师，中国墨醋画派艺术研究会副会长，解放军铁军猛虎书画院名誉院长，同时他还是山东省作家协会会员。

郭立东有时候是一边写诗一边画画的。在随笔《一段写生的顿悟》里，他自述道，有次到外地采风，夜里小雨敲打着窗棂，他画完山水画之后，兴奋中又写下了一章散文诗，感悟道："人的一生应淡泊宁静地去调节自己，应到山水中享受诗意的生活，享受生活的快乐，从山水中品读出一种新的思想境界。"

中国山水画是传统文人气质的传神演绎。画家们寄情于山水画中，表现了中国人特有的联结自然与文化的方式。欣赏郭立东的画作，我感到他在努力把诗与画融为一体，也就是说诗意的追求是他山水画作的重要方向。他在散文诗《水墨意象》里说过，自己"激情饱蘸着心灵的浓与淡"，追求"墨的痕迹总是在诗的神韵里跳动着灵光"的艺术境界。我们知道，继承传统与创造革新有机结合，才是中国画发展的正确方向。有成就的画家，无一例外的都是在继承前辈优秀传统的基础上，汲取灵感，大胆创新，才在自己艺术道路上绽放出独具特色的艺术奇葩的。郭立东重视传统，师法自然，锐意创新，大胆探索，从而形成了他以诗为底蕴的中国山水画艺术风格。《幽谷清音》突出高山深谷、危崖峭壁和谷口几株遒劲而又充满生机的大树，远处山间云雾茫茫，近处谷溪潺湲流淌，画面虚实结合、相辅相成。面对画作，能让人视野开阔、胸襟舒畅。扇面作品《山居图》，近景杨柳缕缕，远处帆影片片，溪水在连绵的大山中水波不兴地流淌着，一个悠闲的人影站立在小桥上，感受着"吹面不寒杨柳风"的盎然春意，有限的空间中展示着无限的画意，给人一种空静的感觉，一种浓郁的诗意。观赏这样的画作，谁人能不寂然无念、坐忘情怀？他的《山高云淡闻水声》，画面层次深远，前面小桥流水，后面高山飞瀑，山间云蒸霞蔚，山上林木苍翠，都细腻而生动地在笔下被完美地表现出来，雅致清新，格调高远。伫立画前，顿生身临其境、秀色醉人、心旷神怡之感。描绘的景象和主观的思想感情相互交融构成一个有机艺术整体，鲜明地体现出画家创作的意向和目的。他的山水画，巧妙地调节了画面的黑白、虚实、轻重、浓淡等的节奏感，画的意境和诗的意境巧妙融合，营造出了"画中有诗"的情趣。

我觉得，郭立东山水画风格的逐步形成，和他长期不懈的艺术追求有着重要关系。早期他在倾心文学创作时，就时常涉猎山水画艺术。后来拜名家为师，逐渐具备了深厚的传统基本功底和综合素养，这为他以后的艺术创作奠定了坚实基础。他曾长期生活在基层山区，又经常有目的地拜谒祖国的名山大川，用心领略和体悟山川的壮丽秀美及无限神韵，从大自然中汲取营养、认识创作规律。两个方面的有机结合，使他的山水画作品在写实性与笔墨语言的统一上具有了现代气息。他画的是传统山水画，但作品中总是浸润着贴近现代生活的明确向度。作品产生的基础是活在他心灵深处永不凋零的感情记忆，自然山水和他有着与生俱来的感情联系，蕴含着文化情味和历史思绪。如《山色静如洗》，呈现出一种气贯长虹的大景观，表现了大自然的丰富性和多样性，同时浸透着画家对人文环境的体验和理解，极具现代性。他画过多幅各具特色的《烟云山居图》《山乡图》等，画中的景色犹如仙境，唯美动人。其中山雄壮，水澄明，树遒劲，草勃发，船帆高挂，屋舍俨然，笔法刚柔相济、灵活多变，墨法丰厚苍茫、浓淡相间、气韵充溢。画面中，具体意象的有机组合耐人寻味，酣畅淋漓的笔墨彰显出旷远雄奇的意境，充满了对山川风物的无限热爱，寄寓着画家对人生、对艺术的不懈追求和深刻理解。

（2013.1.4）

浅析郭立东画作的意境和笔墨

　　文学与绘画的密切关系由来已久。古代将画家区分为文人画家、院体画家、民间画工，我觉得并不十分科学，特别是文人画家、院体画家都有深厚的文化功底。文人画品格自高，是因为侧重在画中表现文化情趣，画外流露文人思想。如唐代王维受到儒释道影响，援诗入画，画中有诗，趣由笔生，法随意转，所以他的画作有着鲜明的特色。再比如明代的唐寅，非常有学问，且工诗文，二十九岁得中进士第一名"解元"。他经历坎坷，对社会的认识极为深透，如临终的《绝笔诗》："生在阳间有散场，死归地府又何妨。阳间地府俱相似，只当飘流在异乡。"所以我们看他的画作，山水、花鸟、人物都有着思想的闪光，即使仕女人物画，也在线条精细、色彩艳丽、体态优美、造型准确的同时，流露出狂放和孤傲的心境，以及对世态炎凉的感慨。关于文学等画外功夫，近代陈衡恪说得最为到位："人品、学问、才情和思想，具此四者，乃能完善。"和古代文人画家相比，我们看到当代很多所谓画家不会吟诗作对，不会赋文治印，作品中体现着一些俗不可耐的因子，甚至弥漫着一股浓烈的铜臭气味。这固然和画家本人的人格追求有关，但与缺少文化、文学底蕴也大有关联。

　　以诗文入画，能体现画家独立人格的抒发，是绘画的一条正宗路子。郭立东曾经在文学、特别是散文诗创作方面颇有成就，进入中国画行列后，他让文学因素与绘画因素相通融，画作有散文诗的底蕴，体现着鲜明的特色，所以很快就取得了不俗的成就，成为颇有特色的水墨画家。

就目前我看到的郭立东作品，都契合着古代文人画的传统，多取材于山水、木石，仅仅《山居图》《山乡图》《山水图》他就创作出了多幅，突出特色就是体现着中国画的智慧，注重个人情感抒发。记得曾看过一幅郭立东团扇面形式的《山乡图》，上部是由淡、浓两重山组成，画幅中间是大片水域，最前面相对出的两个山脚上突出地兀立着几棵枯树，一叶小小的扁舟悠闲地轻轻驶出。读这幅画，我深深感到的是除了技术层面的可圈可点之外，更有许多耐人寻味的画外之旨。随着城镇化的快速推进，水泥森林不断蔓延，市井生活喧嚣，污染日趋严重，人类物质愈来愈丰富，精神愈来愈空虚。回归自然，怀念"悠然见南山""而无车马喧"的宁静生活，追求"心远地自偏"安抚精神疲劳的心灵境界，成为人们的一种奢侈追求。在这种大的背景下，郭立东创作出这样的作品，正如在炎日之下吹来一阵凉爽的风，使人能暂时忘却外在的压力，内心释然。在亦写亦画中，文学因素和绘画因素融为一体，画家思想就有了更好的发挥余地，其画作也可让人产生更多的画外联想。横幅《山居图》构图宏伟，猛一看好似整幅画面显得有些满，但画家巧妙地用山间云雾、流水等留白，这些空白能给人以无尽深远悠长的感受。画作重视文学修养和画中意境的缔造，整幅画面疏密有致，构建了一个健康积极的精神家园，能让人真正投入到画家精心营造的艺术境界，陶冶情操，调节心境。画家通过自己独特的艺术表现形式，将内心深处对山居生活的赞扬和喜爱用笔墨展现出来，带给观赏者迥异的视觉感受和艺术效果。笔法清丽，飘逸曼妙，重在传达其内在精神气韵，表达着某种人格寓意。

　　近些年来，中国画界有很多人意识到了缺少文学和文化因素是不行的，通过多年有针对性的努力后也涌现出了一批相当有影响的画家，但是同时出现了一些不容忽视的问题，如重视造型轻视笔墨就是一个很大的问题，这也是很多画作没有达到预期艺术水准的关键之所在。其实，中国画价值观的载体主要是笔墨，讲求笔墨情趣，脱略形似，强调神韵。对笔墨重视不够这种致命危险之所以出现，我认为和有些画家的浮躁心态有关，围着商场转、围着官场转现象十分普遍，欲望的吸引、金钱的诱惑、时代价值取向的偏差，让作品远离了雅逸清远的笔墨意境。宋代韩拙说："笔以立其形质，墨以分其阴阳，山水悉以笔墨而成。"笔墨这种语言，作为艺术活动中的创造并且作为解释自然的媒介，是具有智慧的、精神的表现客观的手段，是历史的文化积淀，它负载着画家体验自然而情感发生变化的轨迹特征。笔墨更展示着自然界中的丰富多彩，传达着生命的含义。我感到郭立东努力让笔的飞翔、墨的驰骋在客观世界与精神领域有机结合，笔墨营造的山水境界和澄怀观道的心灵空间有机关联。立轴《山水图》（辛卯年作品）远山用淡墨、泼墨表现，水、草、树、石，船、人，运用了多种皴法、点法，里面线条的中、侧锋的勾勒与深浅变化，近景与远景的合理布局，不仅呈现出了意境壮阔的山水美景，而且真实体现了画家的诗意想象，让这幅作品充满了浓浓诗意。有虚有实，繁而不乱，山水之韵，溢于画表。面对画作，能让人放下俗念、解放自我，心灵更开阔、更明朗。

郭立东是沂蒙山人，对自己生于斯长于斯的故土的山山水水有着深入的体验，且充满感情。笔墨是脱离了物质属性并赋予了精神内涵的性情之物，是心理状态的必然反映，同时更具有理性特征。《沂蒙人家》用笔墨营造了独特的审美空间，山树奇伟，气势峭拔。作品重墨趣，运用墨的干湿浓淡浑厚苍润的微妙变化，概括绚丽的自然，以不同的笔法诠释和演绎了沂蒙山的多姿多彩，具有强烈的地域性特点，表现出深沉、博大的意境和对美的追求，体现着一种精神信仰。郭立东对笔墨的运用有着自己的鲜明追求，体现着文人画所具有的文学性和抒情性的向度。

（2015.3.12）

一根爱的红线穿起来的粒粒珍珠

——读《不争第一，陪着孩子一起成长》

　　我的朋友高本杰工作努力，作风正派。更难能可贵的是，他在陪伴儿子学习中，坚持记录下孩子成长的每一个脚印，记录下和孩子交流中的每一点即时感悟和反思，并在博客上不断发布着这些蕴含思维光芒的随笔作品。由于其情真意切，又有颇多新意，每过一段时间，我就到他的博客翻看一番，总会受到一些感染，得到一些启发。有时候，我还会热情地介绍给另外一些朋友。朋友们读后，对他教育孩子的一系列做法，都佩服得很。有付出就会有回报，他的儿子从小学一年级直接跳级进入三年级学习，十七岁高中毕业以理科 685 分的优异成绩进入同济大学土木工程专业。现在，他即将把这些文章整理出版，我得以集中系统地再次阅读，心灵又一次受到震颤。应该说，这些文字好似是用一根爱的红线穿起来的粒粒珍珠，有力地昭示着：爱，能创造奇迹！

　　大家都知道，要教育好孩子，首先需学会尊重孩子，平等对待孩子。凡是有意识地关心孩子学习和成长的家长，可能都有过满腔热情和孩子交流而孩子都不会听进去，甚至某些毛病和错误行为却一再发生的情况。本书作者也同样遇到了这些问题，可他能够从孩子的角度来观察、思考孩子这么做是为什么。如在《惨败之后依然无条件的信任》中写道："我能不能……用我强势的家长威严抽丝剥茧一般挖掘出他内心的真实想法或者他隐藏很深的属于他男孩子的秘密？不能，因为我很明确地知道孩子的自尊要胜过成绩，我爱的是孩子而不是孩子的成绩。"不是单方向地把自己的想法强加给孩子，而是在努力理解孩子的基础上，真正和孩子去沟通，当然效果就会好多了。每一个孩子的聪明程度，接受事物的能力，身心发展的快慢都是不相同的，针对自己孩子的特点，平等地帮助孩子进入一种好的学习状态，才是教育孩子的最高境界。高本杰追求让孩子学习再累也是快乐的，达到在享受快乐中学习的境地，所以就能事半功倍了。

与孩子平等对话非常重要，但更需要在严格要求中及时帮助孩子分析学习中遇到的问题，在督促中及时帮助孩子提升学习成绩。如《初三上学期期中考试》一文，成绩出来后，作者耐心地和孩子一起认真分析这次考试所有科目的试卷，对所有的错题逐一进行分析和讨论，找出错误的原因。通过分析，让孩子明白如果更细心一点，更踏实一点，总成绩至少还可以多考 36 分，稍微再努力一些的话，成绩应该还会更好，并严厉指出作为一个优等生考这样的成绩是不能允许的。对孩子进行鼓励的同时也对他提出了批评指出了努力方向，出发点和立足点很准确，那就是"考多少名次不重要，重要的是如何把学习到的知识真正掌握，学会学习，学会考试"。高本杰清醒地知道："教育的根本就是要树人！"所以，他还会不断帮助孩子正确对待社会生活和学习的关系。如有一次上小学的儿子要做完作业亲自下厨自己做饭的时候他积极鼓励，同时适当地给予一些帮助。他经常带着孩子回家看望本家老人，也时常带领孩子到贫困山村给孤寡老人送温暖。他时常会在文章中说出类似的话："教育孩子我想……不要希望将来他能挣多少钱，也不要想他将来会当多大官，只是希望他将来可以成长成一个能够自食其力的人，有用于国家的人，有用于社会的人。"

高本杰这些随笔性质的作品，除了具有思想的启迪性以外，还具有较强的文学性，大多文笔细腻缜密，读来生动感人。在《粗心的儿子也有细心的一面》中，作者用细腻的笔触写道，九岁的儿子学二胡时，老师用电热取暖器增加室温，孩子看到房门关上了，"没有作声，可是拉完一首曲子后，他就悄悄过去把门半敞开，然后回来继续跟着老师练。"作者以为孩子是嫌老师抽烟的烟味。"又过了一大会儿，老师不抽烟了，自然走到门前把门关上了，然后回来继续辅导另一个学生。儿子看了看门，想动又没动，可是最终还是忍不住，把二胡放下，来到门前又把门敞了一道缝。"这是为什么呢？原来是儿子以为电取暖器会像煤炉一样产生煤气，怕不小心会造成煤气中毒。通过细致的描写，孩子那种稚嫩而又细心的神态活灵活现、跃然纸上。

总之，这是一部很好的家庭教育随笔作品。高本杰十多年中细心记录的儿子成长的每一个脚印，以及陪伴着儿子的成长自己也在不断总结、反思中成长和成熟着的经历，对很多家长、教育工作者以及关心家庭教育的社会各界人士，一定都会有各取所需的重要参考价值。当然，家庭教育是一个很复杂的系统工程，每个孩子都有自尊心，每个孩子对于事物的理解和认识都是独特的，世上绝对没有照搬某个孩子的成功个案来培养自己孩子的灵丹妙药，更不会有一蹴而就万事大吉的家庭教育捷径。但我相信，认真阅读本书，吸取其中的有益成分，真正了解孩子，正确对待自己孩子和别的孩子的差异，有足够的耐心呵护孩子的自尊心和孩子积极进取的一面，你的孩子也会一步步优秀起来。

（2014.7.30）

后 记

　　编这本集子的过程中，总体感觉心态是平静的，但编完后还是产生了一些感慨。

　　收在这里的文章，大多是我最近三年创作的。有几篇早一些的，以前从未收过集子，所以也就一并放在其中了。尤其值得说明的是，我还把最近写的一些书话类文章放在了这里，这是自己想写作一本书话的最初尝试，到底写得如何也只能悉听读者评价了。

　　文学评论，是我最早涉猎的，并且这么多年一直坚持了下来。在文学评论的写作中，我也深深体会到了酸甜苦辣。自己的评论文章，能不断被报刊发表，被不断收入一些文学评论集，能在全国几十家出版社出版的百余本书籍中被作为序言或附录等，这都是能让自己时常窃喜一下的。但是，这类文章写多了，也时常会有一种被掏空了的感觉，甚至觉得无话可说了。而重复已经说过的话语，又是我随时高度警惕着要坚决避免的，这是自己清醒意识到的一条绝对不能突破的底线。好在编辑过程中通过回头看，觉得自己还是基本上把握住了这一点。

　　尽管难度一直存在，但我会在写作小说、散文等的同时，把文学评论的写作坚持下去，并努力写得更好一些。

2016 年 3 月 28 日